娑萨朗 IV

空行人与空行石

雪漠

——

著

作家出版社

娑萨朗，娑萨朗，我生命的娑萨朗。

——作者题记

目 录

第三十五乐章

幻化郎想要盗取魔盒，却不料因一个女子而凡心大动，落入了造化仙人的罗网，等待他的会是什么？

第95曲　欲网

幻化郎按照奶格玛的指示，
想方设法阻止那人间浩劫。
然而当他再次打开宇宙系统，
却发现那格局并未大变，
仍旧是山雨欲来黑云压城。

他的改动只挽救了个体，
整体还在原有轨迹上运行。
世界仍然向着既定的方向发展，
各种灾难呼之欲出。
想起他与师尊的种种努力全然无用，
一种浓浓的挫败感漫上心头。
原来，一切皆徒劳。
原来，一切都受控于各自的业力。
接下来该怎么办？
他没有答案。他不知道。
他感觉自己是那样地茫然，
他再一次把目光转向了师尊。
他开始了祈请……

随着他的祈请，
奶格玛现身于空中。
听了幻化郎的汇报，

她眉心紧锁，
她明知大势难改，但她
还想尽最大的努力。
哪怕仅仅是一份渺茫的希望，
也好过坐视众生的疾苦。
于是她开始寻找新的着手点。
她让幻化郎尝试夺取魔盒。
她说，到时会请寂天仙翁前来相助，
拿到魔盒或许能扭转乾坤。

幻化郎连连点头允诺。
他说，魔盒确实是惹祸的根由。
只是他不明白，
师尊明知万物皆为幻影，
为何还要如此这般执着？

奶格玛望着幻化郎说：
"虽然我得到了清凉，
但众生尚在热恼之中。
即使他们本质也归于空性，
现象上依旧颠倒迷乱。
慈悲已成为我的本能，
我只管救赎不会考虑意义。
如同那太阳的发光发热，
它不会去想能照亮多少众生。"

幻化郎受教导好个感动，
他涕泪横流地顶礼师尊。

他发下同师尊一样的大愿，
生生世世地利益众生。

随后他奉命来到欢喜国中，
却见那里正弥漫着危险的激情，
欢喜郎受到国民的极度崇拜，
到处都是激动人心的场景。
百姓举着横幅，手拿花环，
他们走街串巷，大唱
欢喜郎的万岁之歌。
看他们的表情，个个
都是征服天下的英雄。

欢喜郎当然知道群情激昂的根源——
魔盒正在竭尽全力地散发着魔力，
它像锅底熊熊燃烧的烈火，
竭尽所能地煽动着国人的欲望。
朝野上下也在大肆宣传：
战争！战争！
唯有战争才能止战！
唯有战争才能和平！
战争文化已深入人心，
成为一种潜意识盘踞在欢喜国人的心中。

许多事物都有这样的关联——
有怎样的宣传就有怎样的文化，
有怎样的文化就有怎样的命运。
幻化郎看到那些鼓吹战争者，

不久的将来会丧命于屠刀之下。
而此刻他们却在慷慨激昂，
他们根本不知道下一刻，
自己便会在地狱里厉声哭号。

想到这里，幻化郎摇了摇头，
他的心里充盈着大无奈，
却没有办法说出来。
而那欢喜郎虽然天良显发，
但一遇魔盒也开始在理性与欲望间纠缠。
他忽而良知显现不想杀戮，
忽而想建立不朽的功勋。
那善根如同风中的烛火，
在欲望的大海里飘摇不定。
况且，他也被百姓绑架着，
被他自己的英雄豪情绑架着，
两种力量里应外合一起裹挟着他，
使他根本停不下那辆欲望的马车。
身为国王，他能号令天下，
但他无法熄灭民心的风暴。

魔盒和咒士们仍巡游全国，
一晕晕魔波振奋人心。
那战争的亢奋令幻化郎不安，
他隐了身形跟随着他们。
他想，只要跟着，总会寻到机会。

经过长期的咒力加持，

魔盒的能量已非比寻常，
每次近前，他都会头晕，
他的眼前呈现一片迷蒙。
更让他难以忍受的是，
他会产生强烈的欲望。
那些充满诱惑的场景，
让他常常忘了自己的使命。
他一次次抽离自己的目光，
它们却总有办法将他一次次拉回。

以前他不近女色，
现在却常常生起爱悦之心。
这天他得到了一张画像，
画中有一位绝色美人。
你看她多美啊，
千娇百媚又柔情似水。
刹那间天雷勾动地火，
他终于发现了人间最美的风景。
夜月朝花云雨高唐，
干柴烈火依翠偎红。
幻化郎甚至都不想修行了。
可因为有那修为的基础，
幻境一现他就会生起警觉。
于是每天对着画像观想对方，
还拿着画像四处打听，
想看看世上是否真有此人。
他明明知道自己执幻为实，
却宁愿存一份浪漫的想象。

他给自己找了一个合理的借口，
觉得这是他命中的伴侣。
他问过了无数人，
甚至在定境中试图搜索。
终于有一天，有人告诉他，
说那是一位叫华曼的公主。

闻此言幻化郎如遭雷殛，
因为他早听过华曼的名声。
他知道华曼跟随了胜乐郎，
她不可能离开胜乐郎，
也不可能做他的伴侣。
但他依旧想找到她，
祭奠自己这还未发芽就死去的爱情。
这一念想在他心中汹涌无比，
像洪水涌过干渴的土地。

幻化郎感觉陷入了尴尬，
像被顶在半空中上下不得。
一方面他明白了圣人的伟大，
另一方面又想要人间烟火。
如果让他放弃信仰重回红尘，
他不愿过那种庸碌迷乱的日子。
他已经见过了大海的广博，
岂会甘心在河沟里度过一生？
可如果让他心无旁骛地修行，
他又放不下对爱情的渴望。
心中的爱欲时时探出触角，

挠动着灵魂里瘙痒的区域。

那愿力和向往把他牵引向左，
对红尘百味的眷恋拉扯他向右。
他刻意用了左右而不是上下，
因他觉得修行并不比庸俗高尚。
无非都是选择一种生活方式，
各自有各自的烦恼和快乐。
他羡慕那些心思单纯的人，
他们选定了方向便目不斜视，
而自己却晨曦时被信仰感动，
暮霭时又想要财富和爱情。
情绪像猛烈的暴雨，
让他的心在风雨中飘摇不定。
幻化郎被这两股力量撕扯，
那失重的感觉让他无比烦躁。

无奈之下，他只好转移注意力。
他走上街头想舒缓自己心底的欲念。
无意间他进入了一家赌坊，
见墙上悬挂着诸多字画。
看那笔迹竟然是天书，
写着窥破自然的玄机。
他感觉这赌场必有蹊跷，
便隐了身形四处观察。

正在他观察得十分投入时，
忽然响起震耳欲聋的警报声，

许多士兵一拥而入，
拉开一张闪光的大网。
幻化郎见状大惊失色，
那网的光波他前所未见。
眼见光网裹向了自己，
他想安住幻身逃过一劫，
却不料因为欲望的波动，
不能够随心生起幻身。

那网裹住了幻化郎发出的信号，
光波的能量让他现出身形。
他们又用特制的绳索捆绑，
将他带到了一处密室。

造化仙人！
幻化郎禁不住叫出声来。
那老头转过身来呵呵一笑说：
"上一次你来窥视并无恶意，
我们还能平和地聊天叙旧。
虽然你偷了我的造化秘笈，
但那是定数我也没有怪罪于你。
这一次你小子贼心不改，
又来打那魔盒的主意。
我岂能再由你胡作非为，
那造化的大业不容觊觎。"

造化仙人还说幻化郎刚一进城
他就得到了消息，

遂命人布置了这个赌场。
那些字画全部注满透视的能量，
那张天大的造化之网，
能让一切隐形现身，
有它，就定能疏而不漏。
便是修成幻身如幻化郎者，
也难逃造化的精心布局。

幻化郎这才明白一切，
然而已悔之晚矣！
他的心中顿时百感交集——
因为耽于情欲而遭此困厄，
真是不该！他早该看出那里的玄机。
眼前的老头深不可测，
不知下一步他会如何处置。
而最让他羞愧不已的是，
自己一再辜负了师尊。
神圣的任务落败成絮，
救度的使命已成灰。

再看造化仙人，
他们曾经萍水相逢亦师亦友，
而如今，他们却各随其主势不两立。

造化仙人摆摆手，
那些兵士迅速退出了密室。
他对幻化郎说他知道他在想什么。
他还说这次他来偷魔盒，

他本可以任意惩罚，

他有这个权力和能力，

便是清净幻身也难逃酷刑。

但他因为念一分旧，想为他指条脱身之路。

他要幻化郎去劝降威德郎，

他说威德郎正在修梦观瑜伽，

而幻化郎曾有恩于他，

只要劝说威德郎放下武器归顺欢喜国，

一场刀兵浩劫就可避免。

他说，劝降止战也是利众，

而欢喜郎那是天命所归。

幻化郎闻言暗暗思忖，

仙人的话不无道理。

只要百姓能安居乐业，

谁做君王并不重要。

只是他的自尊不想屈服，

他不愿被胁迫着做事，

更不愿让师尊的名声蒙羞。

"哈哈哈哈！"造化仙人一阵大笑。

他念动了咒语解去绳索：

"你小子还在乎那虚荣，

算什么修行的瑜伽士。

去吧去吧小兔崽子，

威德郎最近会去阴阳城。

如果你胆敢再生贼心，

我定然抓住你严惩不贷。"

幻化郎又是愧疚又是感恩，
他对仙人深深作揖。
除此外，他不知道如何表达。
一方面是奶格师尊交代的任务，
一方面是造化仙人的忘年情分。
回想起多年以前的窃书，
回想起因为利众大愿对他的一再冒犯，
而他却不计前嫌一再宽容，
幻化郎的心中顿时五味杂陈。
他叹一口气，走出了密室。

看着幻化郎离开，
欢喜郎从屏风后走了出来。
他问仙人为何放他回去，
难道不怕会纵虎归山？

造化仙人眯着眼说：
"如今我已制不住此人。
他的师尊在法界威势无比，
连造化的程序也奈何不得。

"他刚被捕奶格玛就得知消息，
那五方智慧女神正在赶来。
眼前的局面需要息事宁人，
放他归去是最好的选择。

"通过这次的一擒一纵，
再加上昔日我对他的恩情，

虽然收获不了他的忠诚，
但他已不会再与你为难。"

欢喜郎点点头说言之有理。
他精通政治也深谙人性。
既然无法胜过对方，
还不如做个人情笼络人心。

最终幻化郎打消了窃取魔盒的打算。
因为他一近魔盒就会退转，
那种强烈的欲望和幻觉，
总是令他不能自已。
况且造化仙人还有恩于他，
他怎能忘恩负义过河拆桥？
然而最根本的原因另有其他，
对于这场空前的人间浩劫，
他有了新的策略和思路。
只要能止战，劝降威德郎或许可行。
于是他立即前往阴阳城。

第三十六乐章

　　阴阳城中好不热闹，辩经大会正在举行，他究竟是智慧深广、辩才无碍的圣者，还是如众人所说，是混迹于女人堆里的邪师？

第 96 曲　擂台

阴阳城里正举行辩经大会，
胜出者可封为国师。
而一旦成为国师，
就能坐拥崇高的地位，
诸多门派皆唯其马首是瞻。
一时，天下各路学派
都汇集阴阳城竞相参与，
他们将这次盛会视作一次智慧的擂台。
此次辩经会将历时九天，
要战胜所有人的挑战，
才会成为最终的胜者。

辩经现场人山人海济济一堂，
他们穿着标识各自门派的服装，
按照自己的方阵聚集盘坐，
远远看去就像一个大调色盘。

调色盘的中央就是擂台，
它平整而庄严。
两个人正在激烈地辩论，
他们目中无人辩才无碍，
铿锵的声音如同铁锅里炒蚕豆，
台下的行者们都侧耳聆听，

时不时就拍手称好。

这辩经现场虽然人数众多，
却并未显得嘈杂鼎沸。
有一种宁静的氛围萦绕在周围，
智慧的清波一晕晕融化了众人。

卢伊巴也派遣了弟子参加，
但他们学养不足铩羽而归。
辩经跟修证不太一样，
它有专门的程序规范。
它需要行者博览群书融会贯通，
懂得辩论的技巧，
让那本体智慧生起妙用，
还能对机锋有文字般若。
所以，辩经胜出者多为全才，
一般的成就师缺乏学养。
卢伊巴的弟子注重观修，
他们虽有很好的悟境，
但都不着力于闻思诸法，
对思维的交锋也难以适应。
常常撑不过一两回合，
就被对手逼得张口结舌。
于是诸多的外道开始欢呼，
他们都说卢伊巴徒有虚名，
诸弟子也只是一个个花瓶。

卢伊巴的弟子听到后怒火中烧，

但又对那嘲笑无能为力。
一声声叹息自他们心中响起，
个个都感到窝囊显出羞愧。
有人便去邀请胜乐郎前来助战。
虽然卢伊巴名义上将胜乐郎开除，
胜乐郎已算不上卢伊巴的弟子，
诸多同门师兄也曾以清理门户为由，
对他进行过长期的诅咒，
但他们心底里也认可胜乐郎的能为，
知道胜乐郎远胜于自己。
胜乐郎精通各家经典，
修证极好又长于辩论。
他曾在之前的辩论中获胜，
他年少卓越声名鹊起。
为挽回名声，他们不得不低下高贵的头颅，
依仗那曾经被自己诅咒的同门。

胜乐郎闻讯本不想参与，
他不愿再去逞口舌之能，
但华曼劝他不妨随缘一去，
趁此机会清净身心。
胜乐郎也想检验一下自己的悟境，
于是他收拾行囊欲赶往阴阳城。
华曼也想随同见见世面，
可一想到如此场合更易引发流言，
便恋恋不舍送别了胜乐郎。
难得独自出行，躲开了众人的围绕，
胜乐郎好个开心好个自在。

一路上他哼着小曲步履轻盈，
感到从未有过的酣畅轻松。

这段时间他又遭遇谣言，
拿他跟华曼的事大做文章，
他们道听途说捕风捉影，
再加上想当然的臆想以讹传讹。
胜乐郎到了阴阳城刚上擂台，
台下就顿时一片哗然。
谩骂声、驱赶声此起彼伏，
仿佛胜乐郎的上台玷污了辩赛。
他们一个个义愤填膺，
邪教外道同门同修全都愤愤不平，
他们自以为呼声越高，
就越显得自己清白正派。
于是胜乐郎就像一堆粪土，
众人纷纷对他避之不及。
便是那尚存情义的师兄，
也开始划清界限表明态度。
辩经对手满脸愤怒，
好像与胜乐郎同台辩经，
对他是莫大的耻辱。
他暴跳着声称绝不与败类辩经。

胜乐郎并不理会这一切，
他泰然自若地看着对手，
说："你若下台便是主动弃权，
按规则在台上站到最后的人才是胜者。"

话音未落，又引来阵阵怒骂——
无耻之徒！
不能让他得逞！
胜乐郎滚下台去！
甚至有人要违反规则上台对战，
为的是教训道德败坏的人。

台上的行者走不是，留也不是。
他的脸色青红交杂，气得吹胡子瞪眼。
末了他抛出自己的问题——
净土是否永恒？
他语气咄咄逼人如同掷枪，
恨不得把胜乐郎扎入地狱。
而他的问题也确实难答，
这根本就是一个悖论和陷阱。
若是你回答净土永恒，
就否定了法印中的诸行无常；
可若是你回答净土无常，
诸多的信仰者就没了依怙。
所以无论答是与否，
都会损伤信仰本身。

胜乐郎闻言微微一笑，
他说："净土的本质也是无常。
它是一种因缘的聚合，
它的形成需要两种条件。
一要有愿力化现的世界，
二要有往生信仰的众生。

只有二者建立了关系，
净土才会在法界呈现。
因为是条件聚合之现象，
所以其本质也归于空性。
但因为愿力不坏净土便不坏，
在现象上它也会示现永恒。"

为了进一步阐明这个问题，
胜乐郎还以饭店做了形象的比喻：
"有人开了一家饭店，
也有前来吃饭的食客，
这两个因素形成了关系，
关系就构成了饭店的存在。
如果有饭店而无食客，
饭店仅仅是一间空屋。
有食客而没人开店，
饭店仅仅是一个空想。
如果店主说只要有人吃饭，
他就会把饭店一直经营下去，
那么相对于来吃饭的客人，
这家饭店就是一种永恒。

"净土如同一个超级饭店，
行者的愿力是不舍众生，
净土相对于信仰的众生，
就是一种永恒的存在。
它为信仰和向往的众生，
提供着永不坏灭的救度。

"那永恒二字其实是伪命题，
因为永恒仍然只存在于心。
净土对于知者信者当然永恒，
但要是心中无净土概念，
或是不曾闻经语的盲聋，
他们心中哪有什么净土，
更谈不上所谓的永恒。
净土的永恒只针对信仰者，
信则有不信则无万法由心。

"永恒其实是一种关系，
更是一种传承的精神。
有这种关系永恒就显现，
无这种精神永恒就归隐。
世上所有的永恒莫不如此，
它只存在于有关系者的心中。
除此之外哪有永恒，
无常的大水吞没了一切。
一切皆是幻化的现象，
一切皆在逝水般东流，
一切皆如稍纵即逝的闪电，
一切皆是水中的月影，
一切皆是岁月的清风，
一切皆是记忆的留存。
这便是一种永恒的真理，
它作用于心，与心也是一种关系。
只有心感知真理并指导生命，

真理才有意义成为永恒。
要是它隐入虚空无人听闻，
就不能与人产生关系，
没有那关系就没有永恒。"

一些人听得张大了嘴巴，
一些人听得双眼呆滞，
还有一些人满脸疑惑。
为了多角度表达其所言，
胜乐郎再次打比方举例子，
以生活中最浅显的事物
表达最难表述的真理——
"例如一棵大树倒下，
若是周边空无一人，
也就没有声音。因为
声音由人的耳根感知，
没有耳根就没有声音。

"净土的永恒也是这样，
它是人的一种定义，
一切都依托它与人的关系。
有这种关系才有这种现象，
没有这种关系，就没有相关现象，
无现象又哪有永恒？

"万法一理。因为关系的作用，
无数行者才能达成救赎。
关系是实现升华的理由，

它有另一个名字叫因缘。
因此世尊说要广结善缘，
便是建立度化众生的关系。"

这一种说法石破天惊，
让无数听者耳目一新。
有人连连点头称赞，
也有人激动地发出诘难，
但胜乐郎依然面不改色从容自若。
他以他深厚的学养与扎实的修证，
滔滔不绝对答如流。
只见他口若悬河如飞流直下，
让一个个诘难者哑口无声。
此外还有其他的立论，
然而他辩才无碍智慧无碍，
那些发难者如何搜肠刮肚，
也无法撼动他的智慧半分。

外行看热闹，内行看门道——
有人正气凛然破口大骂；
有人虚张声势色厉内荏；
有人态度暧昧两边摇摆；
有人静观局面保持沉默；
也有人认可胜乐郎的悟境，
欲更换旗帜改邪归正。

胜乐郎辩口利辞以一敌众，
直到再也无人敢上台交锋。

最终他赢得了这次辩经。
按惯例要介绍自己的师门，
以便行者前去依止修学。
能在这样的群雄集会上登台亮相，
是一种无上的殊荣，
所有参会者无不重视，
都想让自己的传承昌盛繁荣。

胜乐郎自称是奶格玛弟子，
他自谦在众师兄中并不起眼。
这一来奶格玛名声大振，
能有胜乐郎这样的法嗣，
那师尊定然是盖世无双。
很多人因此生起向往之心。

只是奶格玛常居秘境，
她只是随缘度众，
在人间并未建立道场。
于是人们开始依止胜乐郎，
向他学习奶格玛的妙法。

只有曾经的师兄并不随喜，
只要提起胜乐郎，
他们就酸得牙痒痒。
以前他就是他们的竞争对手，
他们都想超越他，
好继承师父的那一袭衣钵。
但无论他们如何努力，

也很难超越望尘莫及。
胜乐郎的超拔显出了他们的无能。
他们对他真是羡慕嫉妒恨。
在这种情绪的蛊惑下，
才有人造流言，行诛法，
欲置其于死地。
那绯闻就是他们鼓噪的内容，
他们比外部的抨击更声色俱厉。
他们扯高了嗓门四处宣扬，
只想让他永世不得翻身。
而现在，他们跳弹得更加夸张。
他们栽种的那棵诽谤黑树上，
又长出了无数新的枝叶——
除绯闻之外胜乐郎该罪加一等，
他本是卢伊巴的弟子，
却把荣誉给了奶格玛。
他毁坏誓约背叛师门，
他欺师灭祖想自立门户。
但诸多非难不过是过眼云烟，
风雨再大也撼不动山岳。
那些造谣者像疯狗咬太阳，
根本影响不了胜乐郎鹊起的声名。

法会之后胜乐郎的声势如日中天，
有很多信众慕名前来。
他们依止他要跟他修行。
也有人忏悔之前的行为，
他们退出造谣者的啦啦队，

开始广传胜乐郎的功德。

从此他拥护者日众，
其中犹以女众为多。
这也是胜乐郎的因缘，
缘起上他便有这种示现。
男人们往往沉迷于事业，
女性却更容易走入信仰。
这给他带来新的麻烦，
女人的群体易生是非。
除了天性的狭隘与嫉妒，
还容易对师尊产生暧昧。
她们天性弱势喜欢依附强大。
她们细腻敏感擅长钩心斗角。
她们常常找借口围在师尊身边，
暗自攀比和排挤他人。
她们能从师尊的无心之语中，
揣摩出诸多机心的成分，
还擅自传话歪曲师尊本意。
她们明知道不可能产生爱情，
却还是希望能得到师尊的青睐，
更有甚者在师尊面前抖弄羽毛举止轻佻。
她们见不得师尊对每个人都好，
都想让师尊只慈悲自己。

当初卢伊巴就告诫胜乐郎，
要和所有女人保持距离。
只要有女人就会有麻烦，

女人越多麻烦也会越大。
胜乐郎虽然内心清净，
而那女弟子却像攀爬的藤蔓。
她们从四面八方缠绕上来，
让他无可奈何剪不断理还乱。

华曼心中也是大不舒服，
总是情难自抑生出醋意，
她不由得对女弟子产生提防，
生怕她们攻陷了胜乐郎。
胜乐郎心中不是滋味，
华曼对他竟如此不信任，
这是对他最严重的亵渎。
他已是证得智慧的行者，
岂会陷入这世俗情感的漩涡？
倒是华曼修行功夫欠缺。
胜乐郎发现她虽已明白空性，
却常常不能控制自己，
她因情执而生起烦恼，
时不时就会疑心顿起。
疑心生起仿佛天空突然充满阴霾，
她明明能觉察自心，
却还是变成了善感女子胡思乱想，
有时还会忍不住流下眼泪。
这一切让胜乐郎无奈又心烦。
更想不到的是，
她的异常为攻击者提供了绝妙证据，
又一波流言潮水般涌了来。

于是追随者又不断流失，
便正好遂了嫉妒者的心愿。

当阴霾散去华曼又恢复了常态，
她看到自己习气的狭隘。
她常为自己的小气量羞愧不已，
她痛骂自己甚至看不起自己。
她知道自己需要破执，不该执着。
她也知道胜乐郎最堪信任，
那怀疑是自己心中的污垢和阴影。
这样想时——
看到他的辛劳，她会心疼；
看到他的不容易，她会流泪。
她就会开始对胜乐郎千依百顺。
她便能放下自己对情感的需求，
用自己的心真正去疼他体谅他，
把他的弘法事业也当作自己的事业。
她还暗下决心，要为他
做一切她所能做的事。

然而情绪终是天边的云身边的风，
它们忽来忽去，不留痕迹。
即使在她清醒理性时，
一旦置身于众多女子之中，
她依旧感觉到心中有小火苗。
她痛苦不已，
与其说因为追不回那曾经的爱悦，
不如说是因为难以彻底改变习气的挫败。

胜乐郎由此产生新的感触：
喜怒哀乐或感动是情绪，
冷热涨麻或轻盈是觉受，
它们和智慧有本质不同。
智慧是应对世界的程序，
也是一种发自内心的明白。
如同那镜中影像再如何逼真，
你也坚定地明白它是幻影。
若是面对万物时都能如此，
你就不会再受假象欺骗，
也不会对无常产生执着。
这种坚定的明白就是智慧，
它藏在每个众生的心中。

在修行中三者能相互作用，
但根本目的是智慧而非其他。
一旦把情绪和觉受当成悟境，
就会陷入迷乱而不自知。

第 97 曲　漫天的唾星

这一日胜乐郎遇到一女子，
她来自底层欲望深重，
常常困扰于贪欲之火，
痛苦不堪又无法自拔。
胜乐郎慈悲传以胜法，
教她认知真心仔细观察，
告诉她欲望的本质也是幻化，
只要不随它去它自会消失。
她可以安住真心洞察假象，
观忿怒尊之像传神无比，
这方法如同治理洪水，
不堵截用疏导加以利用。
借助观修以增盛欲望，
生起拙火进入中脉，
打开身心障碍再清净欲望。
没想到这女子心不清净，
对此事进行了另类解读，
更在人群中广而告之。
到别人耳中歪曲成又一版本，
说胜乐郎意图勾引于她。
虽然这女子奇丑无比，
并无丝毫的动人之处，
但还是有人失去信心，

传播此事大做文章。
他们广传胜乐郎的坏话，
让一些人因此断了信根。

胜乐郎叹息说他是良医，
心中有无数救命的药方。
遇到有人正患了绝症，
因慈悲之故他开方救人。
他没有任何的功利意图，
不过是出于心中的善念。
至于你吃不吃药并不重要，
那也是你自己的一种选择。
哪怕你拒绝吃药终致丧命，
良医也算是尽了心力。

胜乐郎自收徒以来，
深深体会到做师尊的无奈。
带弟子修行与独自静修有着天壤之别，
其麻烦像海上浪花层出不穷，
也如暴风掀起的海啸势不可挡。

因为很多人选择依止并非是为了修行，
他们的动机五花八门各不相同——
他们也许是为了满足一份好奇，
也许是希求一种神异，
也许是随大流盲目跟风，
也许是求福报寻个庇佑。
他们更或许视师尊为打工仔，

才会时不时提一些非分要求。

他们中有的以师尊名义到处攀缘，
有的打着师尊旗号四处行骗，
有的一片热忱把师尊架在火上，
有的拉帮结派想借势而兴。
他们前一刻还在污蔑胜乐郎，
伙同一些极端分子助兴推浪，
下一秒又把他捧作天上的太阳。
他们见风使舵相机行事，
无非是想借胜乐郎的名气，
扩大自己的利益和影响。
更有一些人，他们
虎视眈眈地盯着胜乐郎，
他们图谋破坏他的教导，
分裂他的弟子群体。
他们还试图利用一切机会，
制造他弘法的障碍。
这其中既有世俗的势力，
也有潜伏的魔子魔孙。

然而胜乐郎并没有舍弃他们，
心知肚明的他总是装着糊涂：
真正的圣者不舍弃任何众生，
只要不触犯底线，他常常由了他们折腾，
虽然那一幕幕闹剧总令他啼笑皆非。

胜乐郎的授徒总是因材施教，

他对他们的心性虽然了如指掌，
但他从不撕破他们的脸皮，
他知道有些人生来脆弱，
一旦直言教诫，他们就会远离，
从而失去救赎的可能。
没人希望自己的隐私被他人知悉，
也不是所有人都能承受诤言厉语。

他们中极少有真正向往信仰的人，
即便有些弟子心有善根，
但也有着浑身的毛病，
那习气随身使他们如同刺猬，
虽有向往之心但总会扎人，
距离越近就彼此扎得越深。
胜乐郎明知会被扎进肺腑，
却念在他们尚存的一丝善根，
便忍着剧痛送上一片丹心。
他就像那个挽救毒蛇的农夫一样，
宁愿冒着被咬伤的危险，
也不愿意看它在寒冷中死去。

他知道，那些在剧毒里浸淫的孩子，
还有在狼窝里挣扎的孩子，
都是最需要救度的病人。
他们越是业障深重越需要他的关爱，
胜乐郎待他们犹如病重的儿女。

有时胜乐郎也被压得精疲力竭，

却没有一个可以倾诉的人。
弟子们把他视作完美的神，
没人能接纳诉苦的师尊。
于是他只好用光明照亮别人，
而让自己独自在黑暗里伤感。
胜乐郎从行者成了导师，
这是让无数人艳羡的身份。
他得到了信众成山的供养
和那虔诚的膜拜，
但所有这些浮华的背后，
却是他难以名状的心情。

就像从净土跌进了妓院，
那里五毒俱全五味杂陈，
它们摇旗呐喊呼啸而来，
其势如同飓风，其形如同雪崩，
他无法逃避也不能敷衍。
他只想拼尽自己的心力，
在漩涡激流里建造一个宁静的港湾，
一如他大痴的梦想——欲在
混混堆里培养点亮世界的大师。
这需要怎样的慈悲与智慧
还有那大无畏的精神？
对此，他从未想过。
他不管有没有人理解，
只管自己一肩担起春秋。

那众多的弟子都需要善加调伏，

远非辩经时的几句话便一蹴而就。
这是对人心的打磨与升华，
需要付出生命的本钱。
他被洪水般的因缘裹挟，
身不由己时也扼腕叹息。
即便有几个不错的种子，
也需要假以时日熬掉习气。
可人们总是想一步登天朝花夕果，
还未等机缘成熟便离他而去。
因此依止者虽熙熙攘攘，
半途离开者，也如东逝之水。

他常常发出无奈的感叹，
有时也会怀念远去的静修时光。
此刻他像置身于肮脏的鱼市，
却要把污浊的群体净化成圣徒。
想一想都觉得沉甸甸地艰难，
由此他也懂得了菩萨无声的眼泪。

只是当初的大愿一直闪耀，
纵然进入地狱也永不回头。
众生若无那千奇百怪的病痛，
又怎会辗转跋涉找他依止？
他们分明就是当年的他呀，
他也应像当年的师尊一般。
想当年若不是师尊慈悲，
他又怎能明白破执证得觉悟？
如今他当然要利益众生，

当然要把生命化为智慧的甘霖。
如果因厌离和畏难而退缩，
这岂非失去了修行的根本？

于是满心大悲的他成了一头奶牛，
被那一些牛犊吮吸得瘦弱不堪。
牛犊们张着嗷嗷待哺的嘴巴，
牛犊们不说话，可它们的眼神分外凄厉——
"我饿！""我好饿！"
是的。它们要长大，它们需要养分。
于是，他将自己的心血
浓缩为滴滴乳汁，
去饲养一头头可怜的幼崽。
他像被绑在下山的战车上，
没办法阻断那生命的惯性。
那些孩子一旦断了他的奶，
就会重新回到原来的轨迹，
甚至会误食其他有毒之奶，
而断了生生世世的慧命。

其实那是另一个地狱，
那里的众生正被欲火炙烤，
业报不尽酷刑就不止。
他每天都燃烧着自己的生命，
将生命化为热能去温暖他人。
他本可以坐享其成，
在欢乐谷里仰望星星，
在无人岛上聆听清风，

甚至，沉浸在自己的净境里
逍遥地游自在地飞，
享受觉悟的美妙时光。
没人强迫他这般辛苦。
可他总在默默不语中，
淡然地扛起一座泰山。

他给予众生的从来都是营养，
鼓励，智慧，善良，调伏。
他对世界的索取仅仅是一日两餐，
用以养护他疲惫的身躯。
年少时他不懂世尊的泪，他还说他矫情。
如今，他却深深地理解了那千年的呻吟。
千年岁月滔滔，
佛陀的背早换成了他的心——
"阿难，我背疼！"
他的心在众生的无明中疼。
"阿难，我背疼！！"
他的心在众生的五毒中疼。
"阿难，我背疼！！！"
他的心在众生的恶业中疼……
他终于理解了佛陀的呻吟。
"阿难啊，我背疼。"
每每想到这里他就止不住泪奔。

只是后来，泥沙般的弟子太多，
浪费了他宝贵的生命，
为了提高度众的效率，

他设置了依止的门槛。
凡欲来他处听经闻法者，
须缴纳一定的学习费用。

其实他根本没有封锁穷人的机会，
他开坛讲经大多是免费，
他不定期的约见也是免费。
只要有信心，不论贫富不说贵贱，
他都一视同仁教授他们，
甚至他们还可以通过做事，
得到生活的保障而有尊严地活着。

即使他这样慈悲如佛，
仍有人对他说三道四。
他们攻击他借信仰敛财，
不明真相的群众也随之附和，
他的周围便成为流言蜚语的战场。

这些诽谤者的队伍里，
甚至也有他的弟子。
他知道，对于没有信心和正念者，
无论他作出什么决定，
他们都会自以为是地歪曲解读。

只有真正的信仰者才懂他。
那供养不过是他给予众生的一个机会。
他把所有的财富都用于传播真理，
他废寝忘食地弘法利生，

而他自己的生活却是简朴到极致——
那个磕了边缘的钵，
是他开始寻觅的那一天母亲给他的；
那双烂了后跟的千层底布鞋，
是华曼为答谢他而亲手缝制的——
很多时候，他舍不得穿，
总是背在跋涉的行囊中；
即使现在华曼也为他缝制，
可那最初的，总是不一样。
那串白檀木的念珠，
还是依止时恩师赠与他的，
这么多年过去，他的汗味与气息，
早已和恩师的祝福成为了一体。
除了生命必需的保障，
他得来的那些供养早取之于民用之于民了。
对天对地对菩萨，他无愧于心。
他只需要一点粗陋的饭食，
其余财富全用于利他。
他广结善缘四处奔走，
只是为大众提供一个相见的理由，
让他们与他的世界产生因缘，
有因缘才有救度的可能。

如今他像被裹进了漩涡。
一个小差错就可能毁掉大业，
他不得不小心翼翼犹如猎狐，
在荆棘丛里谨慎缓慢前行。

他明明知道很多人盯着他，
稍不留意就会被抓住把柄。
欲加之罪何患无辞——
你看，有无数人正盯着他欲见缝插针呢，
有可能他会身败名裂一败涂地，
也有可能被官府当成妖人治罪，
道场越大他的麻烦越多，
事业越广他的自由越少。
胜乐郎只想静静地闭关修行，
他不需要豪宅田产，
也不需要如花美眷。
他早已看破那种虚幻，
对于他，粗茶淡饭足以逍遥一生。

他明知道那火海里的众生习气难调，
但还是义无反顾纵身一跃；
他明知道影响越大危险越大，
但他总说我不入地狱谁入地狱；
他明知道饿虎正垂涎自己，
却还是愿意舍身饲虎。

这时奶格玛忽然现身，
她莞尔一笑，问他：
"你还想培养弟子么？"
胜乐郎回师一笑："当然！
您一人下地狱多寂寞，
我陪您赴刀山下火海一起入地狱。"

第三十七乐章

胜乐郎收获了荣誉，嫉妒与诅咒也随之而来，导致他心爱的女人命悬一线。一切是否还有转机？面对荣耀的国师职位，他将做何抉择？

第 98 曲　威德郎的心思

辩经后威德郎得知消息，
他先是错愕，后是激动。
泱泱威德国，天下无敌手。
他没想到辩才无碍的得胜者
竟然与自己同门。
在偌大的王宫里，
威德郎若有所思地踱着步子，
时不时还连连击掌。
这个消息，实在太让他兴奋了——
可见师尊传承法脉的殊胜。

时下他正需要信仰的力量，
来进一步凝聚人心，
所以他才想到借阴阳城的地方举行辩经打擂，
他想借此平台选拔贤能。
而对最佳辩手胜乐郎，
威德郎并不陌生，
他毁誉参半众说纷纭，
虽然辩才无碍学养深厚，
但因为身边有个女人，
总让正信之人皱眉。
按约定辩经胜利者将封为威德国国师，
可是胜乐郎的流言实在太凶，

威德郎知道兹事体大不容草率，
于是他决定亲自前往阴阳城探访。
他想知道，那个总处于话题风口浪尖的才俊
到底是凡是圣。

这天胜乐郎正在打坐，
威德郎带人前来拜访。
一见面威德郎便心生欢喜，
仿佛对方是久别重逢的亲人。
那一份熟悉非比寻常，
再加上是同门师兄，
同根同果更相谈甚欢。
他们从治国方略谈到信仰哲学，
他们从梦想展望谈到解脱原理，
威德郎豪迈挥斥方遒，
胜乐郎稳重如岳临渊。
二人从白天聊到了晚上，
浑然不觉时间的流逝。

威德郎提出要拜胜乐郎为国师，
胜乐郎却说自己无德无能，
再加上近来多招污水，
他名誉有损不宜居上位。
但他愿意成为威德郎的朋友，
在修行上两人可以深入交流。

威德郎多次劝请无果，
只好恭敬不如从命。

他向胜乐郎请教密义，
希望他知无不言言无不尽。
虽然奶格玛施以其授权，
威德郎也日日勤加修习，
但他并不知瑜伽要义，
他只想获得超人的大能。
他分明还有世俗的欲望，
总想建功立业留名青史。
他欲望未灭清凉就不至，
虽也苦修却烦恼频仍。

胜乐郎为威德郎讲解瑜伽，
告诉他修行的目的在于破执。
无论是观修有相瑜伽，
还是安住无相瑜伽，
出离是唯一的前提，
正见是唯一的依止，
慈悲是唯一的基础，
无上的信心是唯一的门径，
智慧和慈悲是承载解脱之车，
一心的专注是罗盘指针。
觉性的观照是日常行履，
福慧的增长在于净信。
无伪的教法是师尊教言，
修行的重点是三根本合一。
这便是菩提心、出离心与正见，
这三者合一才是修行。
无论是有为法还是无为法，

净信师尊才会有收获。

威德郎闻听心头一动，
这一点正中他的命门。
不愧是师尊的得意弟子，
胜乐郎几句话就点到了他的死穴。
他虽然也勤加修习，
但目的是修炼出威德大能。
他没有出离心不想远离红尘，
也没有生起慈悲大心。
以是故他并不能破执，
仍时时陷入热恼之中。

胜乐郎的话让他恍然大悟，
他因此知道了修行的意义。
只是他像旋转磨盘上的蚂蚁，
总被事务裹挟身不由己。
尤其面对那敌国的威胁，
他更无法做到出离静心。
这也是在其位者谋其政，
他正被命运之车所绑架。
现在他得到了师兄点拨，
决定在生活中慢慢体悟，
试着往破执的方向努力，
他也想契入真正的修行。
他希望胜乐郎恒居国中，
能常常和他进行交流。

胜乐郎对此不置可否，
他只想稳固自己的修行。
对方虽为师兄，可也是
权柄在握有着生杀大权的国王，
他从小就生在国师之家，
他的内心总有一份天生的警觉——
修行不可与政治太近，
否则或被俗事束缚了自由，
或将信仰异化为统治的工具。
他与威德郎虽为同根生，
但人与人之间如同刺猬和豪猪，
靠得太近，总会容易受伤，
保持安全距离才不会被扎伤。

威德郎也不再勉强，
他还想请教大威德观修。
上一次请法时太过匆忙，
没能随奶格玛认真观修。
有诸多奥妙他尚未体悟，
他希望胜乐郎能详加说明。
胜乐郎主修胜乐尊，
对大威德并不熟悉，
于是他建议祈请师尊奶格玛，
请师尊亲自给他们教授指点。
随后两人静心发愿，
用心光祈请奶格玛降临。

奶格玛观出因缘已到，

她一闪念来到二人面前。
二人顶礼后祈请法要，
奶格玛进行了讲说——
"那如如不动的道体智慧，
存在于万事万物之中。
它是无比殊胜的本体，
如无云晴空无垢无染。
它可以远离欲望到达彼岸，
一切行思皆自由无碍。
清净的自性是胜中之胜，
师尊的功德是能量之源。

"真正的修道不离欲望，
只要将烦恼化为菩提。
有的注重智慧空性，
有的注重大乐方便。
大威德便是以嗔忿为方便，
可以借嗔恨来达成解脱。
仇恨也是一种能量，
善用之也可以达成解脱。
于能所俱空中生起忿怒尊，
大笑大怒皆能吞噬三界，
诸种武器有多种象征，
能摧毁一切烦恼与暴力。"
奶格玛再教以详细诀窍，
两弟子遵嘱仔细冥想。

威德郎渐渐契入了观法，

气脉随手印自然舞动。
一阵阵电流流过了指尖，
身体如在云中自在轻松，
似落叶在海中漂浮般柔软，
亦如在广阔的森林中奔跑。
山河大地随意震动起舞，
每一个毛孔都在呼吸，
中脉震动发出风雷之声，
生起了无畏勇猛的欢喜心。

能量在胸口聚集搅动，
形成宝珠发出金色光芒。
热流像电流一样溢出毛孔，
气团转动猛如龙卷风，
全身毛孔如莲花绽放。
三昧之火燃遍了全身，
颅钵流出了白色甘霖。
三脉五轮一阵阵震动，
三昧光明与火焰共生。

一阵阵热流形成光圈，
万千个毛孔被电流击开。
能量在不断运转不断爆发，
身心一片光明清净离欲。

脉轮中有能量随呼吸运转，
化为宝珠旋转震动。
全身于是通透明亮，

自在游舞威猛庄严。
一切显现都融入了中脉，
海底轮热流厚密犹如火焰，
蓝色莲花在毛孔内开放。
一丝丝沁入每一个细胞，
全身如触电般充满喜乐。
中脉呈现黄色能量光柱，
一直贯通五个脉轮。
宝珠在五轮间来回滚动，
充满韧性和弹力通透发亮。

娑萨朗净光已自然显现，
净光四周有无数护法神。
到处都是火焰和吼声，
依次化现出无数的身娑萨朗。
三脉五轮成一棵大树，
满满的树叶在风中抖动。
身娑萨朗中喷出烈火，
光柱冲出顶门成扇形光圈。
精气神皆化为娑萨朗净光，
像阴阳鱼太极图一样转动。

威德郎这一坐酣畅淋漓，
不知不觉竟然过了一天。
他生起前所未有的体验，
无造作地契入威德大定。
下座后他不由得放声大吼，
那吼声震天动地好似雷霆。

之后又和胜乐郎同住共修几天，
继续巩固威德瑜伽的观修。
待得那境界相对稳定，
便告别了胜乐郎回到王宫。
临行前他们都依依不舍，
茫茫人海，难得二人如此投缘。
威德郎留下了许多金银，
也留下了他的祝福，
他希望胜乐郎不为衣食所困，
能心无旁骛地修行。

威德郎观修力从此大进，
以前他只是胜解作意，
这一次生起了真正的功能，
也能于梦观中勤加修习。
然而他的问题并未解决，
他仍然没有实现心的出离。
虽然他知道破执的重要，
但回到国中便重陷泥潭。
那繁琐的事务铺天盖地，
国民备战的狂欢也将他裹挟，
再加上欢喜国的威胁至今存在，
他的习气会时时翻起波浪。
因此他没证入空性智慧，
只是达成了世间法成就。
即使如此也仍有大益，
因修行之故他转化了逆缘，
有一些中立国靠近了他，

国中百姓也众志成城。
威德国的实力虽不如欢喜国联盟，
但二者的差距已经缩小。

此外尚有最大的优势，
便是那威德郎天纵英明。
他对于打仗有天赋直觉，
总能在战场上把握先机。
上一次失败源于轻敌，
也因为敌人装备先进武器精良，
那一场失败是他的转折，
从此之后他一直在反省。
他像越王勾践那样卧薪尝胆，
十年生聚十年教训。
更建立统一战线广交朋友，
团结了一切可以团结的力量。

幻化郎看到这里好个担忧，
法界中的血腥已铺天盖地。
两边的势头日趋剑拔弩张，
只需一个火苗便引爆劫难。
他决定不再拖延，
直接劝说威德郎息战。
于是他又生起幻身，
进入威德国的王宫。
那威德郎正在观修瑜伽，
被大力搅动了脉轮浑身颤抖。
幻化郎没有打扰他的观修，

怕突然刺激使他走火入魔。
他先观察王宫布置，
这也是幻化郎的性格特点，
去向何处都喜欢观察思考，
将所有的信息都熟记于心。

那威德宫虽然宽广无比，
却并没有太多华丽装饰。
多用粗木大石堆砌而成，
透出一种狂野的气息。
最多的房屋是练功房，
堆满石锁刀剑等各种兵器。
巡逻的士兵都目光炯炯，
个个威猛个个强壮。

突然他发现了一个秘密：
这王宫竟然没有护法神灵，
说明虽然威德郎也在修行，
却并没有得到神灵的相助。
这方面欢喜郎远胜于他，
其宫殿和密堡，
到处都是世间护法，
更有造化仙人的超时空武器，
各种防范都非常严密。

看到这里他不由得叹气，
威德郎已经失道寡助，
只是他浑然未知还在拼命膨胀，

试图凝聚力量报仇雪耻。
如同那飞蛾扑向火苗，
用力越猛灭亡得也越快。

幻化郎又转入其他角落，
忽然听到了女人的惨叫，
还有阵阵鞭打的声音，
这勾起他内心的好奇。

于是他用心念催动了幻身，
循着声音的来源，
进入一处阴暗的房间。
他看到一个被捆绑的女人，
她披头散发浑身血污，
正倒在地上费力地喘气。
她的声音压抑而痛苦，
身体随着呼吸一下下起伏。
那露出的半张脸高贵而美丽，
分明是个娇滴滴的美人坯子。
不知她到底犯了何等过失，
竟沦落到如此悲惨的田地？
幻化郎再仔细一瞅，
竟然是欢喜郎的妹妹——
那个被打入死牢的绿晶公主。

那绿晶谋划行刺亲生哥哥，
事败后本来被捕候斩，
不甘心悲惨命运的她

又用财色贿赂狱卒求救于威德郎，
威德郎才举国发兵进攻，
却不料遭到了巨大失败。
幻化郎听说过这个传闻，
却没想到会在此处见到绿晶。
原来威德军当年攻陷了沿途城市，
天牢所在之处便是其中之一。
威德军从大牢中捕获绿晶，
于是将她一直扣押在牢中至今。

狱卒们恨透了这个女人，
认为是她给威德国带来了厄运。
他们施以酷刑来泄愤，
十八种刑罚轮番上阵，
又不想让她痛快地死去。
幻化郎见状于心不忍，
他想找机会搭救这女子，
于是记下了威德宫布局，
策划逃跑的路线和时机。

这一忙时间过得飞快，
转眼就到了夜深人静。
威德郎还在精进观修，
幻化郎决定先救绿晶。
他先用幻身进入宫牢，
催眠了看守的卫兵，
然后悄悄解开绿晶的镣铐，
送一口能量唤醒美人。

那女子受尽刑罚命悬一线，

却忽然感到一阵清风迎面吹来。

它很是凉爽舒心，又似乎具足大能，

唤醒了她将死的意识。

她还听到一个声音，

说要搭救自己。

那声音异常清晰，

但她抬起头来四望，却什么人也没有。

突然轻轻的一声"哐啷"，

绿晶一看那镣铐已解。

她相信真有仙人相救，

内心狂跳犹如战鼓。

而那侍卫正在呼呼大睡，

她似乎听到了自由的号角。

她被那无形的拉力牵引，

时走时停时而隐藏身形。

避过了巡逻的侍卫官兵，

渐渐接近了威德宫门。

宫门处也有士兵把守，

幻化郎重施催眠之术。

不料其他士兵都陷入昏睡，

却有一个守卫并未中招。

只见他挺拔地站在那里，

如松也如山。

他目光如鹰，满脸都写着警惕。

幻化郎见状大吃一惊，
莫非这宫中另有高人？
他仔细检查周边的环境，
生怕陷入对方的埋伏。
上次的被捕记忆犹新，
一朝被蛇咬十年怕井绳。

看过周围没有机关陷阱，
幻化郎再看那宫门卫兵。
这一看不禁哑然失笑，
原来那卫兵竟是个假人。

可这假人却比真人难办，
它身上布满了毒箭机关。
任何活物经过它的旁边，
它都会乱箭齐发将其击毙。

自己是幻身倒也无妨，
那绿晶却是血肉之躯。
幻化郎只能先藏好绿晶，
再研究那机关的破解之法。

好在他平时便擅长发明，
很快便弄明白机关的构造。
拆掉了核心的零部件之后，
假人顿时变成了一堆废铁。
所有危险此刻都已消除，

他拉动绿晶快步逃出宫门。

绿晶乍然获救惊喜交加，
她连连叩头感谢恩人。
幻化郎说："此地不宜久留，
你且先随我到安全所在。
威德郎若发现要犯逃走，
必然展开全城搜捕。
我先带你去避难之处，
等风声过后再作打算。"

于是幻化郎牵动绿晶，
来到他的零磁空间。
他找来了食物，找来了伤药，
让绿晶在此处先行疗养。

绿晶谢过恩人的搭救，
说敢问恩人高姓大名？
那声音答道："鄙人叫幻化郎，
绿晶公主安心在此休养便可，
鄙人先告辞还有要事在身。"

随后他又回到威德郎身边，
见他已收功进入梦境。
梦境中他也在观修本尊，
能梦中知梦十分精进。

幻化郎叹口气生出感慨，

威德郎的处境越发危险，
他自己却看不清形势，
只想借修行得到复仇大能。
此时劝说必难奏效，
不如回去再从长计议。

第 99 曲　情魔

胜乐郎辩经会上精彩胜出，
却并未给他带来什么好处，
相反，引起了更多人的嫉妒，
那绯闻谣言也被散播更远，
众多女弟子心中都不是滋味。
华曼的表现也并无本质好转，
她虽极力在众人面前强装淡定，
可那份幽怨和不满的气息，
还是泄露到了空气之中。
有时她还像是突然受到了刺激，
若是胜乐郎对女弟子好，
便会招来她的失态辱骂。
她对着胜乐郎哭诉，情绪明显失控，
那情形有点像走火入魔。

各种说法接踵而至，
弟子们有的信心退转，
他们想，成就者怎能管不好身边人？
随之而来的谣言更是泛滥，
说胜乐郎修邪法害人害己，
那女子的疯癫就是力证，
虔诚的人啊要擦亮眼睛！

胜乐郎从来不理流言蜚语，
对华曼的痴情却束手无策。
他不会舍弃任何弟子，
更何况是身为伴侣的华曼。
于是弟子们纷纷远离了他，
尘暴般滚滚而来又滚滚而去。
对此他从不干预，他尊重他们的选择——
他们来，他倾尽心力用心教化；
他们走，他满怀善愿真诚祝福。
他的心总像虚空般如如不动，
看落叶随风而起又在风中消逝。

又过了很久，
疯癫的仍在疯癫，
流言也仍在蔓延，
沉默的，却依然在沉默。
终于，最后一位弟子也来告别了，
他欲言又止不知如何开口，
胜乐郎淡然地挥手祝福。

看着弟子的背影，
他深深地叹了一口气。
他明白，弟子的那份欲言又止
不过是想要一个留下的理由，
那理由胜乐郎当然知道，
可真正的信心无需条件。
当他需要理由才能坚持，
其实已背离了信仰的核心。

胜乐郎又变成了孤家寡人，
但他享受着这份清静。
华曼也平静了些时日，
可她心中仍觉得有件事尚需确定。
胜乐郎是否如从前那样爱她？
若不是，
何故能接受从妓院脱离的她？
若是，
缘何又对她不似从前那般热情？
难道相守只因为他曾对她许过诺言，
说无论如何都不会放弃她？
一定是这样。
看呐，他对她原来只是在尽责罢了！

想到此处，华曼伤心不已，
感到一切都有了合理的解释。
胜乐郎口上说为了追求信仰，
不能陷入小情小爱的迷狂，
其实只是对她再没有了当初的爱意。
她支持他的度众事业，
也深知他不可能只和她厮守在一起，
但她需要一个确定，让自己安心——
无论胜乐郎如何太阳般普照众生，
她都是他心中最深爱的人。
更重要的是，既要两两相随，
更要心心相印，实现真正的身心合一。
也许，这就是当初卢伊巴告诫的情执，

华曼也无法理解自己为何如此，
她看心中的情执像看陌生的怪物。
胜乐郎却知道自己的责任使命，
不会被感情牵绊困缚。
于是华曼时而发狮子吼，
时而又百依百顺。
在折腾和清静的交织下，
日子一天天流过生命。
胜乐郎觉得这样也好，
那狮子吼也成为本尊咒。
没了世俗中的纷纷扰扰，
自己也算另一种清修。

奈何树欲静而风不止，
虽然胜乐郎与世无争，
却仍招来无数诋毁嫉妒。
威德郎拜访他的消息，
如同长了翅膀传遍四方，
又引起师兄的嫉妒和猜忌。
都知道辩经胜者要当国师，
那是比掌门更大的荣耀，
名利和地位仅次于国王，
更会成为宗教界的领袖，
能对所有门派发号施令。

师兄们一方面羡慕嫉妒，
另一方面不乏小人之心。
他们怕他一旦成为国师，

就会对自己打击报复。
因此他们惶惶不可终日，
想方设法给胜乐郎制造障碍。

他们煽风点火造谣生事，
千方百计想破坏他的名声。
他们说他成为权贵的走狗，
他们说他行非法淫欲，
他们说他背叛师门忘恩负义，
他们说他广收门徒贪财敛色。
他们向官府举报胜乐郎，
他们在信众中散播流言，
他们试图用财色陷害，
还有人打着他的旗号栽赃。
他们乐此不疲沉迷不醒。

他们还纷纷请求卢伊巴，
希望师尊出面惩治恶人。
卢伊巴闻听示现怒容，
他当然清楚弟子的想法。
他说："我虽然做过他的师父，
但奶格玛才是他的根本。
他早已超越了我的传承，
再谈驱逐实在贻笑大方。
不要再做那些小人之举，
就像吃不到葡萄的狐狸，
总是泛一股酸腐的气息。
说真的我也以胜乐郎为荣，

你们再不要佛头着粪。
这绝非正信弟子所为，
如此心性根本不能成就。
你们要把心思用于正法，
多观察自己的起心动念。
洗去贪婪和嫉妒的污垢，
学会以真诚坦荡随喜他人。"

虽然卢伊巴教训了弟子，
但还是有人再次行起了诛法。
他们不理会师尊的教言，
反而为自己找到伟大的借口——
他们替天行道为民除害，
才会诛杀叛徒清理门户。
在这些铿锵有力的说辞下，
不参加的人倒成了叛徒。
于是好多人怕自己被孤立，
或主动或被动加入修诛法的行列。

他们发起更恶毒的诅咒，
比上次的行法更为恐怖。
他们费尽心思找来邪物，
横死之人的头颅、黑狗的鲜血，
更有各种毒蛇和毒虫，
他们想借咒力了结胜乐郎的生命。

那山谷的火坛黑烟滚滚，
行法的咒士也如一袭黑色的闪电，

在那黑暗里，潜藏着
无数黑色的妖魔黑色的鬼怪。
当他们念诵起诡异的咒语，
那些魔怪就开始疯狂地扭动，
它们释放出无量黑暗的气息，
一齐涌向胜乐郎，欲将他
斩尽杀绝。

行法的人们虽然显现愤怒，
但内心却情不自禁生出喜悦。
对仇人下毒手总是伴随快感，
他们仿佛看到黑色的烟雾里，
胜乐郎正扭曲了面孔挣扎。
于是他们更加卖力地诵咒，
如同吹起冲锋的号角。

那诸多的黑色咒力席卷而来，
如同沙尘暴遮天蔽日。
胜乐郎心如虚空不着一物，
恶能像老虎啃天无从下口，
华曼公主却遭遇难星。
因为女人的嫉妒之习，
让她的心失去了清净。
她遭遇了女人最难过的情关，
时时陷入无穷的热恼，
不再对胜乐郎生起净信。
总怀疑他跟其他女人有染，
她的眼中已没有了圣者。

她本来对奶格玛也有信心，
现在却把她当成了情敌。
她不想让他有任何女人，
哪怕是虚拟的甚至
是她自己的心所创造的，
她看到那唐卡就会点燃内心的火山。

终于，她陷入了自以为是的狭隘和偏激，
进而招致了致命的不祥，
漫天的黑咒力扑向了她。
她先是精神萎靡头痛不止，
几天后便陷入严重昏迷。
她面色如黄纸奄奄一息，
如同噩梦般时时呓语。
生命能量被恶魔迅速抽走，
身体已瘦成了一具骷髅。

胜乐郎见此状观出了缘由，
明白是她的心魔招致了诅咒。
本来袭向自己的恶能，
却波及了自己身边的女人。
于是胜乐郎观起金刚火帐，
试图帮华曼阻挡恶能。
可那火帐总出现漏洞，
皆因华曼的五毒与恶能相应。
她心中充满了怀疑嫉妒，
因此那火帐也无能为力，

只好任由恶能从漏洞中持续涌入。

其实只要她能生起忏悔，
便会有光明笼罩自己，
那邪恶咒力便自然消融，
犹如灯光能驱散黑暗。
但华曼却偏偏执迷不悟，
陷于情执不可自拔。
胜乐郎明知道解救之法，
奈何无上的加持难以进入。
眼见华曼已奄奄一息，
呼吸如细线般若断若续。
胜乐郎坐卧不宁心急如焚，
他才发现原来自己的深情未减。
这段时间她确实令他失望，
他甚至时时感到窒息只想逃离，
他觉得自己陷入了女难，
卢伊巴当初的警告果真成了现实，
但她毕竟是他心中的真爱，
此刻她遭遇了命难，
随时可能与自己阴阳相隔，
胜乐郎心急如焚心中疼痛。

他又想起初见她的时节，
那时他像是见到了生命的太阳，
她将他彻底照亮，引燃了他的希望。
那些过往虽然如镜花水月，
但无论经受着怎样的隔阂摩擦，

无论有过多少次的心理落差，
那最初的爱，始终还在。
那相遇，那期待，那兜兜转转，
如金风玉露般胜却人间无数。
如今音容笑貌都历历清晰，
那记忆吹去厚重的尘土，
也吹下胜乐郎悲伤的泪滴。

他已经习惯了她的存在，
也漠视了她的抱怨。
他从没想过华曼也会抱怨，
他心中的女神也一样有女子的习性。
她也有对感情的不安，
她也会想要对不确定进行百般确认。
那抱怨说一遍令人同情，
说两遍会让人麻木，
说三遍就成了唠叨。
唠叨的女神，就不再是女神，
只会让男人感到压抑和厌倦。
而如今，他很后悔，
为了避免那告诫所说的情执，
他总是小心翼翼，
不使自己释放所有的深情。
她一次次向他表达炽烈，
他却一次次板起面孔叫她好好修行。
他后悔没对她表达全部的真心，
很多话很多热情都被他悄悄咽下。

以前，他总觉得人生还很漫长，
然而此刻她命若游丝，
胜乐郎才看清自己的心：
总以为一心向往信仰，
总以为小爱应当舍弃，
总以为女人是一种麻烦，
总以为自己看破了虚幻，
即便面对挚爱的华曼，
也能守持住清明，如如不动，
而此刻，他多想她能再对他拌嘴痴缠，
他多想再被她管束控制，
他甚至去哪里都愿意带上她，
再也不逃离，再也不惧怕人们的流言蜚语。
可这世上常常留下遗憾，
后悔不及的悲剧一直上演。

他轻轻拉住华曼的手，
他附在耳边呼唤她的名字。
多少朝夕相处的时光中，
那名字成了心中的图腾。

他的心像单向的光源，
总是照亮世界和众生，
却把黑暗留给身后的人。
他能感受蝼蚁的悲喜，
却看不见身边人的泪眼。
想到自己过去的种种，
胜乐郎狠狠抽了自己耳光。

他发誓如果华曼得到救治,
自己的余生都会善待于她。
胜乐郎虔诚地祈请奶格玛,
但华曼的五毒漏洞却仍然无法弥补。
便是佛陀也改不了众生习气,
奶格玛对此同样毫无办法。

胜乐郎只好向威德郎求救,
希望他的御医能让自己的女人起死回生。
那药物也是能量的载体,
虽然渺茫但总是一线希望。

威德郎闻听后横眉怒目,
暴喝道:"竟有人敢如此妄为,
我这就叫兵士前往尸林,
把那几个鸟人抓来斩首。
我最恨蝇营狗苟的小人,
只会躲在阴处暗箭伤人。
有种光明正大地交手,
耍弄暗算的伎俩算什么英雄!
师兄你放宽心等候消息,
我亲自带队给你出气。
且看是他们的诛法厉害,
还是老子的战刀锋利!"

胜乐郎大呼不可不可,
千万不要妄造杀业!
他还说那些行者也是他的师兄,

他们只是被无明蒙蔽了本性。
这世上的众生都有缺点，
他们也只是普通的凡人。
虽然他们对他使用了诛法，
但以是因缘也跟他产生了关系。
有关系就有了救度的可能，
怎能用刀斧去宰割亲人？
何况佛法倡导慈悲和平，
以暴制暴不是佛子正行。
他二人都依止了奶格师尊，
切勿给传承沾染污名。

威德郎叹一声愤意难平，
说："佛家道理我不是不懂，
只是看到这帮宵小所为
我好生气愤只想清正乾坤。
枉我还自诩为明君圣主，
怎能坐视好人遭难恶人逞凶？"

胜乐郎说："你那是世间之理，
咱们都是依止的修行人。
既然进入了神性的系统，
就要尊重程序的运行，
否则难以获得真正的成就，
无非是披上袈裟自欺欺人。
若是你我放任心中的暴力，
与那些师兄又有何不同？
便是我的伴侣一命归阴，

也是她的因缘我坦然接受。
但若是生起仇恨大开杀戒，
就会断了生生世世的慧命。
我感谢威德师兄的好意，
切莫颠倒主次抱薪救火。"

威德郎听闻直喘粗气，
像是被撩起斗志的公牛，
却偏被缰绳勒住了鼻孔。
他眉头紧皱看着胜乐郎，
哀其不幸，怒其不争，
过了好久才平息了情绪，
说："你这事找御医也没用，
那几个庸才只会误事，
我亲自用法宝前去助你。"

威德郎进入密室片刻而回，
只见他捧出了一根手杖。
他双眼放出自豪的光芒，
说："我这手杖有神奇的功能，
它能量极大可以起死回生。"
又讲起这宝物的来历：
有一次他在沙漠遭遇飓风，
狂风瞬间将他凌空卷起，
他被巨大的力道甩晕，
醒来时他只看到茫茫大漠。
那时他不知身处何地，
就在茫然中一直东行。

那时节既无水也无食物，
他很快便体力不支，
摇摇晃晃没走出几步，
就再一次晕倒在沙丘之上。
蒙眬中眼前浮现了光明，
光明中有一个女子向他缓缓走来。
那时不知道她究竟是谁，
后来才明白是奶格师尊。
她递给他一根手杖，
手杖发出的光晕有无限清凉。

那清凉仿佛雪山的泉水，
从他的头顶缓缓流入体内，
非常柔和且绵绵不绝。
他如同干裂的土地遇到春雨，
又像婴儿回到母亲的怀抱，
很快便恢复了元气。

待得他醒转后赫然发现，
自己的身边真有一根手杖。
他因此信心大增，
最终走出了沙漠戈壁。
之后他大小阵仗创伤无数，
全都靠这手杖起死回生。
它的能量堪比灵丹妙药，
因此被威德郎视为重宝。

胜乐郎觉得手杖很是面熟，

接在了手里仔细端详。
忽然认出是奶格之星，
却奇怪它何以在这里出现。
因为奶格玛也有此物，
并且从未离身一步。
他仔细观察手杖的因缘，
遂明白其中的神奇愿力。

原来威德郎心力非常强大，
其念力具有无穷的能量。
梦中他得到了神奇手杖，
醒来也坚信真有此物。
这一种坚信能无中生有，
于是他真有了奶格之星。
这就像行者修出的本尊，
也是万法唯心造的实例。
又像那幻化郎的幻身修法，
也是坚信世界如镜中影像，
于是才能突破时空局限，
实现来去自如的神奇。

他虽然观出了此种奥秘，
却并不点破这一天机。
他知道那信心极为难得，
戳破了便会毁掉信仰之基。

他还听过一个故事：
有个人要被斩首，

他的兄弟刚好是刽子手，
于是他向自家兄弟求救。
那人告诉他一个逃生之法：
"行刑的时候我大喊一声'跑'，
听到这声音你就发足狂奔。
千万不要回头，
千万不要停留，一辈子都不要回来。"
那人遂将此法铭记于心，
集中了注意力聆听号令。
听到了口令他一路飞跑，
逃到其他城市隐姓埋名。

十年后他做生意发了大财，
当年的冤案也早已过去。
于是他回到了自己家中，
不料妻子见了他浑身发抖，
说他是鬼魂不要吓人，
若是缺什么她给他上供。

这人闻言好生纳闷，
说他在外地过了十年。
还赚了许多金银财宝，
此刻回来只为报答家人。

妻子见状把他领到坟场，
指着他的墓碑诉说分明：
"十年前你被斩首好个凄惨，
那尸身便埋在了此地。"

他挖开坟墓看到了尸体，
忽然大叫一声化作一汪血水。
原来因为念力的作用，
他的心造出了身子苟活了十年。

知道了这故事便明白了玄机，
法界的秘密也包含于此。
胜乐郎明知那手杖的因由，
也不能点破其中的关窍。

他甚至怀疑威德郎也已死去，
沙漠里走出的他是心念所生。
好在没人给他建造坟墓，
否则他也可能化作血水。

那手杖让胜乐郎升起希望，
他谢过威德郎的一片好心。
二人来到了胜乐郎住处，
用神杖之光照耀华曼公主。
神秘的生命能量源源而入，
华曼从昏迷中渐渐好转。
只是她的神志依旧迷乱，
半醒半昏中时时呓语。

那些呓语里全是胜乐郎的影子，
他对她说过的话，做过的事，
他们一起经历的风风和雨雨——

几时，他们去听潮；
几时，他们躺在沙漠上数星星；
又几时，他们曾将那草原的绿
观成了皑皑的白雪……
在这样的呢喃中，
华曼忽而抱怨轻嗔忽而柔情似水，
胜乐郎听着听着也泪眼迷蒙。
他也和着她的呢喃诉说自己的情意，
却看到她的眼角簌簌流下了泪滴。
这泪滴像流星划过夜空，
猛地撞进胜乐郎的灵魂。
他发誓今生一定善待眼前的女人，
再也不让她受任何伤痛。

胜乐郎请威德郎多留几日，
每天为明妃输送些命能，
威德郎一口答应了请求，
他对兄弟从来一片赤诚。
只是国王的行程异常繁琐，
尽管从简还是动静不小。
大家都围住胜乐郎住处探头探脑，
又被守卫的士兵驱散一空。

那些围观者的眼睛里，
分明写满了各种心情。
他们好奇，他们狂热，
他们也嫉妒；
他们畏惧，他们向往，

他们也仇恨。
此刻的胜乐郎成了
再普通不过的男人，
他的眼里只有自己的女人，
他只想陪伴她守护她，
做她的太阳做她的星星，
对外面的闲事他毫不记挂。
威德郎却精通人情世故，
他明白那些小人的心事。
看到他们眼中的神色，
他眉头一皱计上心来。

在威德郎手杖的加持下，
华曼渐渐恢复了清醒，
只是她的身体依旧虚弱。
手杖的能量治标不治本，
无非是力量与力量的抗衡，
哪一方强大哪一方便获胜。

尽管如此胜乐郎还是很欢喜，
他对威德郎生起感恩之心。
威德郎哈哈大笑说小事一桩，
又说他也有个不情之请。
他再次请胜乐郎出任国师，
做自己的左膀右臂。
还说欢喜郎丧心病狂野心膨胀，
他四处扩张领土无人能抗衡。
他陷万民于水火之中，

自己要替天行道铲除灾星。

威德郎因为上一次惨败，
元气大伤动摇了根本。
虽然他励精图治奋发经营，
但仍觉得力不从心难以抗衡。
他需要一种信仰的介入，
将百姓拧成一股钢绳。
更需要出世间的大力，
来帮助自己打败敌人。
只要天下能被他统一，
何愁师尊的妙法不兴？
说罢他双眼满含了期待，
静静等待胜乐郎的回应。

这时气氛忽然变得怪异，
刚才的融洽已无影无踪。
空气凝结成窒闷的液体，
让呼吸都感到一种黏稠。

胜乐郎闻言面露难色，
威德郎对华曼有救命之恩，
他本该尽心竭力报答恩情，
但威德郎的请求违背了信仰，
自己宁死也决不能答应。

他思谋了好久才缓缓开口，
说承蒙威德国王的器重，

只是自己的原则不容动摇，
他倡导和平不愿卷入战争。

他衷心感谢威德郎的相救，
说这份恩情他会铭记在心，
若是有不违信仰之事，
他定然赴汤蹈火全力全心。

胜乐郎还说愿意去劝说欢喜郎，
让他也放弃暴力实现和平。
这样既可以消除威德国的威胁，
又为众生谋福光大了信仰。

威德郎怒色忽现又旋即消失，
他很快调整了自己的情绪。
他说："其实你已经走投无路，
你看那门外窥视的小人。
他们会更加疯狂地陷害，
既因你的存在让他们嫉妒，
也怕你做了国师会打击报复，
他们定会千方百计要让你不得翻身。
他们无耻你却高尚，
若不担任国师必然遭殃。
与其这样不如索性破釜沉舟，
这世上向来是强者掌握命运。"

胜乐郎闻言沉默不语。
他不是不懂别人的机心，

也明白威德郎言之有理，
但信仰和政治万不可太近，
否则就会异化了信仰本质，
或是沦为教条或是沦为工具。

于是他终究婉拒了威德郎，
国王长叹一声满脸惋惜。
胜乐郎既是同门的师兄，
又是一代成就大德，
自己的世俗权威无法控制，
只能尊重他的选择。

于是他摆摆手说："人各有志，
我尊重师兄的人生选择。
我也绝非挟恩索利之辈，
只是一片真心渴求良才。
望师兄千万不要有压力，
你我依旧是打不散的兄弟。
既然华曼公主已无大碍，
我这便告辞不再多打扰，
国中尚有诸事需要处理。
盼师兄的教法能广照众生，
更盼师兄能采纳我的提议，
我和众百姓随时恭候。"
说罢威德郎摇摇头怅然离去。
他的随从仪仗一脸不满，
区区胜乐郎，好个不识抬举，
恨不能砍了他为国王出气。

胜乐郎也叹一声久久不语，
看着华曼刚刚苏醒的身体，
心中仍生出愧疚之情。

眼见威德郎的队伍已经走远，
有诸多的异教徒忽然围来。
他们怕他得到威德国王的器重，
会用统治的势能吸纳人心。
阴阳城就在威德国附近，
那影响难免会蔓延到城中。
那时自己的教派便会凋敝，
甚至遭到胜乐郎的清洗。

虽然胜乐郎没有这些念头，
但小人的眼里看不到光明。
他们只会根据自己的心性，
将太阳恶意揣测为地狱的火球。
于是他们串联起来编造理由，
说胜乐郎已成为权势的奴隶。
他心中生起了贪婪和欲望，
于是修法也会变得邪恶。
那恶能量会带来血腥之灾，
他的女人就是招致了恶果。
他们代表城内的众多百姓，
要求胜乐郎立刻滚出阴阳城。

一时间阴阳城里乌烟瘴气鸡犬不宁，
百姓们也因流言而人心惶惶。

名扬天下的最佳辩手胜乐郎
转眼间便成了过街老鼠。
他被人拦截辱骂甚至轰砸，
人们甚至攻击他的传承和奶格玛。

人们常常向胜乐郎扔去秽物，
更多人堵住大门高声辱骂。
还有居心叵测者乘机起哄，
小人总能找到诽谤的理由。

卢伊巴见此状也生出愤怒，
却对卑劣的行径无可奈何。
当恶的意识形成主流，
善的火种便难以燎原。
于是他找到胜乐郎好言相劝，
并给了两个可行的选择：
或是离开华曼洁身自好，
或是离开阴阳城独自隐居。
否则那嫉恨之火永不止息，
胜乐郎的麻烦会铺天盖地。

胜乐郎闻言谢过恩师，
他毫不犹豫地选择了后者。
他发誓对华曼不离不弃，
而且他知道，即使
他留在阴阳城也无济于事。
欲加之罪何患无辞，
小人的眼里从不缺借口，

就算没了女人还有别的理由。
他们不过是惧怕自己借势而起，
女人只是攻击的理由之一。

胜乐郎本没有攀附的打算，
独自隐居也是最好的选择。
于是他扶起尚在休养的华曼，
在众人的辱骂和欢呼中离去。

第三十八乐章

　　幻化郎接到的这个任务很是棘手，那黑城堡岂是容易摧毁的？还有那死心塌地跟着他的流浪汉，究竟什么来头，他身上的七芒星标记和黑城堡里的七芒星有何关联？幻化郎能否完成任务？

第 100 曲　流浪汉

幻化郎自从被擒放回之后，
就放弃了夺取魔盒的主意。
有时候恩情也是一种负债，
宛如那束缚手脚的绳套锁链。

他的心中不由得百感交集，
他与造化仙人本是喝茶叙旧的故人，
却各有因缘各为其主，
不得不站到了相对的位置。
幸好师尊与仙人并非敌对，
师尊只是救度众生而非自己称王，
否则很难想象，他该
如何与造化仙人两军对垒。

他遵照诺言赶往威德国，
想找机会劝说威德郎，
让他放弃暴力和平统一，
这才是真正的利益苍生。
然而威德郎的习气极重，
那建功立业之心如同烈火，
所有出世的道理和智慧，
一进他的心就化为灰烬。

于是幻化郎陷入了困境，
感觉又辜负了师尊的信任。
他发现就算有天大的神通，
也灭不了世间人心的业火。

那神通仅仅是一种能力，
如同鸟会飞天鱼会游水。
人心像是污浊的空气，
任你有拔山之力也徒唤奈何。

即便幻化郎看透了造化程序，
即便他能修改那造化程序，
也只能眼睁睁看着众生沦陷。
他忽然觉得造化仙人言之有理，
人力无法挽回命定的趋势。
这一想顿时心生消极，
他感到自己的奔波毫无意义。
巨大的困倦也随之袭来，
他呆坐在石头上垂头丧气。

这时出现一位白胡子老头，
他慈眉善目须白如雪。
他问："小兄弟为何郁郁寡欢？"
幻化郎反问道："如果明知会失败，
您是否还会全力去做一件事？"

老头闻言呵呵一笑道：
"结果的成败并不重要，

做事的过程才是乐趣所在。
每个人都知道死亡是归宿，
但活着并非为了等死。
人们不断为生命填充着内容，
因为活的过程本身就是意义。
君不见逝者的临终遗言，
从不说我终于死了，
而是说这辈子我没有白活。"

这一说幻化郎眼前一亮，
再看老者仙风道骨一身逍遥，
俨然是世外高人的模样，
赶忙尊一声："老仙翁高姓大名？"

老者说："姓不高名也不大，
人们都称我寂天老仙翁，
其实我就是一平常的老头。
你的师尊让我前来，
看看能否为你效力。"

幻化郎闻言"哎呀"一声，
他翻身下石深深地作揖。
本想用跪拜以示尊重，
但他想到男儿膝下有黄金，
况且他和师尊本是一体，
又怎可轻易跪拜他人？

然后他赞叹地说道：

"我早就听闻仙翁的大名,
这一番示训令我拨云见日,
满心的感恩难以表达。
眼下我正遇到一个困境,
如同老虎啃天无处下口。
还请老仙翁指一个方向,
让弟子能不负师尊交予的使命。"

寂天仙翁告诉幻化郎,
凡事欲速则不达,
工欲善其事必先利其器。
而幻化郎只靠一个幻身来回奔波,
如同想用墙上的倒影耕地。

如果要抗衡滔天的巨浪,
必须先拥有一种大力。
既然他精通发明创造,
能超越时空前往未来,
何不借鉴未来的科技,
利其器具大能,
让事业如虎再添翼?

幻化郎点头道言之有理,
许多时候,他确实有种无力感,
他就像一棵树,想成长却水源不足;
或是一团燃烧的火,
想再旺一些柴已无多;
又或是一块滚动的石头,

想上坡，却常常身不由己地下坠……
寂天的点拨让他豁然开朗。

谢过寂天，他又开始闭关。
一声又一声地祈请，
一遍又一遍地观想。
他又能自由进入任何空间了。
这是幻身的神秘之用，
没有它到不了的地方，
也没有它穿越不了的时空。
宇宙之大，无所不能；
时空交错，穿越自如。
它能进入多层宇宙，
也能穿越各种时空，
更能在过去未来间穿梭。
他能看到时光之轴，
并能如意地拉其进退。
如此便可以得到未来的高科技，
远远超越于他当下所处的时代。
《封神演义》中的神仙也有此法，
那便是诸神手中的法宝。

幻化郎用黑科技做成法器，
那是一个刻满符文的宝盒。
它拥有巨大无比的威力，
据说能将高山夷为平地，
将海洋填为草原。
幻化郎拿着宝盒欣喜不已，

左看看右摸摸充满自信。
这是他用全部的心血制成，
也是他智慧的结晶。
在他所有的发明创造中，
这宝盒堪称扛鼎之作。
他像孩童得到心爱的玩具，
不论走到哪里，都会将它贴身携带。
那法器分明成了他的影子，或是
永远也不能分离的亲密爱人。

他也知道这件法器的威力，
便设置了多重启用咒语。
如同那进入系统的密钥，
目的是防止意外疏忽造成惨剧。

随之他又产生新的念头，
宝盒在手却不能观其效果，
因他找不到一个可以试验的机会。
这一下可急坏了幻化郎，
就像美人在怀却不能触碰。
他终日里都在挂念此事，
渐渐地成为心里的执着。

奶格玛观因缘发现问题，
幻化郎的心性已产生变化。
那寂天并非真的寂天，而是魔王所化，
为的是启动幻化郎心中的贪欲。
幻化郎的脑波已偏离了正轨，

再这样下去定会着魔。

那宝盒的威力十分可怕，
稍有不慎就会酿成大祸。
奶格玛现身严厉指正，
让幻化郎多发慈悲大愿。
她叮嘱他切勿轻易使用，
更不要生起尝试的念头。
那念头是他心中的恶魔，
一旦释放后果不堪设想。
这世上万事万物皆有因果，
绝不能扰乱其中的规律。

幻化郎看师尊声色俱厉，
也猛然觉察到自己的魔心。
他不由得惊出一身冷汗，
差点不知不觉陷入魔障，
他一想起就胆战心惊，
于是反复怪责自己。
他小心翼翼收起宝盒，
如同携带封印的魔王，
再不敢生起儿戏之心，
反而像怀揣炸弹般谨慎。
但因为自身有了威猛力量，
他胸有成竹底气十足，
他从未感觉如此自信，
连脚步都变得铿锵有力。

为防止魔王再化为寂天，
奶格玛请寂天仙翁前来助力。
她告诉幻化郎分辨真假之法：
增加欲望者便是魔王所化，
减少欲望者便是寂天仙翁。
寂天仙翁带着幻化郎，
一同踏上寻求和平之路。
一入威德国境，只见到处
都是国人宣传战争的旗帜，
粘贴在墙上的，横挂在树上的，
百姓们印在身上的，
无不是对战争的信仰。
所有人都狂热激情，
他们就等一声令后，
挥大刀向敌人的头上砍去。

幻化郎感到忧心忡忡，
寂天仙翁也沉默不语。
人们心中的魔王张牙舞爪，
却偏偏长一副正义的面孔。
那战争的口号无比铿锵，
只听一遍就会热血沸腾。
清凉的智慧之音却如同弱风，
一遍遍吹拂也难以入心。
因此魔王从不缺眷属，
欲望总淹没真理的声音。

为了携带宝盒，

幻化郎显真身前来。
那幻身固然神奇无比，
却不能携带一丝一缕。

为了防止被魔王发现，
他总是小心翼翼地赶路，
小心翼翼地不跟人说话。
他时不时就摸一下怀里，
看那珍贵的宝贝是否还在。
于是这宝物就成了物累，
他再也不像从前一样逍遥。
他终于明白修行的道理，
明白为何要舍去牵心之物。
若是将念头都系在执着上，
便无法契入明空之心。

二人途中经过阴阳城，
辩经的余韵仍在回荡。
虽然胜乐郎已离开此地，
但城里依旧流传着他的各种传说。
尤其是他和女人的故事，
更成为街头巷尾的热点。
华曼"醋坛子"的称号已名扬天下，
成为人们教化女人的反面教材。
她的吃醋嫉妒无人不知，
还有其他女信众的各种纠缠，
胜乐郎身边总是莺莺燕燕，
那场景被传得活色生香。

无论宣说者还是听众，
脸上都泛着兴奋的亮光。

这让胜乐郎的形象多了色彩，
在众人的口中褒贬不一。
有说他是大学者精通经论，
有说他是成就者证得悉地，
有说他借信仰骗财骗色，
有说他成为权贵的奴隶，
有说他毁坏誓约背叛师门，
有说他会招来巨大的灾难。

人们谈论最多的还是关于他的绯闻，
人们总是深爱桃色话题。
有人说真也有人说假，
有人说错也有人说对，
一个个言之凿凿有理有据，
还衍生出许多生动的故事，
在阴阳怪气中传向十方。

人们对于高过自己的存在，
总是下意识地想要抹黑。
越是伟大对自己越是挤压，
光明总会让黑暗感到压抑。
于是卑鄙者喷出无数脏水，
高尚者却因高尚而沉默。

幻化郎听到这些流言蜚语，

也摇摇头感叹人性的卑劣。
尤其发生群体恶行的时候，
那面目更是匪夷所思。

有时候他真想放弃救度，
觉得人类是低劣的物种，
只有浩劫方能洗清罪孽，
让世界恢复本然的纯净。

他发现自己有愤青的基因，
日日在奶格玛教化下修行，
边发着利益无边众生的菩提大愿，
边明白一切如梦如幻了不可得，
却因几句流言就生出嗔恨，
内心的习气啊何时能清净？

于是幻化郎一边前行，
一边祈请师尊加持自己。
走了不到半天，他感到好疲倦，
他忽然发现自己体力衰减。
习惯了幻身倒不习惯肉身，
他感觉自己未老先衰了，
便产生一种内心的恐慌，
他赶紧反复活动活动筋骨，
体会肌肉的力量。

就是在这一点恐惧上，
他又发现自己对肉体的执着。

一具皮囊就让他生出诸多杂念，
他还整天自以为是夜郎自大，
以为自己有多高的证境。
想到这里，他才提起警觉开始观心。
他思维肉身只是修道的工具，
过分在意只会本末倒置。
寿命的长短也应随缘，
关键是有没有虚耗生命。

幻化郎正在胡思乱想时，
见一个流浪汉乞食而来。
他身上散发奇怪的恶臭，
还总是抢夺摊贩的食物，
也招来众人厉声的喝骂，
还有一次次棍棒的击打。
那一下下棒击如打皮革，
发出一阵阵刺耳的声音。

流浪汉一边倒在地上挨打，
一边大口大口吞咽食物。
他像一条饿极了的疯狗，
嘴里发出呼哧呼哧的声音。
无论是打人者还是挨打者，
人格与尊严都荡然无存。

幻化郎看了于心不忍，
那棍棒像打在他的身上，
自己肌肉也随之一下下抽动，

他不知这感觉从何而来。

他送给商家几枚钱币，
制止了这场凶狠的殴打。
再买些食物递给流浪汉，
却被对方抓住了手腕。

流浪汉做个鬼脸轻声低语，
说："你已被多人盯上。
要想活命赶紧去尸林躲避，
再迟一步就要大祸临头。"

说完他混入人群眨眼不见，
刚才的场景也像一场梦境。
幻化郎觉得有些怪异，
遂安住明空观察环境。

这一观却让他胆战心惊，
那滚滚的恶能正在紧紧尾随，
所到之处人心也掀起魔性，
贪婪和仇恨如烈火般滋生。
更有无数恶犬循味而来，
它们本是魔王的耳目所化，
正紧衔着二人走过的足迹，
无数双眼睛齐刷刷盯着
幻化郎怀中的宝盒。

幻化郎被这番景象惊出冷汗，

有些后悔弄出这黑科技，
让自己时时陷入致命的危机。
想当初自己的幻身来去自如，
虽然力量不大但无拘无束。
如今却要提心吊胆步步谨慎，
稍有疏忽就会死无葬身之地。

对于幻化郎的心理活动，
寂天仙翁心知肚明，
他说不必觉得此物麻烦，
自古成大事者必须有大力。
险峻之处往往风光最美，
人只有在磨炼中才能升华。

幻化郎觉得好个惭愧，
他不由得脸上一阵通红。
原本想张口辩解一番，
又想那辩解也是机心。
他对内心的观察越发敏锐，
这得益于他精进不懈的修炼。

幻化郎说："多谢老菩萨指正，
如今我们已经陷入危险。
那疯汉的行迹十分可疑，
您看是否听从他的建议，
前往尸林躲避这场危机？"

寂天到底是见多了风雨，

他临危不乱处变不惊，
他永远是最深的那面湖水。
他坦然说："与其坐以待毙，
还不如去尸林碰碰运气。
流浪汉既然提醒你危险，
应该不会存害人之心。
否则他只需坐视不理，
你便会大难临头而不自知。"

幻化郎觉得寂天言之有理，
二人遂达成共识决定前往尸林。
一路上他思绪又在翻涌，
觉得自己少不更事，
要多跟寂天仙翁在事上历练，
瞧菩萨那睿智与镇定世所罕见。
于是他更着意跟紧寂天，
一言一行都默默地留意。

两人带着宝盒来到尸林，
看到有许多人正在火供。
零散的小火堆像遍地蘑菇，
烟雾笼罩着整个尸林。
中间有一个超大火坛，
一股股火焰直冲天空。
十多人正在抛撒食物，
供物中还有一匹匹上等的丝绸。
一勺勺清油浇向火头，
一把把黑芝麻在火中噼啪。

有一人正在高声唱诵，
那是一种奇怪的旋律。
其余的诸人应和着唱诵，
一晕晕声波传向天地。
幻化郎突然感到不祥，
浑身的汗毛莫名竖起。
他有一种野兽才有的直觉，
觉得空气中暗藏杀机。

他与寂天对望一眼，
显然他们心有灵犀。
他仔细观察发现了玄机——
尸林中的火堆看似无规律，
其实是一种神秘的阵法，
而他们恰好走入了困门。

危急中幻化郎拉住寂天，
大叫一声想抽身而退，
却不料那咒声嗡嗡直响，
顿时火堆中火星四溅，
化为铺天盖地的恶魔，
径直扑向幻化郎和寂天。

幻化郎于刹那间起心动念，
迅速观出金刚火帐护身。
它由无数的金刚杵构成，
智慧大火融化了杵尖。
层层叠叠的火帐密不透风，

织成了形似蛋壳的护轮。
寂天也召唤出护法神龙，
神龙呼啸着从天而降，
眼睛里射出炽热的火焰，
嘴里的怒吼震耳欲聋。

那火焰喷向魔鬼的法阵，
却像遭遇无形的屏风，
只能在外围环绕着燃烧，
透不进恶能密集的区域。

法阵里的咒力声声加紧，
那火供的咒士挥汗如雨。
化出的恶魔持恐怖兵器，
狰狞猛厉地进攻火帐。

幻化郎看到那恶魔心生恐惧。
它们的脸上沾满人血，
青面獠牙手脚如同铁钩。
它们的兵器更是诡异，
除了刀枪剑戟斧钺钩叉，
还有毒蛇巨蟒和诸多毒虫。
幻化郎平时最怕这些瘆物，
那恶魔仿佛知道他的心思，
毒物们越来越密集盖满大地。

幻化郎这一下乱了心神，
那火帐随之也出现漏洞。

恶魔们呼啸着乘机涌进，
眼看就要取他的性命。
幻化郎下意识闭上眼睛，
他的大脑被恐惧炸得一片空白，
他的身体僵直无法动弹，
他完全失去了反抗的能力。

危急中只听一声暴喝，
寂天突然按住了他的肩膀。
刹那之间有股大力源源不断地涌入，
稳定了他慌乱不堪的心神。

幻化郎的信心顿时生起，
寂天的力量驱走了恐惧。
他重新稳固了金刚火帐，
那烈火比之前更加炽猛，
呼啸着发出刺目的光明，
诸恶魔纷纷惨叫着逃离。

这一下幻化郎更加自信，
他端坐在火帐里开始观修。
他观那恶魔如同幻影，
智慧的火帐也虚幻不真。
幻化之魔遇到幻化之火，
整个世界都化作一场梦境。
他安住在梦中不摇不动，
心坦然身放松忆持光明。
刹那间生起无穷的欢喜，

像是玩一个惊险的游戏。

面对着如如不动的幻化郎，
恶魔们手足无措无可奈何，
它们知道火帐已牢不可破。
那光明和火焰散发着大能，
稍有接触便被焚为灰烬。

咒士们更猛烈地诵经加持，
他们把火堆变成巨大的火海，
拼命投送着珍贵的供物，
来增长恶魔法阵的能量。
他们声嘶力竭挥汗如雨，
有的因无力支撑而昏迷过去。

寂天的神龙在外围呼啸盘旋，
巨大的吼声震天动地。
又刮起能倒卷大树的飓风，
却仍无法撼动恶魔的法阵。
于是局面进入僵持，
魔力与火帐难奈何对方。

而火帐外的魔子魔孙们
正铺天盖地地拥挤冲锋，
它们一起发出啸天的呐喊，
一波波声浪席卷而来，
犹如夏日里狂躁的知了。

幻化郎虽然脱离了危险，
却彼此僵持着无法脱身。
忽然他想到手中的黑科技，
虽然师尊叮嘱不可乱用，
但此时身处险境不用更待何时？
想到这里他还有一点喜悦，
终于能合理地启用宝盒。

他取出了宝盒，双手捧着，
像手握至宝一样。
他持诵密咒借法力开启。
忽然间有白光激射而出，
像无数的烟花从天而降。

一道道白光射向十方，
一晕晕声波响彻天地，
一方方天空都在爆炸，
一寸寸土地都喷出岩浆。

刹那间遍地燃起大火，
所有的恶魔都化为烟尘。
那神龙竟也尾巴起火，
惨叫着逃向青天深处。

那火焰同样扑向寂天，
幸好有金刚火帐的防护。
火帐之内如处温室，
火帐之外如遭雷殛。

然而除了那恶魔法阵被毁，
杀伤的范围还在继续扩大。
山崩地裂如末日降临，
呼喇喇烈火地狱涌上虚空。
所有的生物都化为灰烬，
咦呀，无尽的天空里，
充满了魔鬼扭曲的倒影。

经过连续不断的爆炸，
整个世界终于重归寂静。
刚才的嚣乱如同落叶，
在一场飓风后无影无踪。

幻化郎不由得大惊失色，
没想到黑科技的威力如此可怕。
所有的生命都被摧毁，
大地万物化为一片废墟。
幸好他们有金刚火帐，
否则也定然玉石俱焚。

这完全超出了他的控制，
他因误伤生命而痛苦不已。
眼看着遍地的支离破碎，
心中的愧疚犹如毒蛇啮咬。
他后悔自己的莽撞，
只想把宝盒砸成粉末。
他双手捧起宝盒举过头顶，

晃了几晃想用力砸下又十分不舍。
他怀抱宝盒跪在地上以头撞地失声痛哭，
后背一抖一抖地抽动，
额头上也渐渐现出血痕。
他又向着天空一声声呼唤，
愿师尊能救拔诸苦。

忽然尸林上空出现净境，
奶格玛现身摇动了手鼓。
她先是显现金刚怒目之相，
对幻化郎进行严厉的呵斥：
"你怎能如此轻浮草率，
开启那宝盒闯下大祸。
我再三叮嘱你不可乱来，
你还是找机会释放了恶魔。
你好好观察自己的心念，
看是否真到了生死存亡的时刻？"

幻化郎跪在地上泪如雨下，
他号啕大哭着连连忏悔。
说："师尊请原谅弟子的鲁莽，
还有那一直作怪的卖弄习气。
经过这次深刻的教训，
弟子再也不敢启用宝盒。
弟子愿将它供养以表决心，
请师尊救度那些遇难的生命。"

奶格玛闻言悲音响起——

"儿呀你不必太过自责。
诸多的护法神正闻声而来，
把所有的生命带往净境。

"你再不可乱用这黑科技，
它其实也是一个魔君。
它只是助你一臂之力，
去完成一个艰巨的任务，
断不能让它控制了你的心智。

"你可记得那座黑城堡？
它像是沙漠中的魔国。
诸多的恶能都由它产生，
一晕晕魔波搅乱了人心。
你还要想方设法摧毁黑城堡，
让它从这世界上消失。
只要这黑色的魔王存在，
那末日之剑便难以入鞘。
要是它落入恶魔手中，
那恶魔便会借它斩尽三界众生。
我正在编另一种程序，
它能植入众生的心中，
让智慧光明成为本能，
让世界从此清凉如春。

"只因你更改了宇宙程序，
无意间扩大了时空裂缝。
黑城堡才来到这个世界，

加快了人间灾难的降临。
欢喜郎目前控制了黑城堡，
想造出大量的杀人武器，
靠它消灭敌人统治世界，
大战一起便要涂炭生灵。
接下来你要想方设法，
让黑城堡从这世上消失。
或是用你的宝盒将它摧毁，
或是将它送回原有时空。
不能再让它助纣为虐，
制造出诸多的杀人凶器。"

说罢奶格玛隐入虚空，
留下幻化郎默然无语跪在原地。
空中出现许多智慧女神，
用各自的方式进行救赎。
那无数灵魂化作无数光线，
都随智慧女神前往各个净境。

幻化郎见此状略感安慰，
但很快又生起新的担忧。
那黑城堡是欢喜郎的重镇，
也寄托了造化仙人的发心，
摧毁它便是与造化仙人为敌，
也就辜负了仙人的诸多恩情。
但自己不能因为念恩就违抗师命，
也不能因为私心而罔顾众生安危。
幻化郎长叹一声，

事情发展到今日，他已无法选择。
虽是为众生消除祸患，
心中却依旧充满愧疚，非常沉重。

幻化郎收起黑科技宝盒，
与寂天一起走出尸林。
又遇见那个流浪汉，
他一阵怒火冲上心头。
捡起一块石头走上前去，
想质问他陷害的因由。
心中忽然闪过了疑惑，
在惊天动地的爆炸之后，
此人竟还好好地活着。
他定是一位奇人异士，
修为比那些咒士还要高深。

流浪汉也看到了幻化郎，
他急忙向幻化郎忏悔。
说原本尸林里有一处秘境，
可以让幻化郎躲避追踪。
但那些恶魔赶在了前面，
攻占了尸林并设下陷阱。
自己一路都在寻找他们，
想告知他们不要再去尸林。
没想到还是迟了一步，
导致这场惨剧的发生。
他发愿今后跟随幻化郎，
听候他们的差遣将功折罪。

幻化郎对此言将信将疑——
此人的言行选择充满蹊跷，
有着说不清的不合情理。
他又不知对方是何来历，
无从判断其到底是敌是友。
询问流浪汉的师承门派，
对方也只是傻笑不予回答。
看他的样貌倒也憨实拙朴，
方脸厚唇眉心间还有颗痣。
不过心的善恶又不会写在脸上，
貌似忠厚的坏人并不少。

幻化郎本来不想带他，
怕他是魔王派来的卧底。
于是告之说前途极其凶险，
可流浪汉立誓愿意跟随。

对此幻化郎无计可施，
只好加快脚步欲甩掉对方。
却不料那汉子如影随形，
如同狗皮膏药贴上后背。
幻化郎暗自提高了警觉，
准备应对随时出现的危机。

第 101 曲　七芒星

三人就这样一路前行，
两个前面走一个后面追。
那流浪汉仿佛是一条尾巴，
总是跟着幻化郎和寂天。

初时幻化郎对他高度戒备，
走路时，他眼睛的余光在看他；
说话时，他心灵之眼在观察他；
与寂天讨论时，
他也会刻意地降低音量或是躲避。
走了不几日，
他却渐渐习惯了流浪汉的跟随。
又见那流浪汉并不曾搞鬼，
内心便默认了他的存在。

他由此事又产生了感悟——
生命中突然出现的一些变故，
初时会觉得突兀和排斥，
渐渐便适应它的存在。
无论好事坏事莫不如此，
入芝兰之室久而不闻其香，
入鲍鱼之肆久而不觉其臭。
人没有吃不下的苦头，

只有满足不了的欲望。
当心中没有欲望和分别时，
再苦的日子也不觉得苦。
人会烦恼全是因为有渴求，
总想过另一种暂时不能达到的生活。
虽然这也是前进的动力，
但若是陷入执着就会痛苦。

他又想到那一段避难的日子，
整天窝在房里像只老鼠。
他草衣木食，蓬门荜户，
那时他的心中满是痛苦，
他总是向往阳光和自由，
更想解除被追杀的恐惧。
此刻想来却是另一份感受——
清净的时光里，只有他。
他无须走出户外四处奔波，
那份安全感也不必依赖外缘，
只要内心能安住于当下，
打破不切实际的欲望幻想，
就能睁开智慧的双眼，
发现生活中处处有诗意。

如今的生命经历其实也精彩，
危机四伏却充实无比。
以前他是漫无目的的浪子，
而现在他为众生的福祉而奔走。
只要坦然接受命运的安排，

便不会再有诸多的抱怨。

于是他接受了流浪汉，
让他加入自己的队伍。
那汉子却木木然没有反应，
既像荣辱不惊又像愚钝痴呆。

三人赶往沙漠中的黑城堡，
他们到的时候，城堡
仍在夜色中巍峨耸立。
它戒备森严处处机关。
上次他依靠幻身潜入城堡，
那些守卫和机关形同虚设，
而这次因为携带了宝盒，
他的肉身根本无法穿越安保。
这无处不在的感测器和护法神
让他在城堡外寸步难行。

三人交头接耳窃窃私语，
最后敲定两个方案，
要么开启宝盒炸掉城堡，
采取最安全快捷的方式；
要么放弃宝盒用幻身潜入，
把城堡送回原有的时空。

两种方案各有利处也各有隐忧——
第一种虽然快速有效，
但方圆百里将寸草不生。

造下的杀业不可估量，
时空的裂缝也难以弥补。
第二方案虽然危险，
因为造化仙人的设计神鬼莫测，
但不造杀业还能根除危机，
扭转被他擅自改动的因果。

在幻化郎和寂天商议时，
流浪汉一言不发。此刻
他就像生闷气的葫芦，
又像听而不闻说而无声的聋哑人。
他看着幻化郎和寂天谋划，
只有那双仿佛在一潭死水中转动的眼珠，
证明着他是一个活物。

一路上他都这样痴痴傻傻，
幻化郎早已忽视了他的存在，
更不会征求他的意见，
就算征求了也不会有回应。

他们商议后决定幻身潜入，
只是每走一步都要小心提防。
幻化郎吃过造化仙人的苦头，
知道他有对付幻身的妙计。

于是流浪汉在远处等待，
幻化郎和寂天藏在秘处。
幻化郎只遣幻身潜入，

他像猎狐般小心翼翼。
为了预防造化仙人的埋伏，
他对每一处的布局都反复核实。

幻身发现城堡与之前有了天壤之别，
第一层不再空旷和寒冷。
那里盘坐了无数的行者，
黑压压的人群正在诵经。
嗡嗡的咒声惊天动地，
一晕晕咒波荡向天际。
于是欢喜国的能量大盛，
人心也疯狂地向往战争。
法界中涌起一团团黑雾，
它们变成一波波恶能，
像恶狼一样扑向威德国领土。

幻身也感受到咒力熏染，
幻化郎心中生起了欲望。
他知道这是习气的种子，
便祈请师尊予以对治。

只是那咒力之波仿佛噪音，
总能扰乱幻化郎的心神。
他忽而想建功立业称王称霸，
忽而想花前灯下拥美人。

于是他拉紧了寂天仙翁，
那老者身上有一股清凉。

据说那气息叫内证功德，
可以让身边的人心无杂念。

幻身记住了第一层设置，
这是欢喜国的念力之源。
所有的人心都在这里激荡，
法界的能量也在这里产生。

然后幻身进入了第二层，
只见那里全是机器，
怪模怪样十分诡秘。
它们正在轰轰运行，
连气候都会随之改变。

幻身仔细查看其中关键，
发现那些机器各有效用。
有的能让士兵失去痛觉，
在战场上不顾生死奋勇杀敌。
有的能凝聚众人的心志，
让他们对领袖极度忠诚。
有的能干扰敌人的脑波，
让他们失去战斗的勇气。
更有诸多的杀人武器，
都是用未来的科技造成。
那种威力与宝盒不相上下，
看得幻化郎肉跳心惊。

那些机器让他感到冰冷，

巨大的体型也令人恐惧。
轰轰的噪声像怪兽怒吼，
张牙舞爪的造型充满诡异。

幻身记住了机器的信息，
又找到城堡第三层的入口。
这时他发现奇怪的现象：
这一层的景物竟时时变化。

变化中的城堡宛如迷宫，
景物全像倒影般扭曲摇晃不定。
幻身时时迷路如在梦中，
又像穿梭在不同的时空。
他时而怀疑自己在古代，
时而却像到了未来的某地。

他终于发现这层城堡的奥秘：
这所在能让人陷入幻觉而不知。
好在幻化郎强于幻身，
在观修时也常常训练，
因此很快适应了氛围。
他安住于明空如如不动，
任那外界如流影般变化，
他只提起警觉静静地观察。

那些物象显得十分诡秘，
既像人间之物，又非人间之物；
既像魔界，又非魔界。

它们的主人似乎是欢喜郎，
却又像是法界的修罗王。

这一个所在有无数时空，
重重叠叠中是不同风景。
欢喜郎明明是这个时代的国王，
那机器却是未来的物事。

还有诸多难测的诡异，
在多重时空中或隐或现。
有一闪即逝的光圈，
也有熟悉陌生的人脸。

他甚至看到了无数个自己，
每个自己都有不同的故事。
他们忽而是国王，
忽而是乞丐，
忽而在战争中身首异处，
忽而在朱门绣户中安眠。
那些身份都代表了他曾经的念头，
此刻以影像的形式一一呈现。

这一切风景激起了
幻化郎强烈的好奇，
他随手点开其中一个故事，
刚要查看那些精彩的剧情，
却被寂天一把拉回原地。
寂天说那些幻象是勾魂的魔桶，

一旦沉迷就会进入其他时空。
他告诉幻化郎，
要守好自己的觉悟之心，
切勿被迷乱的幻象牵走。

幻化郎定定心神，
再看那影像仍是光怪陆离，
如同霓虹闪烁的繁华夜市，
散发着令人迷醉的诱惑。
他提起警觉远离了幻象，
再继续寻找重要的线索。

这所在像时间的原点，
可以通向无数种可能。
也像是巨大的迷宫，
每走一步都风光殊异。
它更是一条时空的隧道，
通向不同的地心深处。

多层宇宙在这里交汇，
多种空间在这里纵横，
多种能量汇成了漩涡，
让幻化郎有些无所适从。

幻化郎的幻身寻觅了许久，
竟没有找到第三层入口。
虽然发现一个隐蔽的通道，
但走进去就会陷入循环。

那通道仿佛扭曲的时空，
总是在一二层之间往返。
他就像是踩了迷魂草的老婆婆，
从城堡第二层回到第一层，
又从第一层回到第二层。
来回打转了足足一个时辰，
却找不到通行的丁点缝隙。

被扭曲空间绕成了乱麻，
进进出出都毫无进展。
幻化郎不由得开始焦躁，
心中生出一股无名之火。
他想干脆回到自己的肉身，
取出宝盒炸了这鸟城堡。
又想自己咋变成了威德郎，
只想酣畅淋漓地大开杀戒。
这一下他自己也哑然失笑，
又仔细思索城堡的破绽。

突然，第一层出现了骚动，
不知从何处冒出两个行者，
他们五花大绑了流浪汉拽进城堡，
不厌其烦地询问其来意，
流浪汉却支支吾吾口齿不清。
行者们见状好不耐烦，
遂找来法师窥测了真身，
法师断定他就是个平庸人。

眼见他木木愣愣如同痴呆，
行者便把他当成误闯的疯子。
本想就此释放免得惹祸碍事，
正好城堡里需要杂役，
于是先把他关入了黑屋。

幻化郎不由得心中大骂，
这蠢材不能帮忙只会添乱。
有心想对他弃之不理，
又担心他在黑屋里受苦。
但也不想将他救出，
带上他只会拖累行动。
于是遣幻身潜入黑屋，
想看看流浪汉的处境。
若是没危险就听之任之，
等完成任务再来搭救。

没想到那汉子见到幻身，
竟然主动打起了招呼。
幻化郎猛然间汗毛直竖，
不明白他怎能看到自己的幻身？
要知道清净幻身十分细微，
修证极高才能窥得其身形。
这汉子表面疯傻呆蠢，
莫非竟是隐匿的高人？
又想他若真是奇人异士，
怎能被几个行者抓住？
一时间幻化郎满头雾水，

不知流浪汉的根底深浅。
于是他谦恭地出言询问：
"阁下为何能看到幻身？"

流浪汉说："我不懂什么幻身，
但我能看到你的样子。
我等了好久不见人影，
不放心才进入城堡打探。
没想到刚进来就被抓住，
一顿暴打后疼痛难忍。"
说着他掀开了后背衣服，
到处是纵横交错的伤痕。

幻化郎闻言阵阵感动，
此人虽然愚痴却重情重义。
他自幼父母双亡独自生活，
最缺的便是他人的关心。
即使依止了奶格玛修行，
也将师尊当成向往的对象，
总是少了一种感性和温情，
内心时时像冷硬的冰川。

此时那流浪汉的几句话，
还有背上凌乱的伤痕，
都让他内心涌动着热流，
他已经把流浪汉当成亲人。

他定了定神，

打算先带流浪汉到肉身藏匿之处，
与寂天仙翁会合，
再一起商议接下来的行动。

于是他打开黑屋的门锁，
轻声示意流浪汉跟紧一些，
尽量不要发出声音——
他潜进黑屋前已查看了情况，
黑屋周围并没有巡逻的士兵。
对方把流浪汉当成疯子，
并没有对他严加防范。

他们小心翼翼地往前走，
一路避开卫兵和护法，
仿佛过了很久，
才终于到达肉身和寂天的所在之处。

幻化郎暂时松了口气，
他向寂天仙翁大概交代了情况，
便准备施法为流浪汉治疗背伤。
正在这个时候，
他忽然发现那汉子后背上有块胎记十分面熟，
不知在哪里见过。

幻化郎正在仔细回忆，
寂天却忽然冷灰中爆豆子，
压低声音叹了句"原来如此"——
他终于发现了一个秘密。

那汉子后背的胎记是七芒星，
这城堡中也有多处相同的图案。
经过仔细的观察，
寂天发现流浪汉具有七芒星的能量。
他天生具有奇特的能力，
并没有经过后天的修行。
虽不知何故呆傻愚痴不通世事，
他却能看到常人看不见的事物。
如同鸟儿天生有飞行的功能，
却依旧改变不了愚痴。
这秘密寻常人极难想到，
因他露出胎记寂天才明白堂奥。

幻化郎这一下恍然大悟，
再看那图案果然与城堡如出一辙。
他想此人的出现必有因缘，
带上他或能破解城堡困境。

于是他带上流浪汉，
再次以幻身潜入城堡深处，
寂天仙翁继续留在原地，
看护幻化郎的肉身与宝盒。

两人小心翼翼地前行，
躲开了守卫的士兵和护法，
穿过城堡的第一层进入第二层，
再慢慢走向第二层通向第三层的神秘通道。

在通道的入口处他们发现玄机，
果然有一个七芒星图案。
幻化郎于是入定观察，
在明空之境中进行搜索。
他认定七芒星便是钥匙，
而且是打开第三层城堡的关键。
果然明空中出现了密码，
那是七芒星图案的排列。
幻化郎很快发现了规律，
把那些图案依次填满。
刹那间眼前闪烁着光团，
第三层城堡真正的入口终于得以开启。

这一下幻化郎豁然开朗，
像淤堵的管道瞬间贯通。
困扰多时的难题一朝破解，
他心中的快意难以言表。
然而他还没来得及得意，
猝然的变故便紧接出现。

只见那入口开启之后，
天空中忽然布满了种子字。
第一层城堡上空是梵文"吽"字，
第二层城堡上空是梵文"阿"字，
第三层城堡上空是梵文"嗡"字。
三字发出耀眼的光芒，
机器也瞬间加速运转。

见此状城堡内一片大乱，
所有的行者和护法迅速赶来。
幻化郎不由得猛然一惊，
危急之下大脑飞速运转。
他明白行迹已经暴露，
与其逃离不如破釜沉舟。
时间容不得过多权衡，
他便拉着流浪汉跑入第三层。
身后的通道无声地消失，
将追兵隔离在外层的世界。

幻化郎惊魂未定观察四周，
发现他们已进入第三层城堡的大厅。
四周闪烁着蓝色的光线，
按逆时针方向一圈圈地转动。

他看到地上有七个图案，
每个图案都是一个七芒星。
从一星到七星正依次亮起，
转动一圈后产生了强烈的磁场。

幻化郎还没来得及反应，
磁场正中便出现了传送门。
门里涌出一批黑衣行者，
他们的手中持着未来的兵器恐怖至极。
怪的是他们居然也能看到幻化郎的幻身，
直接奔向二人便发起了进攻。

"可恶!"幻化郎气得一声大骂。
这惊险一波未平一波又起,
激出了幻化郎的满腔豪气。
幻身化现出三头六臂拼死抵抗,
如同战士在战场上杀红了眼睛。
刚进城堡时,他还小心翼翼,
现在已生出了猛虎般的胆识,
便是来更多敌兵他也不再害怕,
他已将生死置之度外。

地上的七芒星还在闪烁,
依旧按逆时针方向亮起。
每亮完一圈传送门便会变大一圈,
出现的黑行者也越来越多。

此时幻化郎已顾不上流浪汉,
他的幻身没有勇猛大力,
再加上黑行者的进攻十分密集,
他疲惫不堪只剩招架之力。
那流浪汉却十分奇怪,
行者的攻击对他不起效力,
而他胡乱挥舞的拳脚一碰到对方,
却会让他们化作一团云雾。

幻化郎终于看出了端倪:
这些人来自未来的世界。
他们的本质也是幻影,
但因为具有一种能量,

所以能伤害他的幻身。
流浪汉是肉身不必顾忌，
本身又是七芒星的载体，
能破坏那些幻影的频率，
因此能进行有效的攻击。

于是他大声叫流浪汉掩护自己，
他去弥补那时空裂缝。
那裂缝其实是宇宙系统的漏洞，
他只要安住明空再次进入系统，
就可能修复这个漏洞。
想到这他忽然又发现一个现象：
七芒星都是逆时针旋转，
不知有没有别一种含义？

流浪汉却没听到幻身的话语，
他正竭尽全力与行者厮杀。
他嗷嗷大叫着挥出拳脚，
浑身激荡着杀气如疯如狂。

幻化郎便从背后踹他一脚，
把流浪汉踹到无人的角落。
又高喊一遍刚才的指令，
他这才如梦初醒。
幻化郎再分出五个幻身，
与流浪汉并肩作战，
然后以主幻身安住于明空觉境，
打开本初的宇宙系统。

再启动观察力仔细搜寻，
终于发现导致黑城堡出现的裂缝。
那裂缝果然也呈逆七芒星，
在时空系统里投下七个阴影。

那阴影还在不断扩大，
情势显然非常危急，
幻化郎来不及思索，
只能凭直觉去填充时空裂缝。
他在心中生起明空之笔，
在裂缝上画出正七芒星。
每当幻化郎画完一个，
裂缝果然会变小一点。
见此状他心中更加确定，
大叫："我已找到弥补裂缝的路径！
拜托你们千万要顶住进攻，
保护我把七个黑洞填完。"
五个分幻身和流浪汉也全力护持，
围在主幻身周围反击行者。

只是地上的逆七芒星不断循环，
时空系统中的黑影也越来越多。
那光芒仍从一星亮起，
依次亮遍七颗星星。
每当地上的七芒星充满光明，
时空系统中的黑影就会大上一点，
传送门也会随之扩大一圈，
从门内涌出的黑行者就会加倍。

恶能量一晕晕如潮如汐，
照此趋势只需再转一圈，
他们几人定然难以抵挡，
如螳臂挡不住滚动的车轮。

幻化郎已顾不上自己的死活，
他的心念中只有完成任务。
他的头皮一阵阵发麻，
心跳更像擂动的战鼓。
他努力把全部注意力集中，
争分夺秒地填充缝隙。
然而他越是心急越是出错，
一次一次都画不成功。

幻化郎感觉脑中嗡嗡作响，
身上的肌肉已开始僵硬。
心灵之笔更是抖个不停，
急得他连连大叫"稳定心神"。
他知道只有在放松警觉中观修，
才能真正改变那程序。
多一分执着就多一分紧张，
程序的编辑便会受到影响。
必须在无执中有为，
又要在有为中无执。
真正地无执无为才会生起大力。
这一种火候很难掌握，
无执无为易堕入顽空无记，
顽空无记是死路一条，

只有进一步提起警觉，
才能改动既定的程序。

此刻的幻化郎显然是警觉过度了，
过分警觉便成了紧张，
紧张则不能进入无为之境，
那观察也就成了无用之功。
幻化郎当然知道这一点，
他也在认真地观那程序。
可这时正是生死关头命悬一线，
且众生安危皆系于他一人之身。
他的压力如山大不能释怀，
手脚不受控制冷汗如雨般下坠。
越是紧张他越不能如意，
越不如意他就越是紧张。

眼见那七芒星一个个发光，
一晕晕能量开始孕育。
一个两个三个又四个，
终于只剩下最后一个。
随着那亮光依次上移，
时空之门再一次开启。
依稀能看到一双大手，
正要探出那恐怖的恶门。
大手的能量如同海啸，
流浪汉被吹得乱发翻飞。
都知道这一击绝难抵挡，
而正七芒星却依旧凌乱。

幻化郎已经开始绝望，
那个瞬间他想到了死亡。
内心也如同绷紧的弓弦，
紧到极致突然崩断了弓板。
瞬间幻化郎消失了情绪，
一片明明朗朗好个明静。
明空之笔也恢复了自如，
他一气呵成画完正七芒星。

眼见恶魔之手已伸到面前，
流浪汉放弃抵抗坐以待毙。
却听到忽然响起了巨雷，
城堡的时空开始扭曲。
另一个巨大的裂缝张开，
开始吸入黑城堡的一切。
那情形犹如巨口吞食米汤，
显现和虚无都被尽数吸入。

幻化郎见此状心中大喜，
知道时空的裂缝已经补好。
然而还没来得及松口气，
又发生了始料未及的一幕。

那巨大的黑洞正吸走一切，
幻化郎觉得能量在不断流失。
自家的精气神逐渐离开身体。
自己仿佛那漏气的皮袋。

他发现流浪汉也是如此，
他面色发黄嘴唇发紫。
另一处寂天此刻却仍在静静凝坐，
小心地守护着怀中宝盒。
但很快他也瘫软倒地，
就像一个瘪了的气球。

幻化郎马上观出金刚火帐，
将流浪汉一把拉入。
巨大的吸力像龙卷风，
把火帐的火苗抽向天空。
幻化郎见此状目瞪口呆，
那金刚火帐也开始摇晃。
于是他马上安住明空无执，
在火帐里契入幻身三昧。

待得那怪响消失之后，
幻化郎才出定醒来。
这时节早不见了黑城堡，
身边也没有了流浪汉。
他已回到了肉身之中，
而守护那肉身的寂天却已不知所终。
他的四面只有那沙漠，
和空中那上弦的月儿，
还有四下里凄凄的寒风，
更有无边无际的孤独。
他开始怀疑刚才是梦境，
那城堡那行者那黑科技，

也许只是梦中的幻影。

但身体的疲惫总在提醒，
自己定然经历过异常的变故。
他感到能量丢失了大半，
需要很长时间才能恢复。
于是他决定先回阴阳城，
独自静修享受那美妙的孤独。

幻化郎挪动酸软的双腿，
在沙漠里踽踽独行。
夕阳在远方渐渐沉下，
漠风生出冰冷的质感。
他寻找方才大战的残片，
可触目皆是焦黄的颜色。
一晕晕沙浪跌宕而去，
除此外没有任何痕迹。
于是他怀疑另外那两人，
只是出现在自己心里。

方才的激烈和此刻的静谧，
形成了巨大的感觉落差。
血液还残留激战的余温，
身边的同伴却不知去向。
生死的交错像一场大梦，
心中的信仰却始终清晰。

经过这次炼狱般的战斗，

他洗去了身上的青涩。
生出金刚大力的气息，
眼神变得深邃而坚定。

他像血战归来的将军，
虽然得胜却充满了沧桑。
他抬头看看赤红的晚霞，
又把目光投向归程的足迹。

第 102 曲　祭神

幻化郎在沙漠中蹒跚地走着，
他感到无边的沧桑正扑面而来，
目之所及皆是漫无边际的焦黄。
他知道，在这里，
纵然是沙的海洋，
每一个沙粒都是孤独的，
每一棵植物也是孤独的，
连漠风都裹着博大而孤独的气息。

你是风儿我是沙，
缠缠绵绵到天涯……
是谁，在耳边轻声地唱？
幻化郎想起奶格玛师尊，
也想起历代的传承师尊，
想起这大漠里的每一粒沙，
他的心一阵战栗。

他的灵魂仿佛经历了涤荡，
所有的杂质都随漠风吹远。
一种澄明清澈的慧光出现，
将他融化于这辽阔的世界。

宛如行走在梦中，

他笨重的肉身
也突然如影子般没有了重量。
四周的景物都变成了剪纸，
薄薄地贴在天空的幕布上。

不知不觉已走了很远，
不知不觉已走到天边，
梦醒人不见。夕阳
正被沙粒一寸寸拉下去，
满天的星斗开始了眨眼，
远远望去，感觉它们就在头顶，
只一伸手，幻化郎就能感觉到
它们热烈的心跳。

幻化郎陶醉在这份天地的静谧里，
所有的恐惧和忧伤都消失殆尽，
他的每一个细胞都融化在夜色中，
他已成了一阵风，一阵大漠的风，
它拂过黄沙，拂过梭梭，
拂过每一棵将死的黄毛柴，
也拂过每一只赶路回家的甲壳虫……

在这片极端的安静里，
他甚至还看到了奇幻的世界。
那些平日里所有的不可见
与所有的神秘，此刻
都向他挥手致意——
一个月光一样的女子

正在月牙泉边洗秀发，
她垂下的那幕黑色瀑布，
能让身后的洞窟显出白天一样的清晰。
而她的嫣然一笑，正惊醒着
所有生灵的每一个美梦。

还有眼前飞过的一只只小虫，
它们正闪着七彩流萤的光，
它们还长着一张微笑的脸，
露出两个可爱的小虎牙。
嗨，它们在向你微笑致意呢。

再看头顶，月光皎皎星光灿灿，
夜空就是它们的舞台。
它们在不同的世界里邂逅，
各自演绎着动人的剧情。

而那夜风，像丝绸般柔滑，
拂在身上也熨着心灵。
他想起了母亲的怀抱，
也想起了情人的柔荑，
那一份前世的记忆，却在此刻
抚出了他心中最美的景致。

幻化郎已经忘记了自己在行走，
他只感到灵魂涌动的大乐，
长长的脚印如密密的针脚，
将两片大漠缝合在一起。

不停地走啊，不停地走，
他走过黑夜又走进白天。
他像个幽灵一样游荡在虚空，
与大漠和天空融为一体。

终于走出沙漠的梦境，
呈现在他眼前的是一个小镇。
那里的百姓正按部就班地生活。
一见他，小镇就犹如开水般沸腾。
人们惊愕失色，目瞪口呆，
他们不相信眼前的这个人，
是从死亡之海的方向而来，
他们不相信人能走出那沙海——
那里有无数可怕的怪兽，
也有魔一般的天池，
那里有无数的非人，
更能把行人迷死在荒漠。
那里是一片名不虚传的死亡海，
也是一座名副其实的魔鬼城。

他们说，有人竟然能
从容穿越毫发无损，
他不是魔鬼便为天人。
幻化郎听到议论不禁一笑，
他知道这些传说的来源——
都是黑城堡的神秘现象，
让百姓们衍生出各种流言。

如今通过自己的努力，
那害人的城堡已归于虚空。
想到这里他的内心充满了成就感，
终于不负师尊的嘱托。
尤其眼前的这些百姓，
他们还不知道他的事迹。
多么自豪！哦，我的无名英雄！
这样想着他又生起了警觉——
无论何时都不该沾沾自喜。
于是他迅速收敛了得意，
又变回大地那般的安忍。

小镇的人们觉得眼前人神通广大，
他们纷纷询问他的来历。
幻化郎轻描淡写顾左右而言他：
"我不过是个迷路的旅人，
一路走来，哪有什么魔鬼之城？"

人们当然没这么好糊弄，
他们一致认定他就是护法之神。
他们还将他当成吉祥的使者，
诚挚邀请他前去观瞻祭神。
那是小镇一年一度的盛会，
他们说定会为他的旅程增光添彩。

闻此言幻化郎突然饥肠辘辘，
他已经好久水米未进。
在沙漠中契入神奇的慧光，

他并没感到疲乏饥渴。
此时肠胃突然恢复了知觉，
一阵阵抽动发出抗议之声。

百姓们对他盛情款待，
他们一边吃饭一边交谈。
原来这里已是威德国境内，
他们说最近有了特大新闻。
听说威德国王下了罪己诏，
检讨了以往的诸多失误——
一是那官僚机构过于臃肿，
给百姓增加了负担；
二是他穷兵黩武劳民伤财，
给百姓造成了苦难重重；
三是没重点发展生产，
他拒贤斥贤赏罚不明；
四是没进行政治改革，
他法律严苛而不公正。
他诸多失误影响了政局，
以致社会动荡，人心不稳。

之后他大刀阔斧进行改革：
他打击豪强地主均分土地，
他得民心受感恩大谈平等，
他尊天地敬鬼神倡导信仰，
他以文化救世来凝聚人心。
他更将"奶格玛千诺"谱成小曲，
让百姓唱诵得其加持。

他精简机构广招贤才，
还劝天公抖擞多降奇才。
他派无数能工巧匠前往敌国，
让其大兴土木耗费财力。
他高筑墙广积粮备战备荒，
大量收购邻国粮食断其粮草。
他坚厉甲兵以承其弊，
让军队的战斗力蒸蒸日上。

通过一系列的改革措施，
威德郎很快便旗鼓重振。
百姓的凝聚力空前增强，
国内的气象也焕然一新。
军队形成了钢铁的洪流，
随时准备着遵旨出征。

幻化郎听闻这些变化，
心中半是欢喜半是担忧。
威德郎开始关注民生民计，
说明内心的善根渐渐发芽。
但那暴力之心依旧顽固，
战争的阴云仍笼罩天空。

幻化郎看着眼前的百姓，
那一张张笑脸鲜活生动，
面对素昧平生的自己，
他们洋溢着满心的真诚。
想到他们今后要踏上战场，

在激烈的绞杀下流血丧命，
幻化郎忍不住一阵阵心痛，
满桌的佳肴也吃不出香美。

百姓们还告诉他一个消息，
他们的国王勤修威德瑜伽，
那山神精灵也齐心协力，
得到了本尊相助风调雨顺。
这小镇虽偏远却是山神圣地，
每年都要举办浩大的祭神活动。
今晚便开始精彩的仪式，
国中有数万健儿云集于此。

幻化郎还沉浸于忧患，
对于山神节之类并无兴趣。
他知道那些世间的神祇，
还不如自己的修为高深。
他只想着如何止息战争，
让这些百姓能安身立命。
他实在不忍看那淳朴的生命，
为君王的贪欲化为灰烬。

但是百姓们却兴致颇高，
他们一再热情地邀请。
幻化郎不忍辜负这好意，
便在百姓的带领下前往祭坛。

祭坛搭建在镇子的中央，

周围早已是人山人海。
他们踮起了脚尖，伸长了脖子，
他们削尖了脑袋向内观望。
嗡嗡的人声像漫天黄蜂，
一张张脸上都写满了喜悦。

这盛会是当地最大的节庆，
人人都在享受和释放着热情。
小伙子摩拳擦掌跃跃欲试，
姑娘们身着盛装翩翩起舞。
还有周围忙碌的小贩，
摆着各种稀奇古怪的玩意儿。
幻化郎心念一动想到奶格玛，
便为师尊精心选一面铜手镜。

人们常常会叫嚣自己的孤独，
可谁会比过去的幻化郎更加孤独？
他无父母无妻儿连朋友也无，
他只有两个恩人和几个师兄。
一个是有恩于他的造化仙人。
一个是恩同再生的奶格师尊。
多年来他感情的世界一直荒芜，
内心像冰川般绝冷不化。
他内心渴望一份人间的温暖，
但他也知道那是最大的奢侈，
世上的人们都忙忙碌碌，
谁又会真正关心一个孤儿？

他和世界仿佛隔着一层玻璃，
他们看得见彼此却无法融入，
在人们眼里，他是个冷眼人、
无心人甚至都不是人。
他可以旁观他们所有的喜怒哀乐，
但所有的情绪却进不了他的心。
一个个人影如同晃动的木偶，
他脑中只有事情而没有人情。

如今他心中的寒冰正渐渐融化，
他的感情正被和煦的春风唤醒。
那是一份人间的大爱大情，
他复苏的心中春芽正勃发，
便有了诸多关爱与温情。
奶格师尊给了他新生，
她早已成为他命运的全部——
师尊在呼吸之间，
师尊在饮食之间，
师尊在睡着与醒来之间，
师尊在灵魂与肉体之间。
于是他为师尊精选一个礼物，
虽然礼轻如羽却情重似海。
它象征着出世间的圆镜之智，
也代表着师尊这面明镜
将无碍照出他生命的全部。

突然，一阵锣鼓喧天，
祭神的节目正式开始。

那上刀山下火海的仪式，
足以表达人们的虔诚。
它是一场勇士的比赛，
也是一场观众的好戏。

那刀山便是两座支梯，
高达十多丈直冲云中。
一柄柄利刀被绑成绳梯，
有勇士带着祭物攀爬上行。

那火海是数十个火堆，
点燃后火焰直入天空。
然后将火炭铺在路上，
一队队勇士踩火而行。

他们说山神会附体于勇者之身，
令其无畏无惧力大无伦。
哪怕用手指粗的钢钎穿腮，
也不会流血不会疼痛。
所有参与者都由勇气和信心铸成。
只有通过刀山火海的考验，
才能成为真正的勇士。
他们力拔山兮气盖世，
是百姓心中实至名归的英雄。

幻化郎对此淡淡一笑，
他知道那些神灵的原理。
这种附体在民间十分神秘，

在正修者眼中却很初级。
他本来不屑于这些把戏，
又突然察觉到这是贡高我慢。
他通过持之以恒的修炼，
对心念的觉察已十分敏锐。
哪怕是不入流的山神鬼怪，
也应生起尊敬不可轻慢。
于是幻化郎忏悔了自傲，
用欣赏的目光看那些表演。

只见上万人狂欢起舞，
那祭司在台上念念有词。
他的表情虔诚而诡异，
浑身也像触电般抖动。

忽见祭台上火光大盛，
人群发出震耳欲聋的欢呼。
这便是山神降临的信号，
众人陷入歇斯底里的疯狂。

一个个男子被山神附体，
变得面目狰狞力大无穷。
他们嘶喊着听不懂的咒语，
手舞足蹈动作十分夸张。
他们争先恐后地上刀山下火海，
百姓们的助威声犹如飓风。

幻化郎也被这气氛带动，

内心涌起一阵阵狂热。
他生出气冲云天的豪情，
不由自主地发出吼声。

喊了几声忽然察觉不对，
自己怎被裹入了疯狂。
他发现了群体无意识的可怕，
那滔天洪水能卷走一颗颗人心。

虽然那山神的法力不大，
但通过这激荡人心的仪式，
就能达到神威无比的效果。
这炫目的神迹像那岩浆，
所到之处无不大火熊熊。

幻化郎的幻身如皎洁月光，
只能静静照亮自己的心灵。
可叹呀世人，认假不认真。
他又把目光投向现场，
却再也没了刚才的兴奋。
那些人都已失去灵魂，
如同一具具行尸走肉。

其中的勇猛者得到关注，
有选拔官记下他们的姓名。
这些人都是国中的勇士，
冲锋陷阵也必定奋勇。

忽然一个熟悉的身影，
进入幻化郎的眼帘——
选拔官身后那个蒙面人似曾相识。
看他身形感受他的气场，
俨然就是国王威德郎。

幻化郎因此分外留意，
他思考了诸多的可能性，
为劝说威德郎放下屠刀，
他愿绞尽他所有的脑汁，
也愿意耗尽每一滴口水。

仪式结束后众人欢庆，
威德郎悄悄退出人群。
幻化郎像追踪猎物一样，
紧紧跟随了他。
他快步，幻化郎就加鞭；
他慢走，幻化郎就停下。
就在他再次迈出左脚时，
突然路边闯出几个猛汉，
他们一拥而上将他摁倒，
五花大绑送到了威德郎面前。

幻化郎叫声师兄表明身份，
他说："我也是奶格玛的弟子。
奉师命前来帮助师兄，
绝无行刺国王的恶意。"
威德郎听到师名说声得罪，

立即让侍卫给幻化郎松绑。
他一声令下，全部人等退下。
幻化郎抚摸着手腕的瘀青，
不由得生出一丝恼怒。
又想那侍卫也是忠于职守，
自己又何必因此事而生气。
他发现那些习气依旧顽固，
一不小心就陷入妄念牢笼。

威德郎见他抚摸伤痕，
再一次向他表达了歉意。
他说："师尊的弟子个个高深，
不知这位师兄尊姓大名？"

幻化郎说出了自己的名字，
威德郎说："真是久仰大名，
上次沙漠中承蒙相救，
我才逃脱欢喜小儿的算计。
原来你就是那幻身恩人，
没想到竟在此地相遇。"
说罢叫来侍卫捧出金银，
说务必请恩人收下以慰他寸心。

幻化郎一听连连说不，
奶格师尊的传承规定森严，
严禁同门间有财物往来，
更不得攀缘为自己谋利。

威德郎见幻化郎仙风道骨，
也知他看破了世俗之物。
叫侍卫带走了那些金银，
再请幻化郎上座给予开示。

幻化郎叫一声威德郎师兄，
开示之言实不敢当。
那些附体者虽然英勇，
但上了战场定缺乏理性。
他们只凭那一腔热血，
很难真正克胜敌人，
反而会白白送了性命。

威德郎说他知道此事，
他只是让他们振奋士气，
他知道士兵们喜欢神助之人，
他只让附体者随军祭礼。
指挥打仗另有勇士将领，
他们都深通韬略智勇双全。

幻化郎长叹一声再叫师兄，
"自古杀敌一千自损八百，
战争中哪有真正的赢家？
好战者不惜生灵涂炭为欲望买单，
最后总是鱼死网破两败俱伤。
留下的总是无数的寡妇、
失去父亲的孩子和
失去儿子的母亲。听吧！

师兄，他们正哭声震天泪如黄河呢。
所以奶格师尊希望和平，
委派我来劝止这场战争。
要知道上天有好生之德，
崇尚杀戮者很难有善终。"

幻化郎这番话才说几句，
威德郎眉头已拧成疙瘩。
又是那种和平的陈词滥调，
他常常听闻早已厌恶至极。
若非对面坐的是救命恩人，
他定然会勃然大怒拍案而起。
但他还是耐心听完了讲述，
又深呼吸几口调整情绪。
威德郎说一声师尊慈悲，
可惜树欲静风却不止。
即使他单方不再打仗，
刀枪入库马放南山，
敌国也照样会派兵入侵，
照样会烧杀抢掠荼毒生灵，
他只好用战争消灭战争。
他虽然在积极备战但他也讴歌和平。
他保证不会主动进攻，
以此来回报师尊的大恩。

幻化郎闻言心头一喜，
他已取得突破性的进展。
威德郎若能不主动攻击，

和平的愿望便实现了一半。
于是他没再过多要求，
而是随喜威德郎的发心。

然而威德郎心中另有打算，
他料定欢喜郎必然会进攻。
敌国的民心已被煽得炽热，
战争就如箭在弦上不得不发。

这件事暂时达成了一致，
威德郎又问幻化郎近况。
他说："师尊近来有何动态？
师兄你此行要去哪里？"

幻化郎告知威德郎经历，
说自己已把黑城堡送回未来。
因此耗费了巨大的命能，
想找个地方闭关清修。

威德郎闻言大喜过望，
欢喜郎的黑城堡如鲠在喉。
这几日探子说城堡消失，
在大漠中化作了一缕清风，
他正在思谋其消失的缘由，
原来它丧生于自家的师兄。

他安排御膳房备好酒菜，
自己要与师兄痛饮一场。

没了黑城堡敌人便失去能量，
这喜讯不亚于大战中凯旋。

威德郎连连表示赞叹，
自己屡次派出精兵袭扰，
都因敌情不明而折戟。
而如今幻化郎替他
灭了那心头的祸患，
那欢喜小儿再也不能欢喜。
想到天下的一统指日可待，
他就兴奋得像个叫驴。
他连连举杯向幻化郎致意，
说全世界的人都会感念师兄的大恩。

幻化郎却心中一沉，
因为他看到威德郎眉飞色舞，
知道他又生起战争的念头，
想趁城堡消失突发奇兵。

他摇摇头说："师兄过奖，
那黑城堡本是我偶然的纰漏。
如今让它从世上消失，
仅仅是我义不容辞之事。

"只盼师兄遵守自己的诺言，
切勿主动对欢喜郎挑衅。
他还有强大的军事力量，
身边也还有世外高人。

战争一起必定血流成河，
两个国家都会灾难频频。

"听说欢喜郎最近也在动摇，
他心中的良知也渐渐显发。
打仗的意志已开始松动，
这是让和平曙光照耀寰宇的绝好时机。

"师尊已经委派密集郎，
去欢喜国里倡导和平。
虽然他目前势单力薄，
但星星之火可以燎原。"

威德郎闻言连连点头，
心中却有些不以为然。
他不信欢喜郎能放弃野心，
更不信密集郎能扭转乾坤。

要知道民心也是洪流，
它能啸卷所有的个人意志。
一旦群体的恶魔被启动，
就会形成大势不可抗拒。
逆民心行事必然造成动荡，
烈火会掉转方向焚烧自己。

他手握酒杯若有所思，
他有着政治家最好的头脑，
他想借幻化郎的修为证量，

让自己多一个出世间的助缘。
他甚至想请幻化郎做国师，
以信仰的名义凝聚力量。
于是他建议幻化郎定居本国，
自己将无偿地给予供养。
幻化郎点点头允其所请，
他现在需要安定地休养。
只要有足够的时间，
或可以成功说服威德郎。

从此幻化郎留在威德国，
边疗养边提供合理的建议。
有一些意见威德郎会采纳，
有一些他却阳奉阴违。

幻化郎明知威德郎有野心，
欲望好似笼中的猛兽。
只能用和缓的方式调伏，
而一旦心急强抑，
便会揠苗助长欲速不达。

这一日侍卫抓到一刺客，
严刑拷打后查明身份。
原来欢喜国派出了杀手追杀幻化郎，
谁让他罪大恶极毁了黑城堡。

幻化郎闻言又是一阵内疚，
他虽知道黑城堡是个祸害，

但总觉得莫名地愧对他人。
于是他将刺客召来询问，
果然是造化仙人的弟子。
心中更觉得不是滋味，
觉得自己对不起仙人。
他不由自主地长叹一口气，
摆摆手命人把刺客放行。
他让刺客给仙人带话，
期盼内心的愧疚得以缓解。

只是他时时感到梦幻，
分不清哪是现实哪是梦境，
觉得眼前的世界都在梦中，
他忽而在熟睡忽而在觉醒。

第三十九乐章

　　偶然的火星引爆了欢喜威德两国又一次的战火。胜乐郎来到欢喜国，迎接他的却是牢狱之灾。欢喜国王给群盲呈上了一台好戏，胜乐郎被迫就任国师，密集郎却被赐死。而另一个人的出现，将带来意想不到的剧情，况且，他还知道那宝贝石头的秘密……

第 103 曲　猝燃的战火

大风往往起于青蘋之末，
眼看和平的曙光已经出现，
却不料节外生枝又出状况。

威德国与欢喜国的边境上，
各自的军队都高度紧张。
他们鞍不离马背，甲不离将身，
就等国王一声令下。

将士们都葵花向日般赤胆忠心，
他们目光如箭，每日里
总是虎视眈眈地盯着对方，
恨不得用目光撕碎敌人，
还会时而做出一些挑衅的动作。
双方皆是巨大的火药桶，
一点火星便能引发爆炸。

尽管威德郎下令不主动进攻，
但边境的士兵总有惹祸的苗头。
对峙的时候你骂我一句，
我就会向你扔块石头。
在持续不断的小摩擦里，
士兵们的情绪日益膨胀。

看似偶然实则必然的意外，
终于在一个平静的上午发生。

威德郎虽然没打第一枪，
但欢喜国将军的不断辱骂，
却终于点燃了大战的火头。
当年那将军儿子的头颅，
被威德国的士兵砍下。
从此他们就不共戴天，
结下了血海深仇。
他常常发誓要手刃威德郎，
每次想到儿子他都会喝酒，
他希望能借酒精消解心痛，
喝醉后却更加愤意激荡，
只想将威德郎碎尸万段。

这一日将军又酩酊大醉，
他趔趔趄趄地走出中军帐。
他边走边骂威德郎，
言辞恶臭似茅厕的石头。
忽然之间，凌空射来一支利箭，
它呼啸着穿过他的双腮，
疼得将军嗷嗷直叫。
那箭来自威德郎军营，
不知是哪个莽撞的兵士，
为了维护国王的尊严，
逞匹夫之勇贸然出手。
他赳赳武夫有勇无谋，

给了欢喜国一个开战的理由。

那将军中箭发雷霆之怒，
他带伤回营点起兵马反击。
众将士早已是摩拳擦掌，
如海啸般扑向威德国境内。

欢喜军个个如猛虎下山，
很快就攻占了边境要塞。
然后乘胜继续推进，
将战火引向威德国境内。

威德郎闻战报又惊又怒，
他一掌下去，拍断
面前的紫檀木桌，
他立刻派人点燃了烽火，
集合全军进行迎敌。

其实他也在找开战的理由，
和平的绳索勒得他实在难受。
他天性好战喜欢在战场驰骋，
最讨厌不温不火的煎熬。

现在终于能痛快地厮杀，
威德郎就像被赶出铁笼的狮子，
虽然看上去愤怒至极，
但他的内心却兴奋无比。
只是之前缔约的盟军迟迟没到，

他发出文书再次相邀。
然后他在大殿里来回踱步。
他明知对方即便回应也需要时间，
却仍然满心焦躁又无可奈何。
他大声痛骂那些不守信用的懦夫，
却也理解他们的苦衷——
那些盟军也是惊弓之鸟，
他们的军力不够强大武器也落后，
而欢喜军却实力强大，
武器装备世界一流，
他们心有顾虑实属正常。
考虑再三后威德郎停止了踱步，
他决定亲率大军先行迎战。

敌我力量悬殊不能掉以轻心，
他边行进边思考多角度观照。
他广设耳目搜集情报，
他筹备物资推演战局，
他一路上都在思考应战计策。
这次，他没有犯轻敌之错。

幻化郎闻消息大为震惊，
眼看和平的局面就要达成，
却平地里出现这等意外。
所有的努力毁于一旦，
他焦躁不安一筹莫展，
更怜悯那些百姓和士兵，
战争一起定会血流汪洋。

于是他也紧跟威德郎行军，
看有没有机会能削弱灾难。

不几日威德郎亲率的大军到达前线，
迎头撞上进犯的敌军。
双方在平原上布下战阵，
随即展开激烈的厮杀。

威德国王亲自坐镇，
威德军人士气高涨。
他们是森林中的猎豹，
更是马背上的虎狼，
他们舍生成仁大义凛然，
每一个都是视死如归的英雄，
即使战局处于劣势他们也绝不退缩，
依然在震天的吼声中奋勇前冲。

欢喜军精兵强将能征善战，
他们与威德军是多年的宿敌。
由于技术装备上的优势，
他们屡屡胜出节节击退敌人。

这一战杀得是天昏地暗，
血肉与断肢遍地都是，
更有那滚动的头颅瞪着眼睛，
它们不甘于死去的命运，
试图以目光为箭，
为死去的自己雪耻。

威德郎本在后方指挥，
见到那战场便热血沸腾。
好久没酣畅淋漓地厮杀，
他像是猛兽被关进笼中，
浑身大力充盈却无处可施，
宛如一个鼓荡到极致的气球。
这场景让他再也无法自抑，
他骑上了骏马扬起了战刀，
如天神般冲进敌军阵营。
他须发怒张口中嗷嗷大叫，
所到之处卷起片片血腥。
胸中的郁结消散他顿感舒畅，
挥着战刀削掉无数敌人的脑袋。
也有弓箭手朝他放箭，
但因为他勤修大威德尊，
身上的铠甲又坚固无比，
普通箭镞只能刺破皮肉。
越是如此威德郎越是疼痛，
那疼痛更激发暴力的狂啸，
于是威德郎像地狱的恶魔，
浑身燃起了大火肆意杀戮。

威德军见此状也陷入疯狂，
战士们卷起海啸般的攻势。
在亡命徒般的厮杀中，
欢喜军渐渐失去优势，
他们丢盔弃甲节节败退。

这一战威德军士气大振，
扫光了连日败仗的沮丧。
威德郎更成为盖世英雄，
士兵们都将他当成战神。
他们举起手臂狂吼着万岁，
那声势浩大如翻江倒海。

威德郎也痛快地仰天长啸，
他怒睁着铜铃般的环眼。
战场的鲜血唤醒了豪情，
他要踏平敌国报仇雪耻。

第一个夜晚降临的时候，
威德郎又派兵夜袭敌营。
趁欢喜军立足未稳，
他们干脆一鼓作气乘胜追击。
他们戴着青面獠牙的面具，
在夜色中扮成可怕的厉鬼，
他们骑上快马卷起阵阵惊雷，
锋利的战刀划破了夜空，
一冲入欢喜军营便疯狂烧杀，
掀起更大的血雨腥风。

欢喜军措手不及阵脚大乱，
一时间被杀得四散奔逃。
有人看到威德军的面具，
惊怵着大喊有妖怪索命，

这一声喊叫如晴空霹雳，
引发出更大的恐惧和溃散。
欢喜军人浑身发软已无力提刀，
面对威德军只能引颈受戮。

那受伤的将军也六神无主，
差点就丢盔弃甲独自逃命，
然而他很快恢复了冷静。
戎马多年他早已深谙战争，
他知道偷袭的兵力不会太多，
因为夜间无法进行大规模作战。
于是他指挥士兵不要慌乱，
进入战车与威德军周旋。

那战车是欢喜国的先进武器，
铁身铁甲四周嵌满了兵器。
开起来轰隆隆犹如奔跑的巨兽，
无论刀砍火攻都不能轻易撼动。

欢喜军纷纷涌向了战车，
列成战阵冲向了威德军。
他们仿佛一群刀枪不入的犀牛，
包围了偷袭的一千多敌军。
他们挥动着车上的十八般兵器，
稳住了阵脚准备扭转乾坤。

威德郎在远处观望着战局。
看到欢喜将军也进入战车，

他露出不易察觉的微笑，
随即率众勇士进行反包围。
眼看那战车轰隆隆地冲来，
大地也随之一阵阵颤动。
威德郎淡定地发出命令，
士兵们推出了秘密武器。
那是外形巨大的抛石机，
它是敌国战车的克星。

这段时间威德郎殚精竭虑，
吸取了上次失败的教训。
他一直为战争做各种筹备，
也在加紧研发先进武器，
还重新强化了战术思想，
这些举措终于派上用场。

眼见战车已进入射程，
威德军拉动抛石机铁臂，
瞄准了敌方将军乘坐的战车，
数百块巨石从夜空中划过。
它们呼啸着坠落如泰山压顶，
瞬间把战车砸成了废铁。
便是那将军有千钧之力，
也在乱石中成了肉泥。

随后抛石机此起彼伏，
无数的巨石飞向战车。
一辆辆战车都被砸瘪，

还殃及了不少车外的士兵。
欢喜军失去首领军心大乱，
威德郎擂起战鼓乘机掩杀。
数万欢喜军顿时崩溃，
像回圈的羊群奔涌狂逃。

这一来变成了围捕猎物，
威德军呐喊声动地惊天，
一路追杀敌军血流成河，
尸体像麦田里横七竖八的麦捆。

威德郎见状又发出狂笑，
感觉既酣畅淋漓又扬眉吐气。
这一场战争彻底胜利，
一浇前次大败的胸中块垒。

第二天朝阳照样升起，
大地已铺满无数的尸体。
阳光照在残骸断臂上，
仿佛在抚慰暴戾的灵魂。
微风拂过草尖轻轻抖动，
土壤渗透了厚厚的殷红。
一切都在平静地嘶喊着，
人类的噩梦何时能苏醒？
盟国的兵力姗姗来迟，
但依旧驻扎在很远的地方，
他们隔长空袖手观望。
威德郎鼻腔里冷哼一声，

他决定早晚灭了这帮小人。

听闻败讯欢喜郎大怒，
耻辱和仇恨凝聚成熊熊火焰，
将刚刚冒出的善念烧成灰烬。
他甚至后悔对敌人生起过怜悯，
对付恶狼就该残酷无情。
自己的仁善反而让敌人壮大，
再这样妇人之仁迟早灭亡。
他发誓要杀尽威德郎军队，
不取下威德郎的人头他决不甘休。
他当即派出全国数十万兵力，
他要御驾亲征身先士卒，
他要消灭敌国成就大业，
他要一统天下再行仁政。

威德郎见欢喜郎如此用兵，
显然是摆出了决战的架势。
他冷静而仔细地权衡一番，
知道自己的实力仍不如敌国。
所谓的盟军都三心二意，
硬碰硬对抗绝非明智之举。
但是他也被逼上了绝路，
即便退兵对方也不会甘休。
欢喜郎必定顺势而下侵犯国土，
他照样要陷入惨烈的战争。

对当前形势详加分析之后，

威德郎有了个大胆计划：
欢喜郎既然出动全国兵力，
其国内城池必定空虚。
他有心分出一半的部队，
乘机进攻欢喜国首都。
另一半在此地据险坚守，
为进攻的兵马争取时间。
只要打下了欢喜国都城，
欢喜郎就成了无根之树。
如果己方能固守半个月，
敌军就会饿死在郊野。

只是这一计风险极大，
若是失败将尸骨无存。
本来实力就不如敌军，
再分散兵力更是冒险。
另外就算能固守城池，
沿途的百姓也会遭殃。
欢喜军必定会烧杀抢掠，
以此来夺取战争的补给。

由于幻化郎的持续熏染，
威德郎近来也生出善心。
他以往会毫不犹豫牺牲百姓，
还觉得那是百姓们的光荣。
如今却担心起黎民的安危，
这种犹豫使他陷入纠结。
他捻断了几十根胡须，

始终作不出一个决定。
于是他找来幻化郎商讨，
看如今的局面该如何应对？

幻化郎心想，这还不是你自找的？
说好不挑起事端却射箭挑衅。
又想这也不能只怪威德郎，
那欢喜郎也不是省油的灯。
那射箭之人只是个偶然，
根源是两个国王的野心，
还有双方军民对战争的狂热。

想起这代价，他一声叹息。
战争的烈焰下没有赢家，
不论胜败都将血流成河。
又思考了许久，
幻化郎还是没有想出万全之法。
于是他开始祈请奶格玛师尊，
他想听听师尊的高见。
威德郎见状默默不语，
悄悄地退到了屏风后面。
他发动战争愧对师尊，
想当初获救时承诺和平，
现在却点燃了战争的烽烟。
关键是心中没放下暴力，
时刻想一统天下成就霸业。
他的心不能自主，
常常受制于欲望和环境。

从这点看威德郎确有改变，
那愧疚之心正是救赎之根。
他已经明白战争的罪恶，
不再像当初那样以战为荣。

幻化郎心中却冷笑不止，
威德赫赫也心有所惧？
又想不该有小人心思，
要打碎所有心灵的污垢。
于是他虔诚祈请师尊现身。

奶格玛观因缘现身军帐，
她当然知道威德郎的心思。
却并不戳破使他难堪，
只是对幻化郎面授机宜——
"事到如今双方都无退路，
滔天的灾难就在眼前。
唯有让欢喜郎撤兵回国，
才能消解这刀兵之灾。
然而若是欢喜郎撤退，
威德郎也必须放弃追击。
这样两国才能进一步沟通，
商议缔结和约止息干戈。
我有办法让欢喜郎撤兵，
不知威德郎是否愿意和平？"

威德郎闻言从屏风后走出，

跪倒在地连连磕头忏悔，
说："师尊这一战并非我意，
不过是偶然的火星引爆了火山。
如果师尊能将大难消弭，
弟子愿立下重誓坚守和平。
决不再有主动挑衅之举，
更不发动侵略他人的战争。"

奶格玛点点头说："如此甚好，
我屡次三番为你消除灾祸，
只盼你能真心悔悟虔诚修行，
再不要让世界陷入战火之中。"

威德郎顿时汗如雨下，
师尊的话让他羞愧非常。
若没有师尊一次次搭救，
自己怕早已命丧黄泉。
可他在修行上毫无成就，
却像只顽猴不停地惹祸。
这一回必定信守诺言，
再不能失信愧对师尊。

奶格玛于是启动了救亡计划，
她找到倡导和平而被捕的密集郎。
他出关面见欢喜郎而被关押大牢，
在狱中又受尽折磨，
他却立志坚定不改反战立场。
他还喋喋不休劝说狱卒，

让他们不要再虐待犯人，
他们要洗净心中的污垢，
充满仁爱地对待世界。
他说，爱是人类唯一的救赎。

初时他引来整个大牢的嘲笑，
狱卒的讥讽和折磨也变本加厉。
但密集郎打也打不服饿又饿不死，
狱卒们都对他无可奈何。
后来密集郎日复一日地唠叨，
狱卒们见了他都要躲避，
谁也受不了那噪声般的说教。
再后来有犯人听了进去，
如同酱油腌萝卜终于入心。
然后一个感染两个，两个感染三个，
最后一些狱卒和犯人依止了密集郎，
把他当成自己的灵魂导师。

于是监狱的风气大变，
无论是狱卒还是犯人，
都洗去了内心的暴戾，
都学会了自省与忏悔。
他们还定期开展交流会，
由密集郎作为主讲者。

这一来监牢变成了道场，
密集郎又找回了感觉。
他滔滔不绝演讲着梦想，

台下的犯人都成了他的粉丝。
还有那些看守他的狱卒，
也为他大开方便之门。
他像极了一个邪教教主，
用自己的理论给众人洗脑。

忽然有一天消息传来，
密集郎被官府刑满释放。
原来他的父亲造化仙人，
做了欢喜国的首席国师。
仙人辅佐国王积极备战，
官府也表示了自己的诚意，
于是找个理由放出他儿子，
交给造化仙人好生看管。

然而仙人并不管这儿子，
他们的父子情分十分淡薄。
两人都只顾各自的生活，
这也是疯行者特有的行履。

一天密集郎正在撰写书籍，
想把他的思想广为流传。
忽见奶格玛师尊现身，
心中一慌笔墨洒了满地。
他之所以如此心虚，
只因他私自从关房跑出，
不遵教言四处游走卖弄。
好久都没修炼瑜伽正行，

连对师尊的祈请也不再上心。

奶格玛却并没苛责于他，
只说有更重要的事托付。
密集郎闻言点了点头，
认真谛听师尊的开示。
奶格玛继续往下说道：
"眼下欢喜郎发动全面战争，
灾祸已降临于天下苍生。
你有和平的志向，
也收获了一群忠实的粉丝。
如今只有你能解救众生，
让欢喜郎从边境撤回兵马。"

密集郎一听顿时热血沸腾，
他心中生出伟大的使命感。
更因为来自师尊的认可，
让他觉得自己重于泰山。

于是他发誓要舍生忘死，
再去劝说欢喜郎撤兵，
却被奶格玛摇摇头拦下，
如此这般地交代了一番。

密集郎闻言连连点头，
脸上露出凝重的神色。
他想让师尊看到自己的态度，
于是那表情就多了些表演。

奶格玛只是微微一笑，
叮嘱他一定要完成任务。
它事关天下苍生的安危，
也会建立不朽的功德。
那功德也是修行的资粮，
资粮深厚成就才能迅速。

密集郎领任务迅速准备，
他成立了和平主义联盟。
他召集了监狱的粉丝，
他汇拢了以前的追随者，
联盟队伍遂由最初他一个人，
壮大为上千人的团体。
他们是忠心耿耿的青年。
人员就位，便将全力以赴。
他们对密集郎有虔诚的信任。
他们精心策划了运动的细节。
密集郎更像打了鸡血般兴奋。
他大声吆喝着指挥粉丝，
还上蹿下跳做战前动员，
说他们是思想先进的青年，
世界和平就靠他们来实现。
青年们也热血沸腾积极回应，
纷纷摩拳擦掌准备大干一场。

所有的准备全部就位，
运动于次日清晨启动。

所有的青年走上街头，
发传单喊口号到处游行，
抗议欢喜郎四处征战穷兵黩武，
给百姓造成巨大的灾难。

这种运动欢喜国史无前例，
以前只见到战争的动员，
百姓也在煽动下变得狂热，
国中早成全民好战的汪洋大海。
然而这一次竟倡导和平，
与国内的主旋律完全相反。
因此吸引了更多人围观，
反战传单也雪片般纷飞。

那游行的青年慷慨激昂，
都在控诉战争的罪恶，
为了满足统治者的虚荣，
把无数的青年变成炮灰。
百姓渐渐产生阵阵骚动，
他们仿佛刚从梦中醒来。
他们是失去儿子或兄弟的人，
是容易冲动血气方刚的人，
他们从四面八方而来，
都加入了反战运动。
也有容易冲动的年轻人，
只为出风头便跟着游行。
于是那运动越演越烈，
规模像滚雪球般越来越大。

留守的欢喜军士兵急忙劝阻，
但因人数较少于事无补。
青年们已占领集市空地，
并且有向周边蔓延之势。
一时间四处是反战声音，
国内动荡如风中的黄叶。

欢喜郎听闻此讯大怒，
他正带领军队直扑敌国。
没想到自家的后院起火，
更没想到人数竟然众多。
经过魔盒的一波波煽动，
他以为民心已凝成铁板，
不料稍有风浪就会动荡，
这让他重新审视起人性。
欢喜郎发现一个现象，
狂热的效忠只是一时情绪。
情绪会随着外缘而变化，
煽动出来的激情很难持久。
人心总是会被舆论引领，
因此才有人能乘机作乱。
相比眼下的军事形势，
意识形态的战场更加严峻。
于是他严令三日内解决此事，
决不能让国内产生动乱。
否则主事的官员全部斩首，
他们的三族也会受到牵连。

官员们接到命令面如土色，
浑身颤抖如末日降临。
他们紧急制订应对之策，
然后分头行动平定局面。

官员先是对青年好言相劝，
希望不要受到坏人蒙骗。
苦口婆心却无丝毫效果，
青年们早已被密集郎洗脑。
还有刚刚醒悟的百姓，
也发现苦难的根源来自战争。
更有那唯恐天下不乱者，
想乘机建立自己的势力。
他们看到官员灰头土脸，
反而幸灾乐祸更加欢实。
于是参与者越聚越多，
很多行业也开始罢工。
眼见三日的期限已逼近，
局面却变得越加混乱。

官员们急得如热锅上的蚂蚁，
还有人做好了逃跑准备。
主政的首领紧皱着眉头，
眼神中闪过凌厉的寒光。
于是第三日夜里惨叫骤起，
军队扑向集市空地上的青年。
那纷飞的马蹄蹄蹄见血，

一把把钢刀曳动着煞风。
都没料到官府也会杀人，
人群顿时乱成无头的苍蝇。
有的满脸坚毅视死如归，
有的哭爹喊娘四处逃奔，
有的被吓呆愣在了原地，
有的捡起石头奋力反击。
各种声音像水入油锅，
各种惨状如人间地狱。
哭喊着拼命逃生的众人，
又造成拥堵和相互间的踩踏。
百姓们除了被士兵砍杀，
更多的是因踩踏而身亡。
刹那间尸体堆满了大地，
国家上空笼罩了血腥。

青年的鲜血招来了愤怒，
更多的百姓参与了游行。
他们高喊着反战的口号，
心中燃烧着愤怒的烈火。
随着砸毁官府衙门的行动升级，
心中的恶魔也渐渐苏醒。
被压抑的不满一旦释放，
那种反扑会更加疯狂。
很多地方出现了打砸抢，
各地都陷入暴乱之中。

于是军队更严厉地镇压，

失控的百姓也拿起了武器。
这一来局势发生了变化，
百姓从游行变成了叛乱。
魔盒煽起的狂热已异化，
他们与留守的欢喜军展开了对攻。
一个个都瞪起血红的眼睛，
一个个都发出激昂的声音，
一个个都挥舞锋利的刀斧，
一个个都是不怕死的英雄。
凭着人多势众和顽强勇猛，
一段时间百姓占据了上风。

欢喜郎得急报知后院失火，
急忙撤军回国镇压叛乱。
一路上他气急败坏地怒骂，
眼看天下将定却功亏一篑。
相比那威德军猖狂的挑衅，
自己人的反叛更无法容忍。
更恼怒魔盒煽起的疯狂，
竟变成烈火焚烧自身。
他越骂越怒越怒又越骂，
从未见过他如此暴戾。
身边的侍者都不敢靠近，
此时的国王已失去理智，
一个小差错就会被斩首。

威德郎见欢喜郎撤兵，
知道是奶格玛的计划奏效。

他也见好就收不追穷寇，
他要遵守与师尊的约定。
心下感恩又逃过一劫，
于是收兵回城庆贺胜利。
这一战带给他极大的自信，
多次失败的阴影一扫而空。
他也开始爱惜百姓，
不再像往常那样冷漠无情，
心中产生了柔软的感觉，
好似冰川渐渐地消融。
又像冻土冒出了嫩芽，
也如严冬中吹来了春风。
那是一种前所未有的体验，
身心像泡在善念的温泉中。
这时的威德郎充满安全感，
不需要依赖暴力的征服。
他发现解脱其实很容易，
只要放下欲望心怀慈悲。
于是回国后他精进修炼，
对世界的看法也随之改变。
他不再宣传战争和欲望，
安抚百姓多用怀柔之心。
渐渐地国内焕然一新，
呈现出万物复苏的繁荣。

再说欢喜郎率领着军队，
一路飞奔赶回了都城。
眼见国王带了兵马汹汹归来，

叛乱的百姓忽然变回良民。
他们纷纷放下了刀枪棍棒，
回到家中装作若无其事。
更有人带了花环夹道欢迎，
以此来表明自己的立场。

欢喜郎见状也缓和了态度，
他不愿在此时激化矛盾。
只是让军队严加防范，
一旦有动乱格杀勿论。
同时派出耳目严查此事，
很快查出祸首是密集郎。
气得欢喜郎咬牙切齿，
恨当初没将他一刀两段。

于是立刻下令搜捕祸首，
发誓要把他凌迟千刀。
然而密集郎早已失踪，
就将其党羽一网打尽。
只杀了几个首恶分子，
将其余青年收在监中。

欢喜郎愤怒的情绪已过，
恢复了理智开始处理善后。
他施展高超的政治手腕，
推出一系列的补救措施。
为了挽回民心安稳局势，
他先是颁布了罪己诏，

忏悔自己忽略了民生，
连年战争带给百姓苦难。
又说其实战争并非他所愿，
只是和平必须有赖于军事。
敌国的狼子野心始终不死，
稍有懈怠就会国破家亡。

接着他发起了爱国主义运动，
严厉地谴责威德郎暴君。
称其勾结密集郎策划暴乱，
导致各地都有打砸抢烧，
严重危害了百姓的安宁。

为了激起国民的怒火，
把民心重新凝聚成钢铁，
欢喜郎开始嫁祸威德郎，
安排人假扮威德军行凶。
诸多的村落遭到了洗劫，
大量的妇女被掳掠奸淫。
这一来引发了极大愤慨，
百姓又摩拳擦掌纷纷请愿。
他们强烈要求国王出兵，
踏平威德国报仇雪恨。

欢喜郎还贴出悬赏告示，
说自己决心为民除害不计成本，
愿用百万金币换威德郎人头，
并把这天价的悬赏到处张贴。

于是出现许多激进分子，
都在筹谋着刺杀威德郎。

对于上次暴乱的组织者，
欢喜郎再进行公开的审判。
将那些闹事者打成奸细，
游街示众任由百姓唾骂。
说敌国入侵时他们制造祸乱，
让亲者痛仇者快罪该万死。
并扬言要将其全部斩首，
除非他们悔过自新为国立功。
或是揭发密集郎提供线索，
或是上前线去厮杀冲锋。

对那些被官府杀害的青年，
欢喜郎先收买他们的亲属，
如有不驯服的顽固分子，
就暗中灭口让他们消失。
经过一系列的连续运作，
欢喜郎成功地转移了矛盾，
将民心又扭向了一致对外，
人人对罪恶的威德郎恨之入骨。
国内的好战之声再次鼎沸，
都想驾长车踏破敌国。

第 104 曲　国师

欢喜郎好不容易稳定了局面，
他靠在虎皮躺椅上望向大殿藻井。
那里有飞龙在天，它昂起的头
似聚满天地之势。
看着它铜铃般的眼，
欢喜郎却不觉得振奋或自豪。
他感到彻骨的疲惫，
他的心中酵满了怅然。

他觉得这样的生活毫无意义，
不知道这样的日子何时是尽头？
天下何时才能统一？
可便是统一又将如何？
死亡迟早会降临。
他清楚地看到了自己的未来，
无论是眼前还是将来，
无论是合还是分，
他总是会有如山的事务，
总是会在接连的麻烦中折腾，
生活总是会像旋转的陀螺，
没有一刻能真正属于自己。
如果现在就是临终之际，
自己是否会后悔这样的人生？

也许会。
那么如果会后悔，为何还要坚持？
但如果不坚持，又该往什么方向改变？
他摇摇头不去想这些问题，
但问题们还是如暴雪临空。
生活也像陷入了恶性循环，
命运的惯性总无法把控。

真怀念从前自由的日子，
那时有爱人有诗意，
有梦想几许，
还有欢声笑语。
而如今，他像绷紧的弓弦，
时时会被命运拉断。

他真的厌倦了这样的自己，
也厌倦了这唯我独尊的人生。
他一把扯下身上的龙袍，
手一扬，抛入赤红的炭火盆中。
看着那张牙舞爪的龙纹化为灰烬，
他感到心中前所未有地轻松。

欢喜郎缓缓闭上了眼睛，
在极度的疲惫中，
他不知不觉睡去，
还发出了轻微的鼾声。
宛如乐师拉响的二胡，
它舒缓悠长而沉重。

"啊！"突然之间，
口中响起的一声霹雳，
惊醒了熟睡中的自己。

他愣了一会儿看看眼前事物，
慢慢恢复了国王的威严。
他习惯性地找他的龙袍，
却看到火盆中的那堆灰烬。
他喃喃有词若有所思，
唤来宫人重取一件龙袍。

穿好衣服他前往书房，
批阅堆积如山的奏折。
欢喜郎是个勤政的国王，
大小事务，都会亲力亲为，
宏观微观，皆能明察秋毫。
多年来他一直呕心沥血，
从来没有个人的私欲。
如果不是连年战乱，
他堪称是完美的圣君。
他有着丰富的人生经验，
无论是战时还是和平时期，
始终如一地坚持着他的"欢喜九则"——

一是要勤快决不偷懒，
所有的事务当天完成，
首先处理最重要的事，
自己的事从不假手他人；

二是要常行调查研究，
要非常熟悉民俗民情，
更时时关注民间疾苦，
常常聆听民间的声音；
三是要熟悉周边国家，
无论是敌国还是盟友，
一定要做到知己知彼，
所有情况都要了然于心；
四是要常常观看地图，
山川河海都活在心中，
无论是周围的哪个国家，
都要熟稔如观自己的掌心；
五是每件事都考虑周全，
多想想几种发生的可能，
每件事都从最坏处着眼，
这样才能料敌于先；
六是能果断地下定决心，
做事不犹豫多谋善断，
只要事情有七成把握，
就不去求十全马上施行；
七是建一个很好的班子，
有勇有谋能知人善任，
同时要坚决步调一致，
行动时更要协调合拍；
八是养成良好的作风，
打造出一支优良的队伍，
能吃苦耐劳英勇顽强，
不怕牺牲猛打猛冲；

九是重视文化建设，
提高所有团队的觉悟，
组织工作是重中之重，
能随时做到一呼百应。

正是这严谨的"欢喜九则"，
将欢喜郎打造成有为之君。
在文治上，他超越了自己贤明的父王；
在武功上，他超越了自己英雄的父王。
他将欢喜国的疆域延伸到九州之外，
还将欢喜国的商贸拓展到世界各角落。

此刻他正把自己
埋在如山的奏章堆中。
他打开一卷又一卷，
批完一卷再一卷。
他全神贯注专心致志。
忽然值守官前来汇报，
说有个叫胜乐郎的前来求见。

胜乐郎！
对于这个名字，
欢喜国王并不陌生。
此人的故事也传遍了他的国土，
卑劣和高尚相互参半，
诋毁和赞誉同样盛行。

欢喜郎满心疑惑，

修行人不避世清修，
来王宫做什么？
况且他是非不断正邪难辨，
弄不好会影响自己的声誉。
于是他叫过了贴身心腹，
如此这般交代一番。
又让那值守官板起面孔，
到宫门外发出驱赶之声。
待得胜乐郎远离了皇宫，
心腹才追上去低声耳语：
"明日夜间请到某处府邸，
国王会在那里接见你。"

胜乐郎闻言默默点头。
威德郎见他是直来直往，
因此招致了诸多违缘。
而欢喜郎的考虑如此周全，
似乎比威德郎更高明圆融。

第二日，明月已上柳梢头，
胜乐郎如约来到了府邸。
那是一处偏僻的宅院，
低调朴素毫不张扬。
那心腹已在门口迎接，
引领他前去见欢喜郎。
欢喜郎已在内室等候，
见到了胜乐郎一脸春风——
你看他气宇轩昂神采英拔，

你看他眼如朗星面如美玉。
胜乐郎果然名不虚传，
浑身散发着清凉的磁场。
欢喜郎知其内证功德非同寻常，
问尊者来我欢喜国，
屈尊大驾有何贵干？

胜乐郎微笑着缓缓开口，
希望能天下太平百姓安康。
欢喜郎闻言眉头微皱，
胜乐郎自顾自说下去，
仍是那些仁善之理。

胜乐郎讲完看着欢喜郎，
后者只欠身，道一句"失陪"，
便起身走向了屋外。
忽然间几个侍卫闯入，
将胜乐郎请入了密室软禁。
原来那欢喜郎早已怒火中烧，
他刚因反战风波焦头烂额，
这时又来人大谈和平之道，
岂不是往烈火上浇油？
要是让此人在外面鼓噪，
静水上定会再生波纹。
索性将其暂时软禁，
免得他在外兴风作浪。
再说他对胜乐郎也有亲近之意，
免得他出了门去向不明。

他安顿侍卫提供上等衣食，
千万莫慢待这位贵宾。

安顿好诸事后他舒了口气，
却发现自己放不下此人，
与胜乐郎见面如沐春风，
莫名其妙地想亲近于他。
钦佩？尊重？都不重要，
重要的是，他甚至
还想臣服于他的脚下。
想想自己九五之尊，
高贵的格局举世无双。
遇到此人竟这般反常，
连他自己都觉得不可理解。

于是他多方搜集其人其事，
才得知威德郎也器重于他。
据说还想拜请他为国师，
却不知何故他再三推辞。
这一来欢喜郎又疑虑顿生，
就前往那密室亲自问讯。
看他是否与威德郎串通，
前来欢喜国搞阴谋破坏？

胜乐郎摇摇头予以否认，
他仍想以无条件的慈悲，
感化欢喜郎放弃战争。
欢喜郎假说要推出斩首，

来暗暗观察对方的反应。
只见胜乐郎坦然而笑,
神色间毫无慌张和畏惧。
虽然那刀斧手凶狠无比,
他却笑微微风平浪静。
眼中依旧满是慈悲之波,
像无风时的一湖秋水,
定定地注视着欢喜国君。
这一下欢喜郎心头大恸,
汗毛直竖便要涕泪交流。

于是他屏退刀斧手走出密室,
一路上忍不住浑身发抖。
回到了王宫仍是心软,
躲在关房中暗暗思忖。
渐渐地他陷入了人格分裂,
表情动作十分异常。
他时而杀心骤起面目狰狞,
时而又悲心显发涕泪交流。
仿佛有正邪两股力量,
在他体内呼啸着横冲直撞。
于是他披头散发如癫如狂,
提起宝剑大叫着狂挥乱舞。

其实欢喜郎的觉受并非偶然,
他真的被法界两种力量纠缠。
阿修罗和奶格玛都在心中,
一旦因缘显发便会交锋。

当欢喜郎被阿修罗影响时，
就会燃起仇恨的烈火；
而当他与奶格玛相应时，
就会生起大悲之心。

胜乐郎的证量如同旋风，
卷起了欢喜郎心中的污垢。
于是他的灵魂天翻地覆，
激烈的碰撞让他行为失控。
忽然他眼中露出暴戾之光，
下令将胜乐郎投入狱中。

胜乐郎在狱中受尽酷刑，
各种刑具和手段轮番上阵。
他已被折磨得不成人形，
仿佛一堆沾满血污的破布。
但他仍然散发慈悲之波，
平静坦然地全然接受。
即便发出痛苦的呻吟，
也没有丝毫嗔怒与畏惧。
更没有承认受人指使，
只虔诚发愿让天下太平。

这一天狱中又来一人，
蓬头垢面遍体鳞伤。
原来是那逃亡的密集郎。
他本想投奔威德国，
却被知情的同伙出卖，

行至半路，便被追兵擒获。
士兵痛恨他欲当汉奸，
对他进行了残酷的折磨。
沿途的百姓也纷纷唾骂，
向他扔出无数的臭鸡蛋
以及无数的硬石头。
可密集郎依旧初衷不改，
他高声疾呼大喊和平，
于是被破布塞住了嘴巴。
他被押回都城的大牢，
继续接受严刑拷打。
当局还做出了特别指示，
让他紧闭其口不能说话。
原来当局怕他故伎重演，
以他通天彻地之口才，
再次策反监狱的狱卒，
便给他戴上特制的面具。
那面具有点像驴马的笼头，
紧紧箍住了他的下巴。

本来想索性割去舌头，
但欢喜郎说还要公审。
他极其注重自己的名声，
一定要使流程显现完美。
还要借公审扩大影响，
既杀鸡儆猴又凝聚人心。

密集郎的伤势极其严重，

他被酷刑折磨得体无完肤。
又因为戴着笼头面具，
连呻吟和惨叫都难以发出。
痛苦的时候只能以头撞墙，
鼻子里发出愤怒的哼声。

胜乐郎看到密集郎惨状，
苦于自己爱莫能助。
他的身体虽也有伤，
但由于内证功德深厚，
心中并无太多痛苦。

于是胜乐郎祈请奶格玛，
净光中师尊现出虹身。
看到两个弟子的遭遇，
稍作安抚便消失了身形。

密集郎看不到净光之身，
他已陷入半昏迷状态。
胜乐郎却暗暗不满，
埋怨师尊不关心弟子。
随即他又生起忏悔之心，
觉得自己对不起师尊。
哪怕是心中一闪的念头，
也要用虔诚之心忏悔。
更何况肉体若只是皮囊，
伤痕也就是破布裂口。
究竟看都是无常之物，

有什么值得大惊小怪？
于是他继续安住明空，
把大牢当作修行的道场。
一晕晕智慧波散布开去，
消解了很多负面能量。

奶格玛来到威德郎王宫，
告知两个师兄的情况。
要求威德郎设法搭救，
随后她又消失了身形。

奶格玛变得少言寡语，
不再像以往循循善诱。
随着弟子心性的成长，
他们要学会自我调整。
奶格玛此时故意冷漠，
以免让弟子依赖师尊。
只在关键之处予以点拨，
此外并不多说一句话。

威德郎闻讯后心中焦急，
他与密集郎交情不深，
却十分担心胜乐郎。
胜乐郎的遭遇与他有关，
当然不可能袖手旁观。
但想到要去求欢喜郎，
心中感到些许为难。
自己与欢喜郎是生死宿敌，

怎能向他张口放下尊严?
但又想到欢喜郎的父亲,
当初为救儿子也向自己下跪。
如今那同门兄弟有难,
又何必太在乎自己的尊严。

于是威德郎派出了使者,
希望欢喜郎能高抬贵手。
他想赎回胜乐郎和密集郎,
可以任由欢喜郎提出条件。
只要不索取国土和主权,
任何条件愿望他都满足。

威德郎的态度很有诚意,
反而让欢喜郎更重视两人。
敌国越在乎的东西,
其中的价值也必定越大。
于是欢喜郎紧急命令监狱,
将二人好生看护再不得虐待。

尤其胜乐郎更要尊重,
因为自己也被他折服。
欢喜郎一直在暗中观察,
发现他备受折磨却毫无嗔恨,
依旧散发着清泉般的祥和气息。
如今威德郎有求于己,
欢喜郎便给了他相对自由,
允许女子来照料起居。

他将囚禁变为了软禁，
又嘱托官员好生看管。

欢喜郎开始左思右想，
很明显自己得到了两张王牌，
正是占据主动的时机。
他眯起眼睛冷笑一声，
完美的计划浮上心来。

欢喜郎要使者传达消息，
提出两个苛刻的条件——
只要威德郎承认，
反战运动的幕后黑手是他，
并且向欢喜郎俯首称臣，
取消国号无条件投降。
自己就可以放了两位行者。
他确信威德郎绝不会答应，
只想故意把事情谈崩。

果然威德郎勃然大怒，
说欢喜小儿太过无耻，
他一片诚意给他面子，
他却借机戏弄于他。
有心带领兵马前去抢人，
又怕危及师兄的性命。
钢牙紧咬思索了良久，
叫来使者再次回信。

威德郎回复说欺人太甚，
但为了两人他愿意屈尊。
他愿意献出与两人等重的黄金，
还有八宝嵌就的城池。
这本是有名的镇国之宝，
他愿用它们来换得两个师兄的性命。

这一来欢喜郎更加确信，
胜乐郎定然是价值连城。
他已派人多方打听，
密集郎无非是一介书生，
跟威德郎也没有交情。
胜乐郎却是大成就者，
威德郎几次委任国师，
都被他找托词予以婉拒。

此等圣贤，天上难寻，
欢喜郎决意不能错过。
他还想借机羞辱威德郎，
最好能将其一举消灭。
于是他叫来使者传话威德郎，
他欢喜郎向来极爱珍宝，
但他眼里的珍宝非金银非美玉，
而是智慧深广的胜乐郎。

他要请胜乐郎担任国师，
留在欢喜国教化百姓。
历史上有一人名叫苻坚，

派十万大军请鸠摩罗什。
为圣贤他宁愿灭了敌国，
留下了一段千古佳话。
虽然他欢喜郎不是苻坚，
但也不会被财宝迷眼。
他不妨也发起十万兵马，
且看能不能抢走圣人？

威德郎收信后暴跳如雷，
激愤下就要发动战争。
又想到与奶格玛的约定，
绝不能主动挑衅对方。
更何况自家的实力也不如从前，
只好干瞪着大眼忍气吞声。

威德郎的愤怒暂且不表，
再看欢喜郎已做出决定。
因为密集郎策划了叛乱，
造化仙人也受到牵连。
他引咎辞职独自远去，
国师的位置产生了空缺。
欢喜郎对胜乐郎很有信心，
遂派使者前往打探口风。

使者奉命来见胜乐郎，
说国王钦佩他大德大智，
也听说他屡屡辩经胜利，
其声名已传遍四方邻国。

要是他愿意当欢喜国的国师，
地位定然会尊崇无比。
国王愿为他建最大的经堂，
让他每日里讲经说法，
也可以翻译古老的经典，
更可以桃李天下培养无数栋梁。
只要胜乐郎同意这请求，
他的教导便能传遍天下。

胜乐郎还没有回复使者，
没想到华曼却坚决反对。
她面虽柔和声音却冷淡——
"恕我们实难从命，
拜国师当以诚心相请，
而你们却以重犯待之；
当国师当以恭敬为上，
而你们却以酷刑伺候。
我们早看破那虚假声名，
又如何会陷身污泥同流合污？
请转告你们的欢喜国王，
若是真心想尊重圣者，
请立刻放我们回归故里。"

胜乐郎深知华曼的心思，
她说得当然在理，
出世间法要超越世事，
陷入政治会烦恼不断。
更何况两国间正有战事，

他选择哪一方都不合适。
最好是超然于诸方之外，
安心修行能保持中立。

华曼的私人情绪他也心明：
她恼怒欢喜国这般对胜乐郎，
看到他遍身伤痛的形貌，
心中疼痛不已，也愤愤不已。
但胜乐郎只是客气拒绝使者，
他有一个冠冕堂皇的理由——
不想陷入尘牢。

使者复命，欢喜郎不禁冷笑。
他可不是直来直去的威德郎，
他是欢喜郎。他是
最善长于计谋与心算的欢喜郎，
他有无数手段用以建造他梦想的大厦。
他知道胜乐郎的软肋，
他知道修行在于慈悲，
更何况是同门的好兄弟。
于是他再次派人向胜乐郎传话：
此刻他准备判处密集郎死刑，
以起到杀鸡儆猴的效果。
如果想救密集郎性命，
只能以国师的身份求情。

胜乐郎闻言好个无奈。
他明知对方是逼自己就范，

可他没有任何选择的余地。
他沉默不语只来回踱步。

使者见胜乐郎没有开口，
再好言好语展开游说：
如果胜乐郎当上国师，
也未必不是一件好事。
一来救下密集郎的性命，
二来还能为百姓谋福。

胜乐郎长叹一声："也罢，
这因缘虽然非我所愿，
但显现上也没有别的选择。
只希望欢喜郎能不再杀戮，
为天下太平我愿入地狱。"

华曼此时却显出不快，
她更想自由自在地修行，
不喜被那高高的宫墙所困。
她不发一言转身进屋。
胜乐郎见此状默默不语，
他明白她的小情绪，
但也不愿让她伤心。
上次她的垂危犹在眼前，
她弥留之际仍在挂念自己，
那种深情让他无比感动。

于是他跟使者匆匆告别，

到华曼身边好言相劝。
他又是赌咒又是发誓，
如同哄一只可爱的宠物。
华曼这才转嗔为喜，
说："你何时学会了哄女人？"
胜乐郎说："自从上次你病重，
我便发誓要好好待你。"
于是华曼更加感动，
放下了自己的喜恶，
欢喜地随了胜乐郎。
再说那使者回去复命，
欢喜郎闻讯好个得意。
终于请到了胜乐郎出山，
自己的势能将如虎添翼。
如果有了信仰的介入，
国家的治理会顺畅无比。
况且他也向往那大智慧，
胜乐郎的证量令他尊崇。
他又产生一种自我陶醉，
觉得他的智商超过胜乐郎。
就算是成就者也受他掌控，
世上没有他欢喜郎做不到的事情。

随后欢喜郎开始筹备，
将国师任命放到公审之日。
在万众瞩目中宣布任命，
让胜乐郎失去所有退路。
更有一种特殊的安排，

每个环节都要丝丝入扣。

接下来就是等待公审，
这几天欢喜郎极其紧张。
他对胜乐郎二人严加看守，
里三层外三层到处是护卫。
绝不许任何人再去接近，
连饭菜都有人先行品尝，
防止有人劫狱或暗杀，
来破坏这场举国的盛事。

威德郎听说了这个消息，
他惊讶胜乐郎竟同意做国师。
当初自己那样真诚地邀请，
都未能说动胜乐郎分毫。
欢喜郎不知用了什么手段，
竟能让他顺从这提议。
这对威德郎是巨大的打击，
意味着敌国实力大大增强。
更有一种心理上的挫败感，
威德郎仿佛受辱的狮子。
于是他请求幻化郎前往，
伺机营救两位同门兄弟。
甚至一瞬间动起了杀机，
觉得若不能救出就要灭口。
宁可毁掉也不能为敌所用，
不能灭自家威风长他人志气。

但他马上意识到想法的荒唐，
那两人是自己的同门师兄。
这机心的习气时时作祟，
威德郎暗暗抹一把冷汗。
虽然他并没将想法落实，
但有这种念头就应该忏悔。
本质是内心沉积的污垢，
必须提起警觉常常清理。

幻化郎不太想去欢喜国，
他怕再见到造化仙人。
听说仙人已不再是国师，
才勉强愿意打探情况。
他没带任何随从护卫，
怕人多反而招来麻烦。
只身一人来到了欢喜国，
混在人群里见机行事。

公审日有数万百姓参与，
欢喜郎穿盛装登上高台。
此时他君临天下唯我独尊，
散发着气吞山河的魄力。

台下的子民高声欢呼，
声音卷起一波波海浪。
挥动的手臂如同密林，
血红的眼睛充满狂热。
他们都热爱欢喜国王，

甘愿为他肝脑涂地，
似乎忘记了不久之前，
暴乱的也是他们自己。

欢喜郎挥手向百姓示意，
又引发新一轮海啸山呼。
他压一压手掌面露微笑，
刹那间台下鸦雀无声。

接下来大臣清了清嗓音，
宣读国王的最高指示，
任命胜乐郎为欢喜国国师。
台下响起雷鸣般的欢呼。
见到百姓们这般的表现，
欢喜郎露出洋洋自得的笑容。

胜乐郎看着眼前的一切，
他感到有些不寒而栗。
想当初他曾被百姓绑架，
抬上了神坛变成供牲。
现在更进一步被卷入了政治，
如同坐在了火山口上。
他心中时刻警惕地观察，
行为举止更是如履薄冰。

紧接着那大臣又面露怒容，
表情的变换在瞬间完成。
他命人将密集郎押上高台，

五花大绑跪在百姓面前。

执法大臣告诉义愤的大众，
国师胜乐郎有慈悲之心，
一次次请求宽恕密集郎。
但叛国之罪不可饶恕，
不杀不足以平息民愤。
只是看在国师的面子上，
赐以毒药令其自尽。

台下的百姓大声怒骂，
喊打喊杀之声如同海潮。
那挥舞的手臂变成拳头，
恨不得活饮其血生啖其肉。
都觉得喊得越响越是忠诚，
都想与密集郎划清界限。

这一切都像是昨日重现，
密集郎愕然地看着眼前。
反战的游行还历历在目，
现在却变成对他的声讨。
他不敢相信眼前的一切，
百姓的转变竟如此无情。
他也像当初的胜乐郎，
在巨大的绝望下心灰意冷。
他的内心是无尽的悲凉，
身上也顿时失去了力气。

胜乐郎震惊于欢喜郎失信，
极力劝说他收回成命。
但欢喜郎只是目视前方，
对他视而不见听而不闻。

胜乐郎想悲愤地大呼，
但也知这种局面不容莽撞。
那些百姓已成为火药桶，
一个火星就会引爆灾难。
于是他坐在原地默诵经文，
把善念的波光洒向火海。
可那万千的炽热之心已如汪洋，
一滴水灭不了滔天大火。

刽子手捧上了烈性毒药，
强行灌入密集郎口中。
密集郎最后看一眼人群，
他终于发现了自己的幼稚。
以往总是被官府迫害，
虽然受苦但心存幻想，
觉得百姓值得信任，
他们一旦觉醒就会众志成城。
因此他积极奔走呼号，
希望能救赎百姓的苦难。
如今他认清了现实，
再也不愿多说一句。
就让那毒酒化作烈火，
烧光他以往的种种幻想。

就让那疯狂的激情化为暴雨，
浇熄他幼稚而单纯的星星之火。
密集郎流下最后一滴眼泪，
他狂笑三声气绝而死。

此时无数的群众齐声欢呼，
都说卖国贼罪该万死，
都说国王善良便宜了奸人，
都说要粉身碎骨为国尽忠。

台下幻化郎长叹一声，
他也看透了这出闹剧。
他想百姓其实也是群盲，
密集郎老说为了百姓，
当然会死无葬身之地。

第 105 曲　群盲

幻化郎摇摇头离开了人群，
一种强烈的失落感笼罩了他。
他也一直为百姓奔波，
为世界的和平而摇旗呐喊。
他希望能避免一切战争，
让人间地狱永不再重现。

可百姓毕竟是百姓，
他们盲目愚昧，
他们贪生怕死，
他们缺少正见。
他们不过是一群看客。
他们会发泄过往的怨恨，
肆意打砸制造暴乱。
他们会惧怕统治者的暴力，
把圣人推向断头台。
他们会集体无意识地起哄，
成为战争之魔的子孙……

想到这些，幻化郎心生悲凉，
他觉得这样的群盲，
不值得呕心沥血去救赎。
他们活该吞下苦果，

那卑劣的内心只配毁灭。

虽然道理上他懂得慈悲，
但刚才的场景太过震撼。
数万人的狂热与卑劣，
酿成人间最悲的闹剧。
幻化郎心中充满愤怒，
只想放弃对众生的救赎。
众生之愚痴如同冻僵的毒蛇，
谁想拯救它，谁就会被它咬死。

幻化郎一边走一边想，
来到尸林藏好了身形。
不久欢喜兵送来一具尸体，
正是被毒死的密集郎。
根据当地的丧葬规矩，
所有死者都会被送入尸林。
但由于密集郎是服毒而死，
不能让秃鹫野兽们吞食，
他们就挖了一个深坑，
草草将尸体掩埋。
看着士兵们离开，
幻化郎以最快的速度挖出了尸体，
他一边挖一边祈请，
他的心中是泣血的呼唤。
终于，他看到了密集郎铁青的面孔，
那张脸，依然年轻俊朗。
他紧锁着眉，微微张开嘴，

仿佛想要诉说什么。
不知他是否后悔这一生?
如果能有重来的机会,
他是否还会救赎百姓?

幻化郎持咒诵经并给他灌以解药,
一会儿他缓缓睁开了眼。
刚开始一片迷蒙模糊不清,
随着瞳孔的聚焦,
他看到了这个彩色的世界。

他以为他到了天堂,
他看到一个陌生人关切的脸。
可空气中到处是尸体的腐臭,
四周也是尸骸遍地,
它们于无言中,
向空中盘旋的秃鹫
作着最殊胜的供养。
他心中顿时一片茫然,
用了好久才恢复神志。
他发现自己并没有死,
有呼吸有触觉还有身体。
"原来我还没有死,
难道这是一场梦?"
密集郎嘟嘟囔囔,
仔细思量之后,他才明白
是眼前的青年救了自己。
他欲起身感谢青年的救命之恩,

幻化郎却一把扶住了他，
说："你先凝神虔诚感恩师尊，
我也是奶格玛的弟子，
奉师命前来搭救于你。"

原来幻化郎买通了刽子手，
用假死的药物替代了毒药。
这药物服后无呼吸脉搏，
但只要有解药就能回阳。
密集郎生还后身体虚弱，
就找了个僻静处先行静养。

在密集郎休养期间，
幻化郎说出心中的好奇：
"看到自己要被处死，
你可曾后悔当初的救赎？"

密集郎闻言沉默不语，
过了很久才缓缓开口。
他说："我虽然对他们深感绝望，
但并不悔于自己的选择。
你看那些横七竖八的尸体，
不管因何原因而死，
每个人都是同样的归宿。

"无论你救赎还是不救，
所有的归途都是死亡，
你我也早晚会变成尸体，

被扔在荒野没什么两样。

"这世上的万物都是无常，
唯有活的过程属于自己。
我不愿像苍蝇飞过虚空，
我必须给自己建立意义。
救赎本身构成我的人生，
救赎的结果由老天定夺。

"如果能有重来的机会，
我仍会选择我的救赎。
只是我会善巧处事，
不再张扬，也不再狂妄。
我愿自己是头拉车的驴，
而不再是叽叽喳喳的麻雀。
我愿自己做个有缺点的人，
也不会选择当完美的神。
我不会再高调只会默默做事，
我会学习刻意低调地隐藏，
再给自己涂一些污迹。
绝不能给自己打上圣者的标签，
更不能让当权者感到威胁。"

幻化郎闻言也默然许久，
他仔细回味密集郎的话语。
只有被众生推上断头台的人，
才最能看透人心的阴暗，
也最能体悟生命的真谛。

待得密集郎康复之后，
幻化郎以信鸽向威德郎传讯，
请威德郎派人来接应。
那传讯的信鸽并没误事，
威德郎派来了会易容的侍卫，
对密集郎做了一番乔装改扮。
密集郎由最初的俊朗书生，
刹那间变成了满脸沧桑的乞汉。
他穿上肮脏不堪的破衣，
走在通往威德国的路上。

一路上又见游行的队伍，
他们都喊着战争的口号声震山岳。
密集郎看着他们走近又走远，
他的心中生起难抑的痛楚。
他开始深深地反思自己——
那里，只有天真的自己，
幼稚的自己，
自以为是的自己。
曾经，他看不到人性的复杂，
也看不到自己的冲弱寡能，
他总以为群众的眼睛是雪亮的，
总以为付出了爱就能得到爱，
付出了真心就能换得那真心。

他还看到了自己的匹夫之勇——
他不会隐忍，

不懂善巧方便，
他只图一时口快，
在行为上还咄咄逼人。
而现在，他经过了死再经过生，
才知道，没有智慧的血性，
只会把自己送上断头台。

越反省他越痛恨自己，
他真的是厌恶自己了。
他厌恶那个张扬浅薄的自己，
他厌恶那个习惯卖弄爱好虚荣的自己。
曾经，他总是贪恋被万众瞩目的荣光，
也在乎虚幻世界的鲜花和掌声。
如今他才知道，
这一切其实毫无意义。

他也知道，今日种种，
是因为自己没有大力，
他缺少智慧缺少功德，
他认假成真执幻为实。
若是有胜乐郎那般修为，
他相信能调伏暴戾之气。
前事不忘后事之师，
虽然这次行动失败，
但他并没有违背师尊教言。
师尊不在乎事情的成败，
只重视做事时的心性。
有这种虔诚坚定的态度，

才是成就瑜伽的根基。
密集郎边反思边前行，
渐渐接近了威德国境。
一路上都畅通无阻，
没有人会关注肮脏的乞丐。
那里遍地都是难民和饿殍，
而他，只是最不起眼的一个。

幻化郎送走密集郎之后，
自己在尸林静静休养。
看着那遍地的尸骸，
沉静思考人生的意义。
平凡和伟大都会过去，
结果无非是一堆枯骨。
枯骨成灰，灰即是土，
在世上留不下任何痕迹。
到底应该先避世清修，
还是明知不可为而为之？
两种想法相互缠缚，
哪一方都无法战胜对方。

幻化郎又休养些时日，
威德郎的信鸽再次飞来。
威德郎在传讯中说道，
他有某某要事托付，
请他向胜乐郎求取指点。
看完了信件的内容，
幻化郎心中有些反感。

觉得威德郎不停地制造麻烦，
对他的指派开始抵触。
自从与他结上了因缘，
任务如潮水般扑面而来。
自己本想教化他和平，
却被他的机心一再利用。
再看到密集郎的下场，
幻化郎更想遁世而去。
他左思右想拿定了主意，
再帮威德郎最后一次，
然后到僻静处清修梵行，
再也不做统治者的工具。

胜乐郎虽然德行很高，
但没在幻身修为上用功，
以是故他没生起幻身。
他能听到幻身说话，
却看不到那幻身，
两人交流有诸多不便，
幻化郎就想用真身前往。

行进在去往欢喜国都城的路上，
幻化郎再次体会到了跋涉的辛苦，
切实感受到修成幻身的种种妙处。
你看，这千里万里的路，
幻身一个念头就能抵达，
而真身的行走，却是
一路脚印一路汗水。

终于到了国师府，
只见那里戒备森严。
门口两只石狮子恪尽职守，
它们瞪着滚圆的双眼，
望着风尘仆仆的幻化郎。
就在他犹疑踌躇
不知如何进展时，
一点灵光再次闪现——
他为自己的迂腐感到好笑，
本是正大光明的拜访，
他却在这里绞尽脑汁。

这次他不是刺探军情，
胜乐郎也没有失去自由。
除了造化仙人和欢喜郎，
其他欢喜国人并不认识自己。
他完全能光明正大地拜访，
说有修行之事求见国师，
料那些侍卫也不会为难。
长久以来，他都是秘密地做事，
他已陷入思维的惯性，
偷偷摸摸已成为常态。
半生的坎坷境遇，
早已让他成为一个鼠人。

幻化郎发现了自己的思维局限，
心中也产生另一番感悟：

区区几件事就陷入盲区，
那众生无始以来的业力，
又该是多么顽固的牢笼？

于是幻化郎整理了衣装，
去国师府坦然地请求拜访。
他从口袋里掏出一块碎银，
那白，顿时炫亮了侍卫的眼。
幻化郎说小小心意请勇士笑纳，
有劳多行方便禀告国师。

侍卫得了银子满脸喜色，
说："请尊者在此处稍等，
我这便入府向国师禀告。"
过了不久他出来回话，
让幻化郎移步进入府中。
此刻，胜乐郎正在校对文稿。
他缓缓地抬起双眼，目光停在了
幻化郎的身上，
幻化郎也从他的眼里
感受到了亲人的气息。
他们谁也没有说话，
他们谁也不愿打破
这灵魂包裹的秘密。
他们忘了时间忘记周围，
双方都感到莫名的熟悉，
仿佛失散已久的亲人。
他们彼此默默地对视，

沉浸在灵犀相通之中。

胜乐郎摆摆手屏退仆人，
说："不知尊者高姓大名？"
幻化郎表明了自己身份：
"你我本是同门的师兄。"

胜乐郎立刻做手势示意他噤声，
二人遂进入密室之中，
压低了声音进行交谈。
幻化郎说仔细观察了因缘，
欢喜郎的心已被阿修罗占领。
他深感阻止战争无望，
他劝胜乐郎远离功名避世清修。
他说修行必须和政治保持距离，
他还说密集郎就是前车之鉴。
自己也受到威德郎控制，
身不由己成为统治者的工具。
而那欢喜郎的野心更如烈焰，
迟早会烧掉师兄的功德。

胜乐郎闻言沉吟片刻，
问是不是师尊的意思。
若是师尊指示他必定照办，
否则他还是要留在此地。
欢喜郎虽有暴戾的一面，
但也有与他们相同的因缘。
他若留在欢喜郎身边，

既可抑制阿修罗力量的增长，
也可用善念熏染欢喜郎，
日久天长必定能引出他的善怀仁心。

幻化郎见无法劝服对方，
摇摇头说："人各有志我不勉强。
我这次来还有问题求教，
威德郎找到了空行石，
据说是一种神奇的宝贝，
它能调动空行的力量。
只是寻常人无法启动，
需空行转世者才能办到。
威德郎不知其中的关窍，
因此委托我向你请教，
如何才能找到转世的空行？"

胜乐郎闻言呵呵一笑说：
"你刚还劝我隐修，
怎又帮威德郎做事？"
幻化郎面露尴尬之色：
"我当初的想法与你相同，
想用善心善愿调伏魔君，
却不料让自己越陷越深。
这次再帮他最后一回，
然后便远离尘世清修梵行。"

胜乐郎看着幻化郎，
他知道所谓的最后一次，

往往是人们的一厢情愿。
那诸多因缘如同乱麻，
涉入其中便身不由己。
但他并不说破这一点，
只告之空行转世的秘密。

胜乐郎说："根据古籍记载，
转世者身上会有印记。
空行勇士转世者印堂有痣，
此外还有诸多的异相；
空行母转世者密处有黑痣，
此外还有其他的异相。

"虽然书上说道无处不在，
但一时间也难以找到具缘。
如果找不到具缘之人，
只要自己认真修习，
证得空性也能达成愿望。
因为只要证得了空性，
你便也成了空行勇士。
那时你就能契入空性，
调动空行之石的大力。

"只是认知空性容易，
保任空性则较为艰难。
能打成一片更加不易，
需要放下一切勇猛精进。
然而并非精进就能成功，

还需要分寸和调适。
过于执着易走火入魔，
过于懒散则顽空无记。
就像那调琴师调琴一样，
琴弦过紧容易断弦，
琴弦过松则弹不出音。
这需要成就师尊的开示，
才能掌握恰当的分寸。

"便是真的能安住空性，
还需要生起作用才有力量。
那空行之石便是妙用之力，
它需要生起次第的训练。
先修炼生起以具备大力，
再契入空性以破除执着。
最后将自我的一切打开，
让滴水融入法性的海洋。
这时的每一个浪头，
便会具有大海的力量。

"那空行之石便是法界之力，
那智慧女神便是媒介。
不知威德郎是否具备胜缘，
若非具备胜缘，
怕得到珍宝也用不出效果。
他的心性局限尚未打开，
总想用出世间法成就功业。
犹如三岁孩童驾驭马车，

无德无能怎会有好的结果？”
幻化郎闻言也连连称是，
他也深知威德郎的缺陷。
他总是把信仰当成工具，
来达成自己的世间目的。
修了这么久都没有改变，
所以他才想远离此人。
另外他也在思忖，
照此说法那流浪汉便是空行人，
只是黑城堡一战后他突然消失，
至今未有音信，不知身在何方？
但他并未将此事告知于胜乐郎。

幻化郎谢过胜乐郎，
两人又探讨了其他的问题。
不知不觉已月上梢头，
在夜色中二人依依惜别。

送走幻化郎，胜乐郎感慨万千：
对于心中没有正见者，
能力越强危险越大，
而如今威德郎得到空行石，
其危险程度一如三岁小儿玩火。
他还从真心的镜子里
看到了幻化郎的习气。
他心量不大又习惯比较，
他总是用与他人的比较来定位自己。
他在比较中失落，

也在比较中嫉妒，
他无意识地强化着他的分别心，
却意识不到正是他那颗有求的心，
给自己带来无量的烦扰。

第四十乐章

鼓唇弄舌的书生竟然掌了帅印，他的计谋层出不穷，杀得敌人丢盔弃甲。可叹的是，那最后的一场埋伏硬是将凯旋变成了逃命。

第 106 曲　诡计

且说密集郎到达威德国后，
威德郎命人带他到宫中相见。
二人以同门师兄身份交流，
随后威德郎表达了欣赏之情。
他恳请密集郎留下帮助自己，
密集郎也想介入政治来行教化。
他告诉自己百姓的路已走不通，
或许借助政权推行和平才是正道。
于是他没有经过太多的考虑，
便接受了威德郎的邀请。

他并没有想过这也许是借口，
更没有想过自己又输给了虚荣。
他已经忘记了行者的观察和自省，
就连师尊的叮嘱也已远在天边。
他想要更大的荣耀，
更想借政治的平台证明自己的价值。
他只是不想承认，
他打定了主意要自欺欺人。

这是个不好的信号，
它开启了一段堕落的生活。
而密集郎并没有觉出这是堕落，

反而以为人生迎来了转机。
毕竟他从未受过如此的器重,
他在当权者眼里只是讨厌的苍蝇。
如今他却成了政坛中人,
他的手中也掌握了国家的动态
和百姓的生死,
他忽然有了另一种感觉。
断头台和尸林的感悟,
便远到了另一个世界。
他甚至无暇观望。

奶格玛对这一切当然了如指掌,
她对密集郎的心性看得清清楚楚。
但她没有现身也没有揭穿,
她甚至没有对密集郎做出指点。
她只是在默默地观察,
因为她知道欲速则不达的道理。
密集郎的路还很漫长,
有些事不经历永远不能放下。

时间一晃过去了数月,
一天同盟国派使者向威德郎求救,
欢喜郎正派兵进行侵略,
烧杀掳掠无恶不作。
他们已面临灭国之灾,
恳请威德郎能够立刻派兵救援。

威德郎挥挥手让使者退下,

然后征求诸位大臣的意见。
大臣们都怨同盟上次失信，
他们说人而无信不知其可，
他们又说得道多助失道寡助。
他们说这一次我们也明哲保身，
让他们尝一尝失信的滋味，
让他们明白何为自作自受。

密集郎看懂了其中的利弊，
他意识到这是千载难逢的机遇，
若是能打下几场胜仗，
就可以树立更高的威望。

于是他正正衣装高呼不可，
他说别人失信是别人的失德，
自家守信是自家的尊严。
若是任由盟国覆灭，
欢喜国的势力又会壮大。
天下人更不会归顺我国，
此消彼长对我方根本不利。
但是只要出兵无论胜败，
都能增加我国的分量。
会有更多盟国信任我们，
从而压制敌国的扩张。

威德郎闻言眉头一展，
频频点头说言之有理。
又将欣赏的目光投向密集郎，

问："不知哪位将军愿意前往？"

密集郎深知王意，
他庄重了神色毛遂自荐，
说："我愿带领正义之师，
奔赴战场扫除邪恶。"
密集郎显得视死如归，
威德郎便准许了这个请求。
因他之前没有作战经验，
威德郎再派他一位辅佐将军。

密集郎顿时心生不悦，
他一向自视甚高一个顶仨。
本想大展一番拳脚，
不愿多出一个掣肘。
但他也不敢流露本意，
仍然谢过了国王恩准。
随后盘点粮草兵员，
做好一切出征前的准备。

密集郎终于当了统帅，
他本来就饱读兵书，
胸怀韬略有雄心壮志，
只是命运没给他机会。
这一次他想大展宏图。

或许是屁股决定脑袋，
或许是信仰并不坚定，

或许是暴力的裹挟太强，
或许是内心的魔性苏醒。
他全然忘了从前的主张，
那反战念头已销声匿迹。
取而代之的是壮志豪情，
更有想要一鸣惊天下，
扬眉吐气的兴奋。

他想谋划打仗的策略，
内心却时时卷起风暴。
以往读过的史书兵册，
此刻完全飞到九霄云外。
连握笔的手指都在颤抖，
连续几个通宵亢奋难眠。
通红着眼睛却充满力量，
他陷入激情中难以自抑。

出征的那日万里无云，
密集郎早早来到了军营。
那齐整的队伍好个威武，
一阵阵战歌响彻天地。
看到眼前雄壮的场面，
他的体内豪气澎湃。
他披上盔甲龙行虎步。
他手握战刀挥斥方遒。
他骑上骏马喊一声出发，
奔腾的马蹄声顿如密雨。
他忽然明白了当帝王的美妙，

那简直是一种灵魂的高潮。

随行的将军武艺高强，
也钦佩密集郎腹有诗书。
他问起这一战的策略，
密集郎顿时一阵心虚。
他只顾兴奋毫无主张，
只好说攻城为下攻心为上，
最好能不战而屈人之兵。

这种思想将军从未听过，
以前只听说要奋勇杀敌，
而密集郎却能不战而屈人之兵，
他于是更觉得密集郎智谋超脱深不可测，
也越发敬重读书之人。

再说欢喜郎正进攻敌国，
忽然闻听密集郎率兵救援。
欢喜郎并不诧异他还活着，
却诧异他如何又带兵打仗。

原来欢喜郎早就收到刽子手的密报，
知道有人想收买他灌以迷药。
欢喜郎于是将计就计，
配合他们演了一出好戏。
其实他自己也没有杀意，
只是做了国王很多事由不得自己。
密集郎奋死宣扬的主张，

也是他曾经倡导过的真理。
密集郎俨然是过去的自己，
看到密集郎就想到自己的当初。
他不想叫密集郎死于己手，
但国法又不容叛国之人，
幸好有人横加阻挠，
他便顺水推舟成全了此事。

他知道密集郎个性顽固不化，
到了敌国依旧会倡导和平。
若是他继续肆意妄为，
也会给威德郎带来麻烦。
如果敌国内部混乱，
他统一的大业便指日可待。
只是没想到他和密集郎会在战场相见，
密集郎的转变实在令人吃惊。
那样崇尚和平心慈手软的一介书生，
怎就突然能顶盔披甲领兵打仗。

再一想又觉得没什么奇怪，
自己当初不也是如此——
那时他不忍踩死一只蚂蚁，
不忍折断一双蝴蝶的翅膀；
那时，他常常为浇一棵小树，
不惜汗流浃背地走上好几里路。
只是命运没有让他继续善良，
那一次致命的威逼利诱，
终于让他成了一位爱上战争的君王。

想到这欢喜郎百感交集，
他通过密集郎更看清自己。
他的心中不由得开始诅咒战争，
是战争让善良的人变成恶魔，
是战争让相爱的人被迫别离。
可开弓没有回头箭，
只能期待尽快以统一实现和平。

此外他还想活捉密集郎，
他不愿让好人死于非命。
密集郎就是另一个自己，
希望他能回归善良的坦途。
如果他能完成人性的升华，
自己也能看到救赎的希望。

因此欢喜郎开始部署陷阱，
不正面攻打密集郎的部队。
本来他已围住了敌国首都，
却后撤五里放密集郎进城。
他很了解对方国君的小气，
友军入城他们必定会处处提防。
不需多时他们就会内讧，
那时的战斗力便大不如前。
再说那城中的粮草有限，
多一个士兵便多一份开销。
他只想困住这数万大军，
等草尽粮断后再一举拿下。

密集郎见敌军并不交锋，
不由得心中一阵大喜。
虽然他一腔赤忱满腔热血，
但首次打仗，他难免紧张。
他害怕两军的正面交锋，
也害怕应对欢喜郎的强将精兵。
其实他也怕着死亡的降临，
他提心吊胆他怕得要死。

此时见敌军主动后撤，
正是大军入城的良机。
他的心里卸下千斤重负，
浑身感到白云般轻松。
他甚至开始藐视敌人，
觉得欢喜郎怕了自己。

将军提醒他谨慎入城，
最好驻扎在外且看且行，
如果敌军敢主动进攻，
便与盟国守军里应外合。
然而密集郎刚愎自用我行我素，
他根本容不得别人指手画脚。
他唯我独尊要做军队的绝对领袖，
怎能让副将指挥操控？

于是他摇摇头否决提议——
入城后便可以据险而守，

能最大限度地降低伤亡，
这也是军人的慈悲之心。

将军没听过这等理论，
但也只好服从命令。
于是大军进入了都城，
与盟国的守军会合一处。

密集郎进城好个威武，
城内的百姓夹道欢迎。
鲜花和掌声此起彼伏，
他全身飘飘然无比舒畅。
从前一直郁郁不得志，
经受无数人对他的嘲笑和欺凌。
从未有这般的万民敬仰，
身上的酥麻一波波涌动。
他再次产生灵魂的高潮，
于是面带微笑频频招手。

盟国的国君神情复杂，
变了几变又挤出笑容。
他与密集郎亲切地握手，
随后布置威德军协防。

密集郎登上城墙观察，
发现欢喜军又包围了都城。
他们仍然按兵不动以逸待劳，
于是他内心更加自负。

盟国国君也连连称赞，
说密集将军威震天下。
他把威德军安置在一线，
让自己的军队稍事休息。

密集郎也不完全是草包，
他开始查看周围的地形。
并与将领们商议计策，
渐渐地进入了自己的角色。
读书人的优势终于显发，
他异想天开巧计不断，
听得将领们耳目一新，
更对他如同众星拱月。

欢喜郎也在制订战术，
他经验丰富又细致谨慎。
敌国的都城占据天险，
攻下它定然会死伤惨重。
倒是都城几里外有副城，
位于两条江交汇之处。
他想先攻下副城剪其羽翼，
顺便建立自己的根据地。
慢慢围困主城耗其粮草，
等到敌人内讧时乘虚而入。

想好了周全的破敌之策，
欢喜大军涌向了副城。
密集郎看出敌人的意图，

他也调兵遣将予以应对——
当夜通过两城间的地道，
密集郎带精兵进入副城。
他占据了一条江的闸口，
截住了汹涌而下的水流。
那本是同盟国的农业用水，
国内田地需要靠升起的水位灌溉。
这一处所在易守难攻，
密集郎于是决定下一着妙棋。

欢喜军也有自己的优势，
他们抢到了另一条江的上游。
这条江常年流水不断，
城中并没有阻挡的闸口。

这一日江上升起了大雾，
那浓雾稠密令人窒息。
城墙的砖石结满冰粒，
透出一种彻骨的阴寒。
经验丰富的将士们心知肚明——
履霜竖冰至。大战就要来临！
君不见宁静里蕴藏着杀机，
像拉满的弓箭瞄准自己。
他们似乎闻到了血腥味，
又似乎听到了冤魂哭号。
他们无法决定自己的命运，
只能在心中一遍遍祈祷。

在这浓稠的大雾里，
守城的士兵高度紧张。
他们握紧了手中武器，
防止欢喜军发动突袭。
时间仿佛缓缓滴落的水珠，
静静地砸出灵魂的恐惧。

天色渐暗，繁星游上树梢，
欢喜军仍然没有发动进攻。
江面上一如既往地平静，
副城守军却不敢大意。

终于等到了夜幕降临，
敌人再也无法渡江，
守军才放松了神经。
紧绷的肌肉瞬间松垮，
于是他们沉沉地睡去。
紧张了一天的将士们，
在梦中放出安稳的鼾声。

但死神总喜欢不期而至，
就在守城的众将士坠入梦乡时，
欢喜军从上游顺流潜下。
他们的身影如同鬼魅，
无声无息又充满杀气。

此时夜幕里还有另一双眼睛，
它躲在暗处监控着一切。

眼睛里露出阴冷的笑，
随后消失在黑暗之中。

那夜像漆黑的墨团，
伸手看不见五指。
夜风里隐藏着暗流涌动，
还有夜枭的喋喋叫声。
等副城守兵发现异常时，
天已大亮敌军早已潜入城内。

双方立即展开恶战，
城中到处都是混乱。
兵刃的撞击如同密雨，
惨叫与哭喊此起彼伏。
守城士兵猝不及防，
已经丧失了战斗先机。
欢喜军是有备而来，
一时间占据了上风。
他们给对岸发出信号，
大部队也开始渡河进攻。
守城士兵被内外夹击，
很快就已溃不成军，
副城眼看就要失陷。

密集郎躲在闸口观察局面，
如同隐蔽的猎豹等待战机。
他的眼睛放出阴森之光，
全然没有了和平之气。

他的内心受到了强烈的刺激，
他陷入对成功的贪婪欲罢不能。

等到欢喜国的军队攻入城内，
密集郎突然下令开闸泄洪。
波浪滔天的洪水直冲下游，
入城的欢喜军顿成水中鱼鳖。

守军和百姓也一同陪葬，
水面上漂浮着无数尸体。
无论是敌军还是友军，
无论是老弱还是妇孺，
无论是鸡犬还是牛马，
都被洪水卷入了深渊。
人们疯狂地挥动手臂，
卷入洪流中时隐时现。
一个个头颅变成黑点，
一双双眼睛充满绝望。
他们刚喊出一声救命，
冰冷的江水就涌入口鼻。
死神瞬间扼住其呼吸，
数千具身体随之沉入江底。

见这惨象密集郎突然心软，
觉得自己造下了滔天罪孽。
那罪恶感也变成洪水，
淹没他的灵魂让他无法呼吸。
战争的快感瞬间无影无踪，

满腔的豪情也化作烟雾。
他不敢再看求救的手臂，
他不敢再听哭喊的声音，
他只想跪在地上忏悔。
他只想洗净手上的血腥。
可那血腥比江水更深，
只一战就把他拖入地狱。

身旁的副将却连声称赞，
他由衷地钦佩密集郎。
自己不费一兵一卒，
就让欢喜军吃了大亏。
他认为那些守军和百姓，
只是战争中消耗的物品，
只要收益能高于成本，
这一战就算赢得胜利。

欢喜郎见城中情况突变，
马上命令后续部队撤回。
他站在对岸高地上观察，
见入城的士兵全军覆没，
或被淹或被杀所剩无几，
数千兵马都喂了鱼鳖，
不由得心中一阵阵抽搐，
他紧紧握住手中的宝剑。

密集郎见欢喜军后撤，
心中也产生了纠结。

要不要实行第二计划，
他一时间真是犹豫不决。
刚才的场景太过惨烈，
灵魂受到巨大的冲击。
他对战争产生了厌恶，
更有负罪感令他窒息。
他想休战就此金盆洗手，
又想一鼓作气赢得大捷。

身旁的将军却连连催促，
说此时不杀更待何时？
大丈夫不能心慈手软，
自古成大事者不拘小节。

听到了将军的声声劝说，
密集郎心想也有道理。
更发现自己已被绑上了战车，
没有办法用仁心来选择。
若是对敌人宽厚仁善，
就是对自己的士兵的残害。
到时候仍会是哀鸿遍野，
他的仁心改变不了结果。
他看起来生杀大权在握，
其实已没有了回头的路。
在战鼓擂响的那一时刻，
他已变成了战争的傀儡。
那功利心也乘机蠢蠢欲动，
向他释放暧昧的诱惑。

他于是找出无数的伟大理由,
把自己拽向美丽的深渊。
于是他咬咬牙心中一横,
复又放弃仁者选择了魔鬼。
他下令组织人马执行计划,
自己则转身回到了大本营中。
正是这一次对良知的放弃,
让他完成了从仁者到魔鬼的蜕变。

当升华与堕落互相争斗时,
身边人的影响弥足重要。
遇到恶友就滑向恶处,
遇到善缘就得到救赎。
因此修行要远离恶友,
时时接受善知识的熏染。

再说密集郎的第二计划,
便是趁欢喜军后撤之时,
派出自家的小队精兵。
他们穿着欢喜军的衣服,
趁混乱进入敌人阵营。
那欢喜军营正手忙脚乱,
没人注意几张陌生面孔。
他们潜伏其中四处搜寻,
终于找到了辎重部队。
粮草真如巍峨的山峦,
守卫的士兵却零零散散。
欢喜国打了多年大战,

从没有被人劫过军粮。
守军皆是一脸的萎靡，
更有许多老弱病残。

密集军商定好行动计划，
随后分散到各个地方。
他们静静地等待夜晚，
想烧掉粮草逼敌人退兵。

不知是欢喜郎命该失败，
还是密集郎时来运转，鸿运当头，
当夜刮起黄毛大风，
阵阵狂风卷起遍天沙暴。
在天地混沌中，
人在风中已睁不开双眼，
彼此说话也无法听清。
再加上那欢喜军实在轻敌，
只留了几个士兵值夜，
余者都回到帐篷里睡觉，
密集军的进攻良机就此来临。

只见密集军悄悄地逼近，
迅速杀掉士兵燃起了大火。
风助火势每座山头都开始燃烧，
爆裂的声音震耳欲聋。
粮草物资还有诸多士兵，
都被卷入烈火的大口，
他们一起供养了火神。

更多人去江边取水扑救，
却赶不上火势的汹涌蔓延。
军营里到处是混乱景象，
欢喜军的哭喊声欲震天。

密集郎站在城墙上观察，
见敌营的火光映红天空。
随风飘来的惨叫哭号，
让他的善念又开始萌生。
这一天先是大水后是大火，
断送了成千上万的生命。
他的灵魂陷入水火地狱，
只觉得烈焰焚身痛苦万分。

那随行的副将却兴高采烈，
他们果然不战而屈人之兵。
自家的损耗微乎其微，
仅凭计谋就重创了敌人。
这样的战斗，
和以前的战斗有天壤之别，
他更对密集郎奉若神明。
诸多的士兵也振臂高呼，
说密集大将军神机妙算。
他们都愿意跟随将军，
成为威德国的王牌铁军。

密集郎见到这种狂热，
心头却只有阵阵苦笑。

他发现自己真的被绑架，
踏入了深渊无法超拔。
战争的残忍绞杀着他的灵魂，
胜利的喜悦早已化为烟尘。
回想出兵时的热血沸腾，
他觉得自己真是好笑。
那火热的温度，
此时已全部化成了
被扔进冰窖的罪恶。

望着眼前的一片狼藉，
欢喜郎恨得咬牙切齿。
他怒火中烧悔不当初，
妇人之仁真是一种愚蠢，
他纵龙入海放虎归山，
终于养成心头大患。
他心中的善良仿佛少女，
屡屡被现实的暴徒摧残。
他彻底认清了世界的残酷，
绝不再存天真的幻想。
而那密集小儿毒赛蛇蝎，
先是策划了国内动乱，
又在战场上重创自己。
于是他心中生起杀意，
开始谋划斩首行动。

遭遇了连续失败，
眼看粮草被烧兵将被折，

欢喜郎只好领军撤退，
同盟国终于解除了危机。
万千的军民欢呼雀跃，
举行了隆重的庆祝仪式。
美丽的姑娘翩翩起舞，
无数花环献给了密集郎。
百姓们都高呼英雄名字，
众将士也向他频频致敬。

然而这次密集郎并未得意，
他还沉浸在良心的谴责里。
面对人们铺天盖地的热情，
他只好勉强挤出了笑容。

那国王却显得表情僵硬，
转动着眼球沉吟不语。
密集郎的能为神鬼莫测，
想消灭自己易如反掌。
他怕引狼入室招致祸患，
便提出恭送威德军还朝。

此话一出现场鸦雀无声，
众人放下酒杯变了脸色。
盟国的将领表情尴尬，
威德军将领更是面露怒色。

密集郎知道国王的心事，
但他想救人索性到底。

他提醒国王欢喜军元气尚存，
随时可能反扑后患无穷。

那国王闻言更坚定想法，
密集郎定然是居心叵测。
无非是找借口滞留国内，
乘机发动兵变夺取政权。
小人的眼中没有君子，
又怎会明白君子的好意？
他面容冷淡声音冷漠，
说："不敢再劳烦将军费心，
一切后果我自己承担，
将军请放宽心班师回朝。"

密集郎虽然心生不满，
但无法改变对方的心意。
他只好同意带兵离开，
这一场庆功宴不欢而散。

第二天送行如八公山草木，
气氛更如打翻的墨汁。
胜利的花环铺在路边，
苍白的花容朝向天空，
散发着惨淡的颜色。
国王发表讲话致谢，
将士们却全都冷着脸。

密集郎并没发表致辞，

他骑上战马一声悲鸣，
英雄之心如秋木萧萧，
他半是感叹半是无奈。
果然宁给能人牵马镫，
不给尻人出计谋。

他长叹一声策马上路，
带兵行至峡谷却忽遇凶险——
一阵阵箭雨从天而降，
刹那间四处响起惨叫，
士兵们被成片地射杀。
密集郎见状大惊失色，
他并未算到此处会有伏兵。
如今像是赤条条躺于砧板之上，
到底如何才能脱离险境？

第 107 曲　埋伏

原来欢喜郎心中愤恨决意报复，
他发誓要获取密集郎性命。
他早知那国君小肚鸡肠，
不过斗筲之器，
必然容不下别国军队在本国驻扎。
于是他在沿途设好埋伏，
等待着时机一举反攻。
他如此煞费苦心，
并非为了攻取那些小国，
他只是想玩一个围城打援的游戏。
没想到密集郎也让他吃了大亏，
打蛇不死反被蛇咬。

眼见密集郎进入峡谷，
欢喜郎大手一挥一声令下。
那飞箭顿时就铺天盖地而来，
它们厉厉插入兵士的身体。
接着再投出一批标枪，
又一批士兵栽倒在地。
他们像麦捆一样横七竖八。
欢喜郎一狠百狠杀戒大开，
想要一举歼灭密集郎余孽，
他更想把密集郎五马分尸。

密集郎只看到满天寒光,
裹着凄厉的风声涌向自己。
他的战马头部中了一箭,
矫健的身躯轰一声倒下,
也扯倒了背上的密集郎。
密集郎挣脱马镫逃到一边,
他的脑中一片空白,
他的身体僵直沉重。
他的意识已被恐惧彻底扫除,
仿佛一切都慢了下来,
他的感觉变得异常灵敏。

那些寒光正缓缓地逼近,
士兵们的抵抗也有气无力。
每一个动作都异常迟缓,
每一个变化都历历清晰,
每一种声音都拖长腔调,
每一处念头都纤毫毕现。

忽然他的眼前一片黑暗,
他以为自己已中箭死去,
却听到副将歇斯底里的叫喊,
他叫人举了盾牌遮住天空。
那拼起的盾牌如同屋顶,
为密集郎抵挡了无数枪箭的暴雨。
它们发出叮叮当当的声响,
像倾盆大雨一般急促。

他的世界瞬间恢复了节奏，
激烈的战场又瞬息万变。
心中的理智却无比清明，
能迅速判断眼前的局面。
密集郎高声指挥军队——
"不要怕迎头而下的箭雨，
也不要管死伤在地的同伴。
我出生入死的兄弟们，
竭尽全力冲吧！
就像脱兔一样，
冲出峡谷就是冲出死亡！"

说罢他咬紧牙关屏了杂念，
只管催动了脚步向前猛冲。
他的心中没有奔跑，
但他的双腿在机械地运动，
周围的士兵举着盾牌紧跟，
为他遮挡扑来的飞箭。

那一刻整个密集军溃败如山，
他们像尾巴着火的鼠辈，
只管沿着峡谷仓皇逃窜。
他们留下无数的惨叫和
无数的模糊血肉，
无数的鲜血汇成一条红河谷，
好个触目啊好个惊心。

欢喜郎看到密集郎的盾牌，
他连连大喊用石头砸龟壳！
但士兵们一时却找不到大石，
他们只能眼睁睁看着密集郎逃离。
欢喜郎气急败坏骂声冲天，
他指挥兵士们冲下山来，
他们追向密集郎逃跑的方向，
一定要将他生吞活剥碎尸万段。
眼见敌人影子般追来，
自家的军队所剩无几，
密集郎陷入了天大的绝望。
他知道死亡已然逼近，
他下意识地开始祈请师尊。
他的祈请词也是喷涌而发，
那份虔诚惊了天地泣了鬼神——

"奶格玛，我的师尊，
请帮助弟子逃出此大难！
我本想以战争赢得和平，
没想到让诸多人受难。
请您现金身进行救度，
让他们都到密严刹土，
让他们远离轮回苦海，
让他们得到清凉解脱。
也加持弟子脱此难星，
留下这人身利益众生。
奶格玛千诺！
奶格玛千诺！！

奶格玛千诺！！！"
祈请完他脑中彩光频闪，
只见奶格玛在空中现身。
周围的事物又放慢节奏，
如同进入了梦幻的世界。

奶格玛却是平常语速，
说道："你不必过于自责。
这诸多事件各有因缘，
尽人事听天命顺其自然。
种瓜者得瓜种豆者得豆，
一切皆是因果的显现。
菩萨畏因凡夫畏果，
对万事万物只能随缘，
这诸多的血腥是暴力所种，
暴力的种子只能结出暴力的果实。

"我们只能尽自己的心力，
也算是一份智慧的担当。
但各自的业力还须承受，
这就像人间的欠债还钱。

"你不必过于自责伤感，
尽人事听天命各遂其缘，
但因为你的这一发愿，
这些亡者就跟我有缘。
我定然将他们全部超度，
到达光明净土再续胜缘。

"你虽然想以战争赢得和平，
但饮大海之水怎能止渴？
不过圣者住世总得示现，
像极了一个出色的演员。
世界本是个大戏台呀，
你我只是演出的戏子。
我们在演一场轮回大戏，
只想叫醒那梦中的有缘。
你的剧情早已写好，
你的剧本正在上演。
那你就继续演下去吧，
演完你的角色才能退场。
这诸多的显现看似虚无，
其实是一种大事因缘。
我会用空行文字记录下来，
等待那个叫雪漠的作家。
他会让文字像涌泉那样，
将那精彩的剧情重现。
到那时你便知其中的意义，
也会明白你此刻的悲伤。
当知世上一切本是幻化，
如水中之月镜中影像，
虽有显现但了不可得。
来了就来了去了就去，
生了就来了死了就去。
生也是梦死也是梦，
你也是梦我也是梦。

这就像大海中无数的水泡，
无论海上有怎样的景致，
那水泡破灭后还是会归于大海。

"这诸多的士兵也是这样，
来于自然又归于自然。
无所减少亦无所增加，
其法性像天空难以损伤。
便是那超度也是这样，
世人需要这个故事，
我才会一遍一遍地讲。
了义看万物本是一味，
没有轮回也没有涅槃。
一切只是一个梦境，
梦境中发生了一切，
醒来后只有怅然。
我的儿呀，
你只管演你的戏吧，
我也只是你的道具。
有时候这道具会帮你，
有时候你也可以放下。
这时候他们在梦中追你，
这时候我便在梦中出现。
梦中的追兵我帮你阻断，
梦中的磨炼还要你亲自体验。

"去吧去吧，莫再伤感，
不要担忧也不要恐惧。

一切都是既定的情节。
一切都是镜中的火焰。"

说完奶格玛隐入虚空，
化为天边的一点祥光。
密集郎像是从梦中醒来，
又回到现实的世界。
身后的追兵依旧凶恶，
身边的战士依旧仓皇。

突然之间只见那山体忽然滑坡，
隔断了追杀而来的欢喜军。
因为这一次殊胜的意外，
密集郎才得以劫后重生。

他跪在地上叩头三次，
感谢师尊的救命之恩。
更有那些智慧的甘露，
他已牢牢记在了心中。

欢喜郎怀着满腔怒火，
发誓将密集郎置于死地。
原以为这次必定如愿，
眼见着他成丧家之犬，
不料山体滑坡阻截了追击。
眼睁睁看着他再次逃生，
欢喜郎的怒火却渐渐平息。
他沉默了好一段时间，

忽然仰天大笑发出感叹：
"我们算尽了种种机关，
千方百计想要夺他性命，
怎奈他福报深厚命不该绝，
一次又一次从绝境中逃生。
说明此人有大福吉人天相，
其身旁必定有天神护佑。
可惜他不能为我所用，
也说明我福报不够不能摄受。"

说完他号令众将士回营，
一路上仍然不时感叹。
他忽然想起造化仙人的理论，
那老人总说他们皆是造化的棋子。
联想到眼前的密集郎，
他再次感到怅然若失。

若是所有的胜败都已注定，
何苦在那过程里折磨自己？
然而命运如果不能改变，
这样的人生又有何意义？
即使能活上百年，
即使能坐享王权到死，
也无非是个牵线的木偶，
只是随着命运的手掌来回摆动。

欢喜郎心中涌出无数感慨，
各种迷惑像一团乱麻理不出头绪。

他只好带领剩余的将士，
在夕阳下踏上回国的道路。

虽然灭那同盟国易如反掌，
但他还是没继续攻城。
他想留下一枚棋子，
日后好对威德郎进行牵制。
用它可以调动威德军，
时不时来一个围城打援，
若是威德郎不来营救，
他便会因此失信于天下。

带着残兵败将，密集郎
抱头鼠窜般逃回威德国，
他的心中是岩浆翻涌般愧疚。
这是他人生中第一次出征，
先大胜后大败冰火两重天。
原本想建功立业赢得和平，
没想到功败垂成损兵折将。
还有一场场的生死危难，
更有残酷与仁善撕心搏斗。
他陷入了泥潭无法自拔，
再也不像出兵时意气风发。

回程的路上冷风凄凄，
飘扬的旗帜残破不堪，
将士们如丧家之犬，
一脸沮丧像末日降临。

去时威武齐整气冲云霄，
归时却干戈寥落四周星。
密集郎觉得一切都像梦，
又觉得这梦比真实更真实。
战争的场面总是在脑中浮现，
敌人的呐喊还在耳边。
想起那一幕幕惊心动魄，
想起那一幕幕劫后余生，
想起那一幕幕逃亡之旅，
他的脸上洗去了轻浮浅薄，
如利剑淬火般平静沉稳。

终于看到皇宫了，
一步步向前走，脚步沉重，
却看到威德郎在城外迎接，
他欢天喜地一脸兴奋。
原来国王早就知道战斗的情况，
结果却比他预料的还要好些。
他是一个明理的国王，
知道埋怨没有意义。
这一战的目的已经达成，
在天下人面前践约了那承诺。

更何况密集郎没有经验，
个性轻浮又自我感觉良好，
威德郎本就做了最坏的打算，
只想让密集郎去战场锻炼。
没想到他竟然屡出妙计，

与欢喜郎对垒互有胜负。
虽然最后还是惨败而归，
但战斗的过程可圈可点。
遭遇了败仗绝非坏事，
能让密集郎在失败中成长。

密集郎见威德郎并不怪罪，
还拍着他的肩膀连连安慰，
于是再次被国王的态度感动，
更加感到无地自容羞愧交集。
且因见国王如此厚待自己，
他暗暗发誓要鞠躬尽瘁。

密集郎汇报了奶格玛现身，
威德郎听得泪流满面。
尤其那开示让他动容，
心中的块垒一扫而光。

许久不曾闻得师尊音信，
密集郎心中半是惶恐半是想念。
他清楚地知道自身毛病，
但一遇事情就无法自控。
对于师尊，他的心中
总有着深深的愧疚，
它们就如万千只小虫子，
潜藏在暗处，
也招摇在明处，
它们时不时就会群起，
撕咬他，围剿他。

这次虽然见到了师尊，
却是因铸成大错需师尊救助，
他每每想起，便觉羞愧不已。

而威德郎却宽慰他说：
"我们只是法界的棋子。
我虽然知道世上的一切，
本是无常水泡之显现，
但我也想尽力而为，
让自己的人生多一点色彩。
我会实践师尊的教导，
做而无做如彩笔描空。"

听威德郎这么一说，
密集郎也消除了纠结。
本来他还有战争的负罪感，
现在却归结为角色的需要。

所有的残酷都是水泡，
死去的生命各有因缘，
心中的纠结本无自性，
人生的经历只是示现。

密集郎如释重负地长叹，
他接受了不完美的自己。
但一想到接下来还要打仗，
他又陷入了新的纠结。

密集郎回到自己的府邸，

这是威德郎给他的赏赐。
庭院里种着梅兰竹菊，
让人心平气和更有缕缕芬芳。
他脱下了盔甲换上布衣，
在书房里点上一炉清香。
这一番经历后他斗志全无，
只想出离专修师尊妙法。
无论世间和平还是战乱，
他都不再参与这虚幻的游戏。

只是道理上他虽然明白，
偶尔也会产生出离的情绪，
但智慧上却无法看破。
他屡屡陷入泥潭，
给自己找了很多借口。
他看着袅袅而起的轻烟，
似飘入自己的灵魂深处，
一种不真实的感觉油然而生。
他像是一个投入的观众，
明明知道一切都是幻影，
却仍然随着世间的剧情喜怒哀乐。
他的心中清醒与沉醉并存，
他并未彻底从幻影中出离。

在这种恍恍惚惚里，
密集郎沉沉地睡去。
梦中有双轻柔的手，
轻轻拂去漫天雪花。

第四十一乐章

　　威德郎在密集郎的帮助下，终于解开了空行石的秘密，空行转世、朱砂痣……那将是什么样的神力？那一场决斗中，走火入魔的他，会有怎样的疯狂和危险？

第108曲　空行石

威德郎盯着眼前的空行石。
它没有多么绚丽的色彩，
也没有精美奇异的外表。
它看起来只是一块寻常之极的石头，
黑黢黢之中泛一晕清明。

传说中这石头有无穷大力，
如法祈祷会达成所有愿望。
能得到它威德郎当然欢喜，
它来得如此偶然却又像是注定，
这一定是他的福报机缘。
但他的心头也有扫不走的疑惑：
法界的至宝怎会如此平凡？
他当然明白大道至简，
但这宝物居然能质朴成这样，
还是让他感到匪夷所思。

此外威德郎还有一个疑问：
空行石的启动，
需要转世空行作为媒介，
自己肉眼凡胎，
如何才能找到转世空行？
为了解开谜题，

他已委托幻化郎去找胜乐郎。
此时，他特别期盼幻化郎能突然出现，
给他带来喜报佳音。

再次欣赏了一番之后，
威德郎把空行石收好，
他里三层外三层，
总共包了好几层，
最后装在一个织锦缎面的盒子里。
然后命人召来密集郎。

密集郎自从回到威德国，
便成了闺房里的小姐，
他终日将自己关在屋里，
身心憔悴面容枯槁。

只有密集郎自己清楚
这些天他在做什么——
他把自己解剖开来逐一反思，
他也规划了今后的努力方向。
他发现威德郎同样好战，
天下乌鸦一般黑，
天下虎狼一颗心。
经过这次的出征，
他又想回归和平的轨道，
但那次欢喜国的公审大会，
让他领教了群众的愚昧和疯狂。
于是他想改变策略，

用另一种方式拯救众生。

忽然闻听威德郎召见，
他的心中一阵慌乱，
他仔细观察内心的念头，
却也没有慌乱的理由。
然而有情绪必然有原因，
密集郎不愿放过自己，
他仔细查看认真梳理，
终于发现了罪魁祸首——
他竟然渴望得到器重，
也想像胜乐郎那样成为国师，
拥有无上崇高的地位，
实现自己的和平主张。

想到这里他明白了自己，
也接受了这种救赎策略。
只是因为在乎而产生执着，
因此产生了慌乱情绪。
他摇摇头一声叹息，
明白自己远不如胜乐郎那般洒脱，
心性的境界还差得很远。
还需要加强自我修理的力度。
但他还是找出体面的衣物佩饰，
将自己装扮得一表人才，
才跟着侍卫前去面见国王。

其实密集郎并未察觉，

他仍有一颗卖弄作秀的心。
他渴望得到国王的认可，
也渴望拥有万众瞩目的光环。
他的功利心被和平的倡导掩盖，
那救民的主张也只是遮羞布。
本质上他希望能以改变世界，
来实现自己的人生价值。
这与威德郎没什么两样，
二者只是表现形式不同。
他们都异化了信仰的本质，
因此行为也变得颠倒扭曲。
真正的信仰是什么？
是除了信仰本身，
再也没有别的目的。
真正的慈悲也是如此。
胜乐郎是因慈悲而慈悲，
慈悲已成为他的本能。
而密集郎是希求认可而慈悲，
慈悲只是他演出的道具。
两者有着本质上的区别。

密集郎跟随着侍卫，
来到了威德郎王宫。
见到威德郎他只是俯身作揖，
并没有行跪拜的君臣之礼。

威德郎略微有些不悦，
他细细观察密集郎言行。

见此人虽然仪表堂堂，
却总有一种刻意为之的感觉。
他历练老成阅人无数，
他清楚凡是命运多舛的人，
身上必定有某种缺陷。
或恃才傲物自以为是，
或不识时务对抗官府，
或志大才疏不堪重用，
或机心过重蝇营狗苟。
总之绝不是人间的智者，
他们也看不清自身的问题。

但威德郎没有言明，
只是不动声色地招呼密集郎就座，
说："你我既是同门师兄，
彼此之间便不必拘谨。
这次你统兵打仗先胜后败，
能否告知具体的缘由？"

密集郎本来有些紧张，
他先被威德郎气场震慑，
又刻意摆出倨傲的模样，
因此看起来有些局促，
听威德郎一说才如释重负。

于是他详细讲了上次的战事，
讲了他的英明的水攻，
讲了那小国国王的狭隘，

讲了他最后被败的无奈。
听得威德郎暗暗心惊。

威德郎发出一声大笑，
说："师兄果然足智多谋。
当知胜败乃兵家常事，
不必将小事挂在心头。
我已经准备了丰厚的犒赏，
替天下百姓感谢英雄。"

说罢他叫过了身边随从，
捧来许多亮闪闪的金银。
密集郎没有拒绝赏赐，
但也未曾看一眼金银。

这一点让威德郎十分满意，
奶格玛的弟子不卑不亢不贪不占，
他们在乎的不是形而下的生存，
他们只为形而上的向往。

密集郎却没发现有一场考验，
他本来对财物不感兴趣。
当他对某样事物没有概念，
自然也想不到别人的心思。

随后威德郎又问起密集郎今后有何打算，
在威德国有怎样的计划。
他生怕他再讲和平的主张。

身为一国之君，
他担心对方大放厥词扰乱民心。

这一问正中密集郎下怀，
他经过一连串命运的风波，
发现书生意气作用有限。
如果能得到师兄的垂青，
他想在政治上有所发展。
这让威德郎放下心来，
他不怕密集郎有做官的心，
只怕他煽起民间的动乱。
"既然师兄有这等抱负，
我自然是求之不得。
你权且留在我的身边，
作为我一统天下的帮手。"

密集郎闻言也很高兴，
谢过了威德郎的知人善任。
回去后他心潮起伏，
想了很多治国方略。
终于有机会大展拳脚，
他兴奋得连续几夜都是失眠。

再说威德郎的全部心思，
都系在一个外表普通的石头上。
他日思夜想望眼欲穿，
他盼望得到幻化郎的消息，
盼望能有一份大力助他强国。

而幻化郎却泥牛入海，
自从上次传讯便音信全无，
没有告知胜乐郎如何回答，
甚至没有说过自己何时回来。
急得威德郎心中七上八下好个难耐，
于是他不断派人四处打探。

这一日探子来报，
欢喜国到处抓捕印堂有痣的人，
也在全国通缉捉拿幻化郎，
却始终没能找到蛛丝马迹。

威德郎闻言眉头紧蹙，
他明白定是空行石的消息泄露了，
而那印堂有痣的人，
很可能就是空行转世。
他觉得这次消息走漏，
身边必定有告密之人。
细算算知道空行石的，
除了自己、幻化郎和胜乐郎，只有三个护卫。
为抓出身边的奸细，
威德郎想出一个妙计。

他分别告诉三个护卫，
说转世的空行已经找到。
派他们去不同的地方迎接，
特意嘱咐不要告诉别人。

威德郎安排在三处设伏，
两名护卫去接迎时扑空，
那个奸细却密报欢喜军，
让对方派来士兵抢夺。

欢喜郎闻讯大喜过望，
派出了精兵强将前往，
却遭遇预先设伏的威德军。
顿时刀光卷起片片血腥，
剑影照亮寸寸肋骨。

由于威德郎的请君入瓮，
欢喜军很快被尽数消灭。
那奸细见状欲行自刎，
却被士兵扑上去活捉。
五花大绑后押到了王宫，
面见威德郎听候发落。

威德郎见到那奸细侍卫，
他愤怒无比又疑惑丛生。
这人多年来忠心耿耿，
大小战斗经历无数，
还多次替自己挡下刀剑。
荣誉和赏赐都给足，
不知何故竟会背叛。
威德郎看着侍卫一言不发，
等他给自己一个解释。
侍卫见威德郎沉默不语，

叫一声："大王，我无话可说。
您若念我多年的追随，
恳请让我痛快地死去。"

威德郎说："我想知道原因，
一个并肩战斗的兄弟，
从生死中锤炼的忠诚，
为何会做出背叛之事？"

那侍卫闻言低头沉默，
过了很久才缓缓开口。
原来上一次欢喜国入侵，
掳走了他的父母妻儿。
查明了身份并以此要胁，
要他提供威德郎情报。
还说只要能立一次功劳，
就可以放回他的亲人。
他本想牺牲亲人守住忠诚，
但转念又想，只告这么一次密，
就可以救回亲人，
反正转世空行又不只这一人，
以后定当赴汤蹈火弥补过失，
于是就咬咬牙当了内奸，
谁想竟中了威德郎的圈套。
威德郎闻言惊愕地问道：
"你之前没有泄露空行石的消息？"
那侍卫抬头面露诧异：
"我如今也难逃一死，

没必要欺骗大王。
这回真的是首次泄密，
其他的事情非我所为。"

威德郎稍稍缓和了脸色，
又点点头表示相信。
他沉默了一会儿，然后叹了口气，
低沉着声音对侍卫说："抱歉，
虽然我理解你的苦衷，
但背叛的罪行国法难容。
我同意你最后的请求，
准许你体面地死去。
这世上没有背叛的侍卫，
只有战死沙场的英雄。
另外我还是要叫你声兄弟，
谢谢你过去没有让我失望。"

说罢他命人端过了毒酒，
那侍卫露出解脱的笑容。
叫一声："大哥，若有来世，
我还要追随你出生入死。"
说罢他接过毒酒，仰头一饮而尽，
很快便口吐鲜血栽倒在地。

威德郎心中很是疼痛，
那战场的情谊堪比金石，
只可惜命运总是弄人。
他背过身去负手而立，

不忍看到兄弟七孔流血的遗体。
他钢牙紧咬镇定心神，
然后才叫来在外看守的士兵，
命他们将尸体抬去厚葬。

然后他独自沉默了许久，
回想方才心如刀绞。
忽然一道闪电划过脑海，
把他打入更恐怖的深渊，
他的心痛上加痛——
侍卫并没泄露空行石讯息，
那泄密的便只有胜乐郎。
听说他做了欢喜国的国师，
难道是他出卖了自己？

这一想威德郎浑身发抖，
大脑被两股力量狠力地冲撞。
愤怒的感觉烧起火焰，
怀疑的感觉阴森冰冷。
更有一种深刻的挫败感，
在他的心上坠满铅球，
让他的心从高空中疾速地下坠。

又过了许久，
那些情绪渐渐统一为
一股强大凶猛的恨意。
仇恨的烈火迅速蔓延，
从胸口冲上了头顶，

又蔓延到内脏和四肢。
每个细胞都被炙烤,
每个念头都是复仇。

他开始产生疯狂的复仇想法,
如同被飓风裹挟般失去了理智。
他想派人暗杀胜乐郎,
也想亲手结果了他……
脑海中晃过了无数个画面,
一个一个都是在复仇。
复仇!复仇!复仇!
他竟欺骗了我!
威德郎的心在烈火中燃烧,
他痛苦不已,只想重拳出击,
只想将对不起他的人碎尸万段。
威德郎的猜测并没有错,
正是胜乐郎走漏了风声。
他当然不是有意泄密,
是他与幻化郎的谈话被人偷听到。

但威德郎并不知情,
也没有想过其他的可能。
他被仇恨的烈火烧光了理智。
想当初自己那样厚待胜乐郎,
他却出卖自己向敌国效忠。
威德郎咬牙切齿发誓复仇,
派出了刺客前往欢喜国。

仇恨之火烧了很久，
终于暂时平息了。
威德郎的心中有了别的情绪——
恐惧，焦虑，急迫。
欢喜郎觊觎空行石，
这对威德郎来说是个危险信号。
从知道这消息的那天起，
他急迫的情绪便如同火苗，
在心里连续不断地燃烧。
他终日里围着石头打转，
想尽快开启神秘的能量。
只是那转世人无处可寻，
幻化郎也没有丝毫音讯。
他一日日拧着眉头寻思，
却老虎吃天无从下口。

密集郎观察威德郎神色，
知道国王近日心事重重。
他问威德郎为何事烦扰，
看自己能不能为君分忧。

不得不说密集郎一旦转变，
竟然很有做官的天赋。
威德郎对他渐渐信任，
竟告诉了他空行石的秘密。

密集郎立刻想出了办法，
但他却假装绞尽脑汁，

过了好久才一拍脑门说，
通常发现宝物的地方，
还会有关于宝物的资料。
不妨前往那个所在，
看有没有破解的线索。

威德郎大呼妙哉妙哉！
还夸奖他道，
毕竟是读书人的种子，
考虑起问题就是灵光。

密集郎听到这种表扬，
却有一种微妙的不适。
从对方这句无心的话中，
他却听出了居高临下的味道，
自认为被威德郎俯视，
心里很不舒服。
他骨子里还有种清高，
不愿被权贵呼来喝去。
但他当然没有表现出来，
只是一笑而过，
继续和威德郎商量寻找线索。

二人于是来到了神庙，
这里便是那空行石现身之所。
那一日威德郎到神庙祭拜，
忽然看到了电弧光闪现。
那弧光源于神像手中，

这便是空行石现身的因缘。

威德郎仔细看向弧光的源头，
发现一块黑黢黢的石头，
便取来放在手里细细地观赏，
感到那石中散发出能量。
身上的汗毛根根竖起，
像一波波电流开始回荡。
心中也莫名生出了喜悦，
还情不自禁地泪水流淌。

神庙的老僧告诉他，
说这便是传说中的空行石。
放在神像手中已有百年，
但从未有过放光的异象。
他说这石充满灵性，
寻常时分是一块顽石，
只有遇到具缘的贵人，
它才会放出电弧之光。
说完老僧便献出了空行石，
告诉威德郎要找到空行转世。
那时节便会感应法界大力，
达成自己所有的愿望。

到神庙密集郎仔细观察，
发现那神像好生诡秘。
它散发着一种神秘的意韵，
会在人心头奏响一种旋律。

那种气息亘古而宁静，
将内心的烦恼全部平息。
连心也变得空空荡荡，
所有的念头都无处落脚。

密集郎在那氛围中沉醉片刻，
又提起警觉继续观察。
发现神像旁边有一幅壁画，
似在讲述空行石的故事。
有一处画面已经破损，
露出了不同于表层的内容。
原来那一层壁画下面还有一层，
也许暗藏着空行石的玄机。

威德郎也凑上前仔细查看，
激动之下竟忍不住颤抖。
他立即派画师想尽一切办法，
弄清第二层壁画的故事。
他要求画师十日内拿出结果，
看看有没有他需要的线索。

威德郎又命人封锁神庙，
禁止任何人私自出入。
诸多的军人即刻赶来，
脚步声如擂动的战鼓。
一排排士兵神情严肃，
一柄柄刀剑寒光凛凛。
迅速驱散了周边百姓，

将神庙包围得水泄不通。

密集郎看到这一幕，
心中又发出一番感慨。
帝王只需动动唇齿，
百姓就要流离失所。
他说不出是什么感觉，
只觉得这世界充满滑稽，
原本不该是这个样子。
但他也不知应该是什么样子，
模糊中只希望天下太平，
人与人之间和睦相处，
再也没有高低贵贱，
再也没有剥削奴役。
那似乎是一个理想之国，
抑或是世尊所说的净土。
但眼前的世界，
实在与理想差得太远。

看着眼前的鸡飞狗跳，
密集郎又陷入了失望，
他知道改不了大势所趋，
更改不了众生的业力。
只好眼睁睁看着一切，
心中泛起了阵阵悲悯。
虽然密集郎也有私欲，
但此刻的感受却发自真心。
人性总是复杂的综合体，

多种因素交替着呈现。
善念显发时便是圣贤，
恶念逞凶时就是修罗。
升华是清洗杂质的过程，
成就则是净化之后的结果。

威德郎心中的执着依旧严重，
总想成就不朽的功业。
他留下心腹监督神庙，
严令不得有任何闪失。
说完起驾返回王宫，
一路上心中充满希望。

第 109 曲　不可控的神力

第二天威德郎召见密集郎，
说那神庙的壁画已经修复。
想带他一起去现场察看，
那块空行石到底有着怎样的因缘。
密集郎也被勾起好奇之心，
随着国王前往神庙。
一路上威德郎的唇角颤抖不已，
他内心的情绪澎湃激动无比，
但他不愿在群臣面前露出端倪，
于是一直在强抑着自己。
但这一切密集郎都看在眼里，
他的观察能力异常敏锐。
尤其对人心洞若观火，
因此才能在官场上如鱼得水。

虽然他本有这种天赋，
以前却不懂善加利用。
终日里在内心反复纠结，
才会变成世人眼中的疯子。
现在他终于上了轨道，
却又怀念以往自由的生活。
他觉得人类真是犯贱的动物，
总在失去之后才会珍惜。

而威德郎仍是心潮涌动，
他没有发现密集郎的内心活动。
他只是目不斜视地看着前方，
一心一意地向前赶路。
他太在乎空行石的能量，
总想获取法界的大力，
总想完成统一的梦想，
甚至可以不惜一切代价。

于是他和密集郎快马加鞭，
风驰电掣般赶到了神庙。
威德郎翻身下马疾步入内，
密集郎紧跟其后如影追随。
他们来到神庙大殿，
那壁画已修复成功。
那里果然写着数位空行转世者的所在，
还有开启空行石的方法。
只是年代久远，
那壁画缺失的一角需要
智者参与才能修复。

威德郎根据壁画显示的方位，
派人前去寻找转世空行。
然后凑上前去仔细地端详，
伸了伸手却不敢触摸。
他不放过任何一个细节，
眼中闪烁着狂喜的光芒。

忽然发现壁画一角写着
另一种强制开启的方法，
称若无制约易生魔性，
它会让人走火入魔失去理智。
若是福德不够乱用宝石者，
必定会玩火自焚后患无穷。

只是记录那方法的文字，
像极了无数蝌蚪在蠕动，
弯弯曲曲十分陌生，
把威德郎急得头上冒烟。
他大声喊着召来密集郎，
说："你博览群书学富五车，
可懂得这奇形怪状的鸟文字？
你若能破译我赏千两黄金！"

密集郎先谢过了威德郎，
他凑近一看便在心里窃笑。
那种蝌蚪文他从小就认识，
造化仙人的书里有过记载。
但他并没有立刻汇报，
他做足了架势仔细研究。
一是想再确认一下内容，
二是想让威德郎看到他的态度。

威德郎急不可耐连连催促，
问密集郎到底认不认识。
他的眉毛变成扇动的翅膀，

他的眼中是欲望的海啸，
它卷起的巨浪可以吞噬一切，
稍有不慎就会尸骨无存。

过了片刻，密集郎才说：
"这是一种古老的文字，
我也没有十足的把握，
只知道其中大概的意思。"

这一说威德郎大喜过望，
连叫好兄弟快快讲来。
密集郎干咳几声清清嗓子，
威德郎急得睁圆了眼睛。

密集郎的声音不紧不慢，
用手指着一个个的文字，
说如果没有转世空行相助，
那魔力不能超过一个时辰。
若是运用过了极限，
那魔力便会反噬，
迷人心智，伤害理性，
使人变得极其疯狂。

接下来是强制开启的方法。
他让威德郎屏退所有随从，
然后一一翻译给威德郎听，
神色间似乎变成了师尊。
他说此法以生起次第成就为基础，

在能所俱空中生起本尊，
于禅定之中发出大力，
可号令三界无数众生，
帮行者达成心中愿望。

威德郎全神贯注地倾听，
无心在乎密集郎的态度。
他将方法一字不漏地记下，
他感到每个细胞都在雀跃，
整个人都融入狂欢的火焰，
一波波喜悦从灵魂里涌出。
他仿佛看到世界已统一，
自己成了至高无上的君主。

终于听完了开启方法，
威德郎命人重赏密集郎。
除了黄金又连升三级，
还赋予其大权能统领三军。

与欢喜郎大战损兵折将后，
威德郎仍然重用密集郎，
引起了众将领的不满。
大家认为他志大才疏，
纸上谈兵空逞口舌之能。
但谁也不敢明确地反对，
只是在心里暗暗不平。
也有人说他精通兵法，
只是需要在实践中历练。

上一次大战就有精彩之笔，
只是怪同盟国君鸡肠鼠肚，
若是他不急于赶援兵回国，
密集郎也不会中敌人埋伏。
人们议论纷纷说长道短，
密集郎成了争议的焦点。

密集郎已感觉到气氛异常，
他瞬间了然众人心思。
那嫉妒的目光如同利箭，
扎得他后背冷风飕飕。
于是他向威德郎提议，
把赏金分给出征的将士。
自己只是略尽绵薄之力，
不必让大王额外赏赐。

此时的密集郎已懂得世故，
不知是进步还是倒退？
也许是密集郎忽然开窍，
也许是威德郎摄受力太强。
想当初他刚见到威德郎，
尚有一种读书人的清高，
不愿下跪只称对方为师兄，
如今却自然而然地叫大王。

威德郎知道他心中所想，
也知道他习气不少，
但关键时刻他却通情达理，

威德郎决定将他带在身边好好培养。
这时他忽然想到胜乐郎，
同样是奶格玛的弟子，
密集郎如此积极地投靠，
胜乐郎却一根筋顽固不化。
若是他也这样为己所用，
定然能早日平定天下。
但也正因为胜乐郎坚守，
自己反而对他更加尊重。
这密集郎虽然态度积极，
但总显得缺乏一种骨气。

又想起胜乐郎已成敌国国师，
威德郎就气得咬牙切齿。
密集郎知道后连连摇手，
说出了胜乐郎的苦衷——
欢喜郎以自己的性命相胁，
胜乐郎才会答应对方要求，
这也是一种割肉喂鹰，
也算是另一种舍身饲虎。
知道实情后威德郎平息了愤怒，
对胜乐郎肃然起敬，
马上取消了对他的刺杀令。

威德郎一边寻找空行转世，
一边搜集欢喜国的情报。
知道对方的势力又在扩张，
还研发出更多的先进武器。

这使得威德郎心急如焚，
他彻夜面对那空行之石，
想早点开启调动其能量。
那石头已成为勾心的爪子，
挠得他七上八下坐立难安。
连日来茶饭不思夜不能寐，
仿佛痴情人害了单相思。

威德郎在看石头的时候，
常常会看到辉煌的未来。
他率领着兵马平定了天下，
那画面让他激动不已。
终于在一个风雨交加的夜晚，
他实在忍不住诱惑，
决定强制开启空行石。
他按那壁画上所记的方法，
逐一启动了开启程序。
却见空行石毫无反应，
平静得像一块真正的顽石。
这让威德郎好个沮丧，
怀疑是不是没用对方法。
于是他一次次地尝试，
每一次希望都变成失望。
整天对着石头指手画脚，
嘴唇还嚅动着念念有词。
那石头依旧是如如不动，
威德郎倒成了一个疯子。

连续几日均以失败告终，
他开始怀疑这是个骗局。
那传说并没有确切的考证，
这石头也黑黢黢十分寻常。
莫非是哪个无聊者的编造，
想故弄玄虚来骗取供养？
后来一想绝不可能，
自己明明看到了电弧光。
这其中必有神秘的因缘，
于是他再次生起了信心。

威德郎再重新确认方法，
他命密集郎组建专家团，
将那些蝌蚪文字反复研读，
得到的结论如出一辙。

这一来威德郎束手无策，
他忽然想起了奶格玛师尊。
不妨祈请师尊予以开示，
看这空行石该如何开启。

于是威德郎开始祈请，
他说："师尊啊弟子虔诚发愿，
请告诉我空行石的秘密，
我将善用这能量造福众生。"

一开始他的祈请并无感应，
但是他每天都持续不断。

他坚信奶格玛会加持弟子，
若无回应只因心念不诚。
终于在七七四十九天的时候，
威德郎梦见了娑萨朗秘境。

他看见奶格玛正在讲经，
端坐在莲台上好个安详。
身边环绕着七彩祥云，
四周有火焰熊熊燃烧。
虽然炽热但并不焦灼，
相反还有一种清凉宁静。
围坐的众生也神色喜悦，
有人类也有天龙护法，
有夜叉也有怪兽异能。

威德郎见状顶礼膜拜，
奶格玛对他微微一笑，
将一团神光赐给了他，
眉宇间充满慈悲和期待。
威德郎纳神光入胸之后，
顿感大力涌入自身。
那能量的感觉十分奇怪，
力大无穷却又无根无源。
犹如天空本体如如不动，
却能随缘生起风雨雷电。

威德郎双眼满含热泪，
伏在地上叩谢奶格玛。

又请师尊予以开示，
那空行石到底有何玄机。

奶格玛说："空行石非寻常之物，
它是法界大力的出口。
只是你需要达成无我，
才会拥有神秘的力量。
你还需要以慈悲为基，
再加上空性力和大愿。
因缘具足才能开启法宝，
它能满足你所有的愿望。

"你要扎实地打牢基本功，
能坚固地生起本尊天身，
于七日七夜安住于所缘境，
加以慈悲和空明的心性。
切勿急于求成贸然开启，
更不要用它行不义之事。
虽然这空行石无所不能，
但若是滥用必招祸患。
儿啊你千万要时刻警醒，
谨慎使用此法界大力。"

听完话威德郎眼前一黑，
进入了一团混沌之中。
再睁眼时发现自己躺在床上，
刚才的梦境历历清晰。

威德郎顿时心生欢喜，
他叩谢师尊在梦中的加持。
又感到浑身充满大力，
就想试一试这神秘的力量。

于是他取出空行宝石，
安住于本尊的火光三昧，
于能所俱空中发出大愿，
按步骤念动了启动咒语。
这一次的情况完全不同，
似乎那石头与心轮产生感应。
有一种能量在二者间共振，
力量越来越大像在冲击关卡。
威德郎呼吸急促浑身颤抖，
用空性念力推动空性之门。
忽然眼前的世界豁然开朗，
空行石呈现出七种颜色大放光芒，
随后它渐渐变淡，
发出青色的幽光若隐若现。

这时的威德郎感觉极好，
他和空行石建立了联系。
石中的能量源源不断，
通过无形之路涌入自身。

威德郎体内突然游走着无穷大力，
瞬间像流过怒吼的江水。
他不由自主地仰天长啸，

声音竟震碎了屋顶瓦片。
他又拿起宝剑胡乱挥舞，
剑气竟将巨石划出裂痕。
他终于获得了法界力量，
心中狂喜发出震天动地的笑声。

此时威德郎已忘记师尊教诲，
那种大力和狂喜充满体内。
他觉得自己已无所不能，
宇宙之中，他是唯一的王。
他叫来了满朝文武，
展示自己巨大的神力。
官员们见状也相顾骇然，
一齐跪在地上恭贺大王。

只有密集郎皱眉不语，
他知道威德郎开启了空行石。
那疯狂的外现并非吉祥，
心魔也已随着大力一起苏醒。

然而他不敢直言进谏，
这时的威德郎没有理智，
说不定会砍了自己脑袋。
只能等他的亢奋过后，
再用委婉的方式劝导。
但时间逼近一个时辰，
威德郎的疯狂却仍在急剧升温。
他甚至开始胡言乱语，

活脱脱一副走火入魔的样子。
见此情景密集郎万分焦灼，
奈何他没有大力干预。
他在心中强烈地祈请师尊，
请求收回威德郎的法力。

一声声祈祷射向了法界，
奶格玛收到了密集郎的信息。
她轻轻地挥了挥手臂，
阻断了二者的光道联系。
此外并没有任何言语，
也没有现身给予教化。

密集郎见威德郎忽然停止发疯，
神色也变得萎靡黯淡没有光彩，
便知道是奶格玛正在加持，
于是在心中祈请和感恩。

威德郎顿时像被抽光了精力，
他由衷地感到彻骨的疲乏。
眼皮似乎有千斤之重，
所有的力气也都被抽空，
一头倒在地上呼呼大睡。

这一下满朝官员慌了神，
纷纷跑上前搀扶威德郎。
却听他打起震天响的呼噜，
他们这才放下高悬的心魂，

让侍卫把国王抬回了寝宫。

威德郎昏睡了三天三夜，
每日里他都在梦游混沌。
梦中有无数的手掌撕扯自己，
他无力反击又无处可逃。
恐怖到极致处他大叫着醒来，
这才发现是一场恼人的噩梦。

威德郎长吁了一口气，
翻身下床叫来密集郎。
他说自己开启了空行宝石，
已经具备神威无比的力量。
只是那力量很容易失控，
因此要密集郎时时提醒。

密集郎连连点头以示祝贺，
说大王不可乱用势能，
眼下两国之间并不太平，
万一处理不当定会引火焚身。

这一说倒提醒了威德郎，
他想好好利用这个机会。
自己身负空行石的能量，
必定能轻松地干掉欢喜郎。
于是他挥手让密集郎退下，
悄悄地想好决斗计划。

这天欢喜郎正在边境巡视，
突然收到威德郎的战书。
他要带千人来与自己决战，
希望欢喜郎像个男人那样应战。
还说哪怕欢喜郎有精兵数万，
他依旧只带一千兵马。
虽然他边境上也有数万兵马，
但他只让他们作壁上观。
他希望以这一战分出胜负定天下，
彻底结束纠缠不清的局面。

欢喜郎收到信大为疑惑，
他不知威德郎为何发疯。
这明显是自杀行为，
若不是练功走火入魔，
就是背后有什么诡计。
然而威德郎已经四处造势，
欢喜郎为名誉不能不战。
否则天下人会骂他懦弱，
甚至会影响军队的信心。
欢喜郎仔细评估双方实力，
觉得自己仍然占据优势。
于是他做好周密的准备，
回复威德郎说欢迎来战。

威德郎于是带亲兵出征，
一路上他感到激情激荡。
肉棱被能量一道道鼓起，

催出了一种力拔山河的豪情。
他觉得自己拥有了神力，
力大无穷无坚不摧。
他的状态影响了士兵，
人人都气吞万里如虎。

密集郎跟在后面眉头紧锁，
他的心中充满了忧虑。
这一战是威德郎自作主张，
他没向任何人征询意见，
便直接给敌人下了战书。
密集郎当然知道原因，
只是那空行能量风险极大，
威德郎何尝不知？
他让密集郎做好保险措施。
万一打起仗来走火入魔，
密集郎要立刻予以提醒。
必要时采取强制手段，
切勿让他走火入魔。

这让密集郎头疼不已，
他知道威德郎的要求是个悖论：
不到疯狂失控时无须提醒，
但若是已经发疯不能自控，
自己的提醒便如滴水救大火。
但国王的命令不能不从，
于是他暗暗准备了工具。

第 110 曲　魔性之战

再说欢喜郎提前到达边境，
仔细勘察了每一处细节。
威德郎却如虎独行大摇大摆，
视那战场如无人之境。
欢喜郎见他果真只带千卒，
身后只有空旷的风
和那空旷的荒原，
于是阴了脸冷笑几声，
说："威德奸贼真是走火入魔！
真是天助我也！"

欢喜军也以为对方是散兵游勇，
再看自家阵容却如蚁群，
密密麻麻遮天蔽日，
光凭气势也远胜敌人，
于是他们开始放松了警惕，
一脸不屑得意洋洋，
甚至嬉皮笑脸插科打诨。

尽管如此欢喜郎却并未轻敌，
他始终保持着谨慎严密，
他观察了好一会儿才开始布阵，
那是由他研发的欢喜郎方阵，

据说它打遍天下无敌手。

之前双方对阵皆是混战一团，
一窝蜂地互相砍杀，
后来他改革了战术建起了方阵，
人与人之间有数步之遥。
避免了拥成一团之弊，
又能长短兵器互相配合。

除了战斗阵型的改进，
在功能上他也进行了调配。
以前各兵种各自为战，
步兵骑兵弓箭手相互独立。
他将诸兵种配入了方阵，
互相之间可以取长补短，
团队配合提升了战斗力，
欢喜郎方阵才威名远扬。

欢喜郎为确保万无一失，
采用了防守阵型，
等在原地以逸待劳，
还能观察对方的动静。
他号令全军擒贼先擒王，
一旦对方发起进攻，
便集中火力消灭威德郎。
他将自己藏在安全处，
身边围住了层层护卫。

威德郎并不慌乱，
他也不急于布阵调兵，
他只是胸有成竹胜券在握，
他开启了空行石力量。
忽然之间，风云变幻，
震天的呼啸之声由远而近，
他看到无数空行勇士从天而降，
他们由大变小，从他的顶轮
沿中脉融入自身。
瞬息间，他的体内鼓荡起一股英雄之气，
它们像滚滚江水那样汹涌。
他狂吼着扑向欢喜郎方阵，
他拉动了强弓发出利箭。
那一千精兵也亦步亦趋，
厉厉地射出手中的飞箭。
箭们闪电般蹿向对方，
它们扎入对方的喉咙，
也刺入对方的胸腔。
它们像天狗咬月般，
于瞬息之间吞去了方阵的一角，
威德郎边发箭边继续冲锋，
狂吼声带动着无边的箭雨。

此时法界里也有一双眼睛，
那眼中透出狰狞的神色。
它紧盯着威德郎，
并输送着令他疯狂的魔性。
一晕晕大波掀起了海啸，

随着那千人一同扑向欢喜军。
那种能量虽然肉眼不可见，
但有着令人心惊胆战的巨大势能。
它轰轰然如雷霆压顶，
漫天的杀气像当头霹雳。

欢喜郎忽然心头一动，
过往的情形浮现眼前。
他想起那场奇耻大辱，
那真是一个遥远到梦境里的梦——
那时他还年轻，没上过几次战场。
那时他怕血腥，也不想打仗。
可命运非要将他绑上战争的大船。
那次与威焰赫赫的威德郎交锋，
他掉转马头就跑，
但终究逃不过命运的追杀。
他成了俘虏。为了救他，
他不可一世的父王被辱下跪。
而此刻理性虽想雪此前耻，
心中却生丝丝怯意，
这种感觉已远离他多年，
怪的是此刻竟然重生。
他发现对方有一种魔力，
能让他回到许久的从前。

这一来他斗志全无，
甚至影响了士兵们的士气。
看到同伴们纷纷中箭，

他们本应举了盾牌遮挡，
同时还以箭雨和投枪。
但他们奇怪地没了斗志，
心里也产生了同样的恐惧。

对方的兵马虽然稀少，
却都以一当百地强壮。
他们有泰山压顶的气势，
背后仿佛是无边无际的战将天神。
他们能让敌人心里发虚手脚发软，
只想丢盔弃甲落荒而逃。
还有些方阵挤成了一团，
犹如面对猎鹰的鸡群。

瞬息间威德郎已到近前，
他举起重剑乱劈乱砍。
他的眼中尽是红光，
他的脸庞扭曲狰狞，
欢喜军的飞箭纷纷扑来，
却很难射入他们的身体。
不知是披着厚甲的原因，
还是另有奇怪的因由。
他们一千个兵士顿时
变成一千个威龙猛虎，
他们所向披靡势如破竹。

威德郎感到体内大力冲撞，
左奔右冲却找不到出口。

恨不得将泰山搬起，
砸向欢喜军的阵营。

他已经看不见那些士兵，
他的眼前全是燃烧的火焰。
他挥舞着兵器如同霹雳，
只想把那魔力向外发散。

他双眼通红大吼连连，
那吼声能崩山岳能断大河，
也能吼断敌人的命脉。
他体内的大力源源不断，
释放出风雨雷电的大能。

欢喜郎强打精神指挥士兵，
数百人将威德郎团团围困。
无数的刀枪剑戟砸向中心，
四面八方都是寒光点点。

威德郎一声怒吼气息鼓荡，
身体四周顿然形成护轮。
那护轮无形，但功能极强，
它密如针毡也坚如铜墙。

眼见威德郎以一敌百，
犹如龙卷风横扫万物。
无数的兵器四散迸射，
无数的士兵粉身碎骨。

其力大千钧犹如天神附体，
欢喜军将士们相顾骇然。
他们挤成一团瑟瑟发抖，
如同羊群见到了恶狼。
但威德郎并不与他们纠缠，
而是径直向欢喜郎的所在冲去。

威德郎的身影越来越近，
欢喜郎感到浑身发麻。
忽然一股旋风扑面而来，
那威德郎已近在眼前。

只听他发出炸雷般的怒吼，
喝一声："欢喜小儿来与我较量！"
然后挥起重剑直扑过去，
完全无视层层叠叠的护卫。
诸多的护卫纷纷上前，
围住了威德郎拼命厮杀。
但威德郎泰山般的重剑一挥，
一柄柄长枪顿时就断了枪头。
他的利剑削铁如泥，
一个个护卫都倒了下去，
一片片鲜血染红了战袍。

虽然眼前仍有无数人护卫，
但欢喜郎还是颤抖不已。
过去的记忆完全被唤醒，
那真是可怕的一个梦魇。

总觉得那重剑会取他脑袋，
他不由得拨马逃向远方。
这一来诸兵士都没了斗志，
纷纷拨转马头逃离战场。

威德郎狂吼着向前冲锋，
切瓜砍菜般进行追杀。
一个个士兵倒在剑下，
如同狂风卷过落叶，
也像是猛虎扑入羊群。

密集郎发现情形不对，
他发现大王已迷了心智。
他已超出空行石极限，
接下去后果不堪设想。

他叫"大王大王见好就收"，
威德郎偏说要乘胜追击。
他要长驱直入攻入敌国，
他要灭其国杀其兵一统天下。
密集郎劝威德郎千万要冷静，
说："你启动空行石已到极限，
不信请看你的右臂。"

威德郎伸出右手臂一看，
竟发现浮出紫色纹路。
那紫纹河流般延伸到手掌，
四周还散发着隐隐血光。

他忽然感到身体发烫，
心中更涌起暴戾之气。
他恨不得杀光所有生灵，
他恨不得毁灭整个世界。

密集郎见威德郎目露魔光，
怕他魔心大发不可控制。
又开始虔诚祈请奶格玛，
可这一次却没有感应。
他眼睁睁看着威德郎开始发抖，
眼看着就要走火入魔。
情急之下密集郎使出法宝——
他用备好的冷水泼向威德郎。
那水中含有烈性的蒙汗药，
稍一沾染便会昏迷。

威德郎猛然被冷水一激，
心中的怒火更加炽烈。
那是一场真正的水火之战，
它们水火不容冰炭不洽。
他挥剑就要砍向密集郎，
却突然感到天旋地转。
他的身体顿时瘫软，
空有大力却无法动弹，
他的眼前星光四射变成混沌一片。
一声震天的叫喊后，
威德郎倒在了地上人事不省。

那惊心动魄的一幕，
吓得密集郎出了一身冷汗。
而那电光石火的一刹，
也确实危险至极。
要不是药物的效力神速，
此刻自己已被那利剑刺穿。
密集郎定了定神叫来士兵，
让他们慢慢抬起威德郎，
放到平稳的马车之上。
他屏了气息仔细查看，
那紫色的纹路已消失遁形。
于是他不慌不忙，
取出了解药喂给国王。
威德郎一阵猛咳之下
睁开了他的双眼。

威德郎醒后有些后怕，
他知道自己已走火入魔。
当时只觉得浑身能量无法控制，
心中也充满愤怒和仇恨。
那火焰完全烧光了理智，
他只想把整个世界统统都毁灭。
最后让自己也在毁灭中爆炸，
来个痛快的碎骨粉身。

想到这里他不禁咋舌，
料定这与空行石有关。

他虽然能调动空行大力，
但智慧和慈悲还跟不上，
小鬼受不得太大的祭祀，
师尊的教诲终于浮现眼前。
密集郎见威德郎恢复了理智，
跪倒在地祈求国王的宽恕。
他说以下犯上实属无奈，
如果他不采取过激行动，
怕大王入魔后果不堪设想。

威德郎大度地呵呵一笑，
说："此次恕你无罪但下不为例。
虽然你是好心但以下犯上，
还是要将你鞭打五十。
这五十鞭权且替你记着，
等立功之后再行赦免。"

这时部下报抓到了奸细，
那人却自称是政治避难。
他为了躲避欢喜军抓捕，
才逃到边境想奔走他乡。
他说欢喜军四处逮人，
有朱砂痣者遭了大难。

威德郎仔细观察此人，
见他的额头果然有痣，
不由得心头一阵狂喜，
不知他是不是空行转世。

自己和密集郎虽然修行，
但因为诸多的事务缠身，
并没有证得空性智慧。
他的国中也没有成就者，
唯一的幻化郎又下落不明。

于是他下令先收容此人，
将他带回国中好生照看。
待因缘具足验明了正身，
再根据情况进行安置。

威德郎有些意犹未尽，
刚才的战斗酣畅淋漓。
那疯狂的杀戮令他上瘾，
他想继续追击溃逃的敌人。
若能趁此机会消灭欢喜郎，
便能壮志得酬平定天下。

密集郎闻言连呼不可：
"大王刚刚启用了空行石，
身体虚弱还没完全恢复，
万万不能再以身犯险。
更何况欢喜郎只是小败，
他的元气并没有大伤。
若是不顾一切猛追穷寇，
万一逼急了他狗急跳墙。
他奸猾狡诈诡计多端，

上次我就中了他的埋伏。
如今我们也是强弩之末，
万一遇险根本无力对付。"

威德郎闻言沉思一阵，
点点头接受了密集郎的意见。
随后带上那印堂有朱砂痣的人，
收起了部队凯旋。

一路上威德郎仍在回味，
自己以千敌万的盖世神威。
这一战必将天下传颂威慑四方，
让诸多盟国对他心生敬畏。

第四十二乐章

为救流浪汉，胜乐郎指点幻化郎联合革命军劫狱。而胜乐郎自身却面临着新的危险，欢喜郎对他爱恨交加，巫师对他嫉恨入骨，一个圈套正在渐渐收紧……

第 111 曲　营救

无论威德郎如何寻找,
幻化郎都如同人间蒸发,
销声匿迹音讯全无。
欢喜郎也在到处通缉他追剿他,
甚至用重金悬赏他的项上人头。
因为知道空行石的秘密,
幻化郎成了双方追踪的焦点。

为了使自己的统治固若金汤,
欢喜郎下令,
凡见有朱砂痣者一律逮捕,
一时间到处鸡飞狗跳,
眉心有痣者都神秘失踪。

再说幻化郎,
他当然没有从人间蒸发,
他正躲在老山的深洞里,
静心修炼想早日恢复神通。
自从黑城堡一战之后,
他元气大伤至今未愈。
他的心思极其散乱,
幻身的显发也时时无力。
但流浪汉始终陪伴着他,

像护主小狗一样忠心耿耿，
每天都采来野果为他充饥，
打来泉水供他解渴。

自上次黑城堡一别，
幻化郎本以为再也见不到流浪汉了，
谁想他从胜乐郎那里出来之后，
却在街道上遇见了这傻汉。
流浪汉一见幻化郎，
就像小狗见到主人一样开心。
若是他也有小狗那样的尾巴，
此时定然会摇个不停。
他的眼神深处写满了开心，
双手因太过惊喜而无处安放。
那份毫不掩饰的感情，
一下就把幻化郎的心给融化了。

流浪汉天生心地纯净，
又对幻化郎无比信任。
他眼中的世界没有杂质，
他心中的世界也没有污浊。

他希望自己能像幻化郎那般，
有高深莫测的修为，
也希望自己无拘无束，
不要有任何挫折和灾难。

而幻化郎也羡慕流浪汉的生活，

他的心思无比单纯。
他饿了就吃吃了就睡，
呼呼一觉就到天明，
他的心上从来都没有事。
无论生活境遇怎样，
他都那样安详踏实。

幻化郎很向往这种自由，
他发现自由其实无须外求。
这流浪汉随自己躲在山中，
心灵却依旧有自由的翅膀。
而有些人即便坐拥天下，
也照样成为物欲的奴隶，
终日被烦恼束缚内心，
在负面情绪里折磨自己。

幻化郎已经记不得自己
有多久没有好好地呼吸了。
幼年父母双亡为生存奔波，
青年躲避追杀成过街老鼠。
后来终于依止了奶格师尊，
便终日里打坐清修不问世事。

这世间有多少花开花落，
这世间有多少悲欢离合，
都像发生在另一个时空。
他仿佛与人间的烟火绝缘，
整天只为了使命和任务奔波。

自己是不是也该停下来,
享受一些人间的乐趣?
是不是也该寻个女子,
来一场轰轰烈烈的爱情?

哪怕明知道爱情无常,
哪怕明知道女人麻烦。
就让他喝一回有毒的美酒,
就让他醉一回梦中的颜色。

他看着流浪汉的眼睛,
感到自己污浊不堪,
在单纯面前机心格外扎眼,
可他已无法再回到过去。

就把一切幻想都送到梦中吧,
这世上又有什么不是梦呢?
梦中的自己在梦境里游走,
梦中的自己也在梦境里做梦。

这一想他的幻身忽然显发。
原来幻身也是一种智慧,
它是心对世界的认知方式,
也是心衍生出的功能性产物。

幻化郎终于恢复了法力,
他决定兑现自己的诺言——

他知道自己正被欢喜郎通缉，
也知道欢喜郎在大举搜捕印堂有痣者。
他要去欢喜国解救那些受难者，
做一回傻傻的流浪汉。

他嘱咐流浪汉躲在山中，
临行之前，他一再告诫：
切勿到城市里四处走动。
那些兵卒正在竭力搜捕印堂有痣者，
万一被抓住会丢失性命。

流浪汉闻言点头答应，
满含热泪看着幻化郎。
恩人的舍生取义让他感动，
他生起一种离别的伤感，
然而他像听话的小狗，
并不干预主人的决定。
他为幻化郎收拾好行囊，
装满了山上采来的野果。

幻化郎拍拍他的肩膀作为告别，
转过身走出了山洞。
为了不让敌人识破真身，
他用了幻术给自己易容。
因为想知道受难者的去向，
他给自己变出了朱砂痣。
果然还没走出几步，
他就突然被几个士兵按倒在地上。

他们用黑布套上他的脑袋，
把他关在笼子里塞进了马车。

一路颠簸着七弯八绕，
幻化郎感觉骨头都被震散。
他不由得开始诅咒欢喜郎，
竟干这种伤天害理的勾当。
又觉得自己若是没有神通，
活在世上也如待宰的羔羊，
普天之下的黎民百姓莫不如此，
他们只是官府眼中的牲畜，
也许会给一些水草肥料，
但最终的目的是将其宰杀。

再想法界的情况莫不如此，
底层的众生注定被压迫。
这就是世界的真相，
没有一处干净的土壤。

幻化郎不由得唏嘘感叹，
他发现自己在慢慢变老。
因为他总是发现世界的沧桑，
也总能感到自己的势单力薄。
当他被这种情绪包裹时，
便有了一种老气横秋。

一路颠簸一路烟尘，
终于那马车停了下来。

士兵将他的头罩摘下。
他活动了一下酸疼的脖子，
然后开始观察周围情况。
这里有一种阴阴的感觉，
很是黑暗，
长久见不到光明的眼睛，
并没觉得有什么不适。
想来是到了欢喜国监狱，
但不知这监狱位于哪里。
狱室关押着朱砂痣男女，
这些人都会被引向一间小屋，
屋里放置着那个魔盒。
仍有许多黑行者在诵经，
并且对被捕者进行神秘的测试。

幻化郎早已久经阵仗，
对潜入刺探轻车熟路。
他暗暗观察四周情况，
见那些黑行者正在用功。
他们的方法异常粗暴，
说是测试更像是掠夺——
他们将手掌搭在被测者背上，
直接运功采吸被测者的能量。
非空行转世者命气不稳，
生命能量都会被采走。

真正的转世者则能超越，
其生命能量像磐石一般。

因为其前世已达八地，
其幻观智慧会超越欲望。
以不动地的功德再入红尘，
因其心如如不动故能如是。

而寻常之人则无定力，
心一动念一晃能量全无，
若是其生起恐惧之心，
还可能变成痴呆之人。

幻化郎对此事义愤填膺，
知道这样做惨无人道，
被吸之人会受到永久性损伤，
或残废或痴呆或元气全无。

也知道他们不懂真正的鉴定，
胜乐郎不会透露那种方法。
只是这一来伤及无数百姓，
还不如让胜乐郎把控局面。

眼看队伍缓缓地移动，
马上就会轮到幻化郎。
他封闭了大部分能力，
只留下一点用于测试。
又观出内在的金刚火帐，
将根本命气藏入其中。
再分出警觉心参与体验，
功能上与普通人完全无异。

终于轮到了幻化郎测试，
他被带入一间阴冷的黑屋。
四周的墙壁被铁皮包裹，
一切都透着阴森的气息。

幻化郎浑身打起了冷战，
内心也不由得一阵紧缩。
他看到那黑行者眼如寒星，
一股股寒气泛出眼眸。
就是有幻观智慧的修为，
也不禁生起阵阵恐惧。

他被绑上一张椅子，
忽然感到后背压来手掌。
那一双手掌奇冷无比，
压在背上像一座冰山。
一丝丝能量被抽出体外，
骨肉如被撕离痛不欲生。

这一下反倒消除了恐惧，
他内心变得异常清醒。
最大的恐惧总是未知，
一旦事到临头，
恐惧也就不见了踪影。

幻化郎明白了其中阴谋，
这些行者以测试为名，

其实在摄取他们的能量。
他马上将能量纳入火帐,
控制着心风进入昏迷,
显得和其他被测试者一样,
他想看看他们最后的归宿。

昏迷中的幻化郎蒙蒙眬眬,
像是来到一个奇幻世界。
那里的万物都时时变化,
只要一眨眼就换了模样。
他的身体也空如气泡,
感觉不到丝毫重量。
随着吹风飘来荡去,
一时间分不清东南西北。
他无力自主那业力之风,
忽而变成牛马忽而成为僧侣。
忽而有女子嫣然一笑,
忽而又看到金刚怒目。
仿佛回放了前世的命运,
无数的前世有无数种剧情。
他像是穿越了长长的走廊,
忽然漆黑一片落入了深渊。

等幻化郎再从昏昧中醒来,
他发现自己手脚被绑。
头上依旧蒙着一个黑罩,
浑身的酸疼好像抽筋。
人又在车上不停颠簸,

和抓来的时候一模一样。
他心头不由得暗暗苦笑，
自己堂堂的幻身成就者，
此时却被当成了猪崽。
又想那猪崽也比自己舒服，
至少不会被蒙上黑罩。
它们也不用胡思乱想，
无非是等待注定的一刀。

劳心费神真的是折磨，
远比身体的痛苦更为难熬。
他永远不知下一秒发生什么，
有无数的未知等待自己。
未知里潜伏着一双双眼睛，
时刻准备向他发动突然袭击。

过了许久车子才停止，
幻化郎被人拖下了车。
他套着头罩看不到外面，
只听到周围人谈论价格。
还有人过来捏捏他的手脚，
又回过身与士兵讨价还价。

幻化郎仔细听了一会儿，
才知道这是人贩黑市。
被捕者被榨取能量之后，
就会被卖进这个市场。
或被当成猪崽卖到远方，

或被当成奴隶赚取劳务费，
或被当成武器的试验品，
或为权贵提供备用器官。
也有一些肥胖的俘虏，
被送入屠门制成罐头，
成为打仗时的军粮。

幻化郎大为震惊和愤怒，
想不到他们竟如此毫无底线。
又为那些遇难者感到悲悯，
他们的命运如同猪羊。
他忍不住诅咒这混蛋世界，
只希望燃起大火烧尽罪恶。

于是他安住于明空之境，
于无执之中生起本尊。
于能所俱空中摄取五大之精，
瞬息间便恢复了功力。
他暗暗运气力于臂做好准备，
趁士兵不留神挣断绳索，
摘掉了头套夺路而逃。
士兵身穿着沉重的铠甲，
自然被幻化郎甩出了老远。

一路上幻化郎仍在愤怒，
他不敢相信光天化日之下，
竟然暗藏如此多的罪恶。
更不敢相信这些罪恶，

来自光明正大的统治者。
他们口口声声说爱民如子，
也常常扮演道德楷模的角色。
他们本是百姓的依靠，
然而竟做出这种勾当。
他再一次对人性感到绝望，
到底这是个怎样的世界，
还有多少看不到的黑暗？
他再一次羡慕那流浪汉，
没有那明察秋毫的眼睛。
虽然流浪汉也会怜悯苦难，
也会反对邪恶，
但他的眼中没有复杂，
更不会被思绪装进牢笼。
他是个天真烂漫的孩童，
而且永远也不会长大。

幻化郎也会常常思考，
觉得流浪汉比他更好。
流浪汉那纯洁无造作的真心，
恰恰是修行最根本的大宝。
每当自己心烦意乱的时候，
看看流浪汉的天真烂漫，
就会感到世界的美好。
他常从他身上汲取阳光，
来照亮自己灵魂的暗室。

想到那流浪汉他莫名不安。

幻化郎决定先跟他会合。
于是他回到深山的山洞，
却发现流浪汉消失不见。

这一下幻化郎头皮发麻，
只觉得浑身气血翻涌。
虽然自己平时并不在乎，
有时还觉得他是个累赘，
但心中早已接纳他的存在，
视他如同自己的手足。

如今这流浪汉不知去向，
外面的世界又处处凶险。
万一他遇到危险怎么办？
幻化郎不由得心慌意乱。
他强行让自己回归镇定，
继而在明空中生起幻身，
沿着流浪汉的信息搜寻。
发现他径直去了监狱，
然后就消失了所有信息。

幻化郎知道他想救自己，
顿时又是感动又是顿足。
虽然他有颗菩萨之心，
但逞匹夫之力怎能成功？
更对他的处境无比担忧——
那监狱的情形触目惊心，
他可是货真价实的空行转世，

不知会遇到怎样的凶险。

幻化郎甚至燃起熊熊怒火，
他想若是流浪汉遭遇不测，
自己便施展神通毁掉监狱，
然后再杀了欢喜郎为他报仇。
这种想法让他大吃一惊，
发现自己竟还有嗔恨之心。
可见流浪汉对他的重要，
甚至超越了自己的修行。

他突然想到一个问题：
流浪汉是如何知道他被抓，
又是如何知道他被关在那里的？
莫非流浪汉一路跟踪？
他觉得不会，
流浪汉没有这个脑子。
想了一会儿没什么头绪，
他决定先救人再说。

他迅速地思考着对策，
看如何才能营救出流浪汉。
那监狱不像黑城堡，
黑城堡找到了关窍就能消灭。
这可是真正的人间地狱，
层层的关卡防守严密。
虽然他的幻身来去自如，
但若是救人则有心无力。

忽然幻化郎急中生智，
启动了幻身去找胜乐郎。
他是国师又是大成就者，
应该有办法营救流浪汉。

胜乐郎正在府邸静修，
忽然看到幻化郎的幻身——
这一年他功力大长，
也能于明空中生起幻身，
只是他不执着有相之法，
没有在这方面继续着力，
但仍能看到他人的幻身。

幻化郎说："此时不便多言，
有紧急的事情求助于你。
那空行转世者已经找到，
却被欢喜军抓进了监狱。
他是我同患难的好兄弟，
必须要设法予以搭救。
师兄你贵为欢喜国国师，
不知有无途径营救此人？"

胜乐郎摇摇头叹一口气说：
"我虽为国师却不被信任，
那门外层层的护卫，
其实是国王派来的耳目，
我被限定只能写书和清修，

连弟子都不能擅自收取。
他们怕我形成了影响力，
会动摇官府的统治根基。"

幻化郎点点头说确实如此，
行者一旦与政治扯上关系，
就可能沦为权贵的工具。
若是不听指令我行我素，
还会沦为囚犯失去自由。
更有无穷无尽的俗事烦扰，
很难再有清净的自由。

胜乐郎忽然眉头一皱，
告诉幻化郎一个惊天秘密：
"欢喜郎前不久抓到一些人，
说是密集郎追随者的余孽。
他们是坚定的反战主义者，
据说还组成了革命军，
拥有武装力量，
潜伏在国内伺机发难。
这是欢喜国的机密，
师兄你千万要保守秘密。
否则会招来更大的祸患，
无数的百姓要受到牵连。"

幻化郎是聪明人一点就通，
他对师兄的提醒感激不尽。
他告别了胜乐郎打开造化系统，

他犀利的眼睛开始逐一扫描，
随后他马上找到了革命军。
他们都是密集郎的追随者。
他们初时跟随密集郎倡导和平，
却无奈遭遇了诸多血腥。
于是他们决定拿起武器，
想用暴力对抗暴力，
想用战争对抗战争。

他们虽然面黄肌瘦，
但眼神却异常坚定，
有一种舍我其谁宁死不屈的味道。
他们像春天的草木一样，
充满蓬勃向上的朝气，
也像八九点钟的太阳，
能给人以无穷的希望。

他们的凝聚力无比强大，
他们志同道合团结一心，
他们既有伟大的梦想，
又能发动群众众志成城。
虽然环境艰苦人也不多，
但千万根牛毛拧成了绳。

而政府军的人数虽多，
其成员却多是被抓的壮丁，
或是为混钱粮才去当兵。
总之人员的构成复杂，

各自的目的也多种多样，
因此很难有真正的凝聚力。
如同一个肿胀的胖子，
徒有庞大的身体却无大力。

幻化郎叹口气百感交集，
他既被他们的志向所感动，
却也为他们感到悲哀，
因为他们看似伟大的理想
其实也归于虚妄——
以暴制暴解决不了根本，
血腥止息不了血腥。
百姓的苦难并不会因此而减少，
消灭战争需要爱心。

但他并没表达其观点，
而是报告了监狱所见，
那罪恶里的罪恶和残忍中的残忍，
都是欢喜国官府的所为。
他希望革命军能达成救赎，
搭救无辜的兄弟姐妹。
革命军的领袖老成稳重，
他心中也有自己的信仰。
他要实现世界大同，
彻底消灭战争和压迫。
他听到幻化郎提供的讯息，
内心也燃起熊熊怒火。
更觉得这是一次机遇，

能向世人揭露官府罪恶，
从而让更多的百姓觉醒，
加入他们革命的阵营。

于是革命军决定前来救援，
同时搜寻有力的证据。
他们制定好了营救方案，
便跟着幻化郎一起行动。

幻化郎发现那些革命军，
一个个都以献身为荣。
这是一种很稀有的精神，
如果他们有正确的信仰，
便能够飞快地成就。
于是心中暗暗发愿，
将来如果还有机缘，
一定先度化这些人。

革命军赶到监狱之时，
流浪汉已进入神秘的小屋。
事不宜迟他们分头行动，
按计划四处破坏监狱设施，
施行那调虎离山之计，
让幻化郎有机会救人。

一时间监狱陷入了混乱，
看守的欢喜军四处搜索。
无奈他们的人手有限，

总是显得力不从心。
幻化郎乘机潜入神秘小屋。
只见流浪汉正躺在地上，
那些黑衣人早已不见，
只剩下死寂和一种怪味。
幻化郎不由得大惊失色，
头皮发麻眼前阵阵晕眩。
他怕流浪汉已遭毒手，
身上竟有瘫软的感觉。
他反复提醒自己要冷静，
强打着精神扶起流浪汉。

他拍拍流浪汉的脸颊，
真怕他已遭受敌人的毒手，
他压低了声音连连喊叫，
快醒醒！快醒醒！
那急促的声音里，
渗透着无限的关切。

直到发现流浪汉尚有呼吸，
幻化郎才长长吁出一口气。
三魂七魄立刻回归原位，
觉得刚刚经历了一场梦魇。

幻化郎终于救出了流浪汉，
革命军也搜集了许多证据。
若是此事能顺利曝光，
欢喜郎就会陷入舆论危机。

革命军发出了撤退信号，
他们带上剩余的朱砂痣百姓，
以及监狱里关押的其他囚犯，
在混乱中呼啦啦撤离现场。
诸看守寡不敌众不敢追击，
只好眼睁睁看着对方逃离。

他们回到了安全的地方，
幻化郎与革命军互相告别。
这一战彼此建立了信任，
约定如有需要再互相帮忙。
幻化郎将流浪汉背回山洞，
见他呼吸平稳心跳也有力。
他终于彻底地放下心来，
顿时感觉全身肌肉无比酸痛。
他看着昏迷的流浪汉，
内心觉得一阵阵庆幸。
若是自己再迟到一步，
后果不堪设想。

他心中充满了感恩，
感恩奶格师尊的加持。
看着流浪汉安详的面容，
幻化郎觉得他好个幸福，
自己枪林弹雨中惊险地穿行，
而他却仍是这般宁静而安详。
不知这世上的智者和愚者，

到底哪个才是心的主人？

忽然流浪汉咳嗽一声醒来，
看到幻化郎满脸的关切，
便孩子一样抱住幻化郎大哭，
他以为再也见不到他了。
鼻涕眼泪抹了幻化郎一身，
也给了幻化郎另一份温暖。

幻化郎问他有没有什么不适，
他动了动手脚然后摇了摇头。
原来流郎汉并没被采吸能量，
他只是被对方用暴力击昏。

流浪汉告诉他去监狱的缘由，
原来一老妇人来到这深山之中，
告诉他幻化郎有难，
他才决定贸然前往。
一路上他心急如焚如救头燃，
不想刚进城就被抓住，
送到了那恐怖的监狱。
有一群黑衣人正残害百姓，
他路见不平欲伸张正义，
却被对方一棒打昏，
再醒来就已回到山洞，
又见到幻化郎好个开心。

幻化郎纳闷这妇人是谁，

竟然能知晓他二人行踪,
也不明白她为何这样。
虽然她不一定有好意,
但捣毁了监狱救出受难者,
客观上也算办了件好事。
无论她是不是恶魔的幻化。
幻化郎对她都心存感激。

第 112 曲　巫师

革命军找到了诸多证据，
用来抨击欢喜郎的暴政。
他们制作了无数传单，
悄悄塞进百姓的家里。
于是大家都看到了真相，
民怨沸腾如火山的岩浆。
他们本想掀起更大的声势，
发动群众欲推翻暴君统治。
不料民愤虽大，
却没有几人愿意追随。
百姓的麻木、自私和懦弱，
再一次赤裸裸地呈现。
人们都希望有个救世主
能救他们于水火之中，
可谁也不愿意敞开了大门，
去迎接那个救世的人。

革命军领袖仰天长叹，
他明白群众就是一盘散沙。
他们的眼界永远都停留在脚面上，
想要用信仰来凝聚人心，
远不如利益驱动来得有效。
很多时候一点蝇头小利，

就足以引发大面积的骚乱。
人们像饿狼般争抢着好处，
又像毒蛇一样互相噬咬。
因为那毕竟是乌合之众，
他们因利而聚也会因利而散。

于是他发现大业之艰难，
远远超乎了自己的想象。
除了有信仰和一腔热血，
还必须有高超的手段。

虽然没造成大的动乱，
欢喜郎的暴行却传遍四方。
除了威德国的大肆抨击，
还有诸多同盟国也在鼓噪。

反对派也开始趁火打劫，
这让欢喜郎感到十分恼火，
欢喜国有多个部落，
原本就不是铁板一块。
大家都不是省油的灯，
都想乘人之危捞些筹码。
再加上其他的主权国家，
甚至有人还想当天下霸主，
他们高举人道主义的旗帜，
大肆渲染。他们总拿人权说事，
为的是撼其权威动其根本。

欢喜郎陷入了尴尬境地，
虽然恼火却万般无奈。
他像满身窟窿的口袋，
这个洞刚堵上，那个口又漏风。
国家的事务如同罗网，
把欢喜郎牢牢困在其中。
想休息片刻都成了奢侈，
更没有放飞灵魂的时间。

然而困得越严密就越想反抗，
欢喜郎也产生了撂挑子的想法。
他很想找个清静的地方，
悠闲一点度过余生。
随着朝政的麻烦此起彼伏，
这种想法也越来越频繁。
他早就知道被因缘绑架，
现在才生起出离的勇气。
然而那出离还只是情绪，
如同夫妻吵架互相赌气。
情绪来得快去得也快，
过后欢喜郎又回到现实。
还得硬着头皮处理国务，
如同缝补四处开裂的破衣。

为了解除舆论危机，
欢喜郎召见了监狱长。
他骂他作奸犯科以权谋私，
他说自己被蒙在鼓里不知实情，

他要监狱长出面承担自个儿澄清。

那监狱长闻言簌簌发抖，
他原是国王的心腹重臣，
事情败落才惹出祸患，
他不求荣华不求富贵，
但求能保住这条老命。

看到监狱长的苦苦哀求，
欢喜郎忽然心生怜悯。
这个与父亲同龄的老人，
他没有父亲的威仪，
也没有父亲的严厉，
他只有老人的无助。
此刻，他跪在自己面前
声泪俱下痛哭流涕，
这让欢喜郎心中泛起了感叹，
使他情不自禁想起
当初父王的下跪。

而此刻，虽然自己身为帝王，
虽然对方是他年迈的臣子，
虽然自己手握生杀之柄，
但他们都是命运的玩偶，
本质上谁也不比谁高贵。

欢喜郎稍稍缓和了脸色，
说："念你还有一颗忠心，

死罪可免但活罪难逃。
这次的事情形成了舆论，
造成的影响极其恶劣。
必须有人对此担责，
以平息众怒解除危机。"

监狱长一听心头一紧，
知道国王是要他背黑锅。
但既然能够免去死罪，
也只能接受这样的结果。
虽然他心中充满失落，
但还是叩谢了国王的不杀之恩。
之后他又说有消息要汇报：
他们已测试出一个转世空行。
那人的行为疯疯癫癫，
并且和幻化郎也有牵连。
他希望国王能盯紧此事，
以免被敌国捷足先登。

欢喜郎一听这个消息，
他的瞳孔骤然间收缩。
那空行石可是心头大患，
远比舆论的危害更强。
转世空行是关键中的关键，
一旦错过大势就会逆转。
威德郎如果调动法界能量，
自己就很难再占据优势。

于是他说："先解决此事，
那舆论危机另想办法。
既然你查出了空行人，
就继续跟进负责到底。
并且我赋予你更大的权力，
可以调用一切资源。
既要派精英追踪二人，
也要对外封锁消息。"
监狱长闻言大喜过望，
他趴在地上像条老狗，
他大呼万岁连连叩头。
他像是刚坐了一趟过山车，
从低谷瞬间又升到了高空。
他说这次定会戴罪立功，
绝不再辜负主子的信任。
他泪水直流声音发颤，
因意外之喜而痛哭不已。

欢喜郎摆摆手令他退下，
刚想伸个懒腰休息片刻，
空行石的情报再次传来。
欢喜郎的神经再次绷紧，
身体一下从躺椅上坐起。

探子汇报了刚获取的消息，
原来上回惨败并非偶然，
而是威德郎擅自启用空行石。
启动空行石的关键是转世空行，

如若找不到转世空行而强制启动，
便会对使用者造成伤害。
那威德郎打破禁忌不顾危害，
宁愿冒那走火入魔之险，
才获得了战局的胜利。
欢喜郎一听顿吁一气，
无怪乎上次会惨败如斯。
即便这样现在他仍然担忧，
那简直就是他的梦魇。
在梦里，他怯意顿生；
在梦里，他霸气顿消；
在梦里，他能量全失。
那不是主观的臆想，
而是实实在在生命能量的流失。
他想定然是空行石的作用，
它也许就是他命中的克星。

随着消息接二连三传来，
欢喜郎如同坠入了梦境。
梦里有各种各样的事情，
梦里比昼里更加忧心。
眼前的世界显出了虚幻，
他的灵魂像从肉体中抽离。
说不出到底是解脱还是麻木，
他觉得无比疲惫又无比清明。
他的心中恍恍惚惚，
有一团雾气弥漫不散，
雾气中又有个清透的物什。

那是一种奇怪至极的觉受，
它不同于以往任何时候，
他却又说不出相异在哪里。

欢喜郎为了排解忧愁，
不自觉地来到胜乐郎处。
忽然他内心产生了感悟，
觉得自己在不同的世界里穿梭。
那些麻烦组成了一个世界，
胜乐郎的府邸是另一个世界。
两个世界里有两个自己，
两个自己又都源于一处。
如同交替着戴上两张面具，
面具后的脸孔却始终不变。

他再想想又觉得这个比喻不妥，
但胜乐郎的府邸确实像另一个世界。
他每次进入胜乐郎的院落，
都会感到身心轻安烦恼顿消。
一晕晕无形的轻柔之波，
涤荡着他身心所有的负累。

甚至它还熏出了智慧，
他不再反感那些麻烦。
他如同玩一个复杂的游戏，
无非在因缘间穿针引线。

他开始摘下自己的面具，

将本来的面目真实呈现。
无须任何的机心和防备，
也不用刻意想什么目的。

他更倾慕胜乐郎的证量，
时时想依止跟随他修行。
然而在这里会生起向往，
回到王宫又陷入了牢笼。
他被虚幻的东西牢牢困住，
在命运的轨道里日复一日。

于是欢喜郎陷入了纠结，
两种程序在心中交战。
任何一方都无法获胜，
却把内心搅得热恼熏天。

只有见到胜乐郎的时候，
那狂风骤雨才会暂歇。
无须思考也无须对治，
像晴阳显现雾气自然消散。
在那种温润和谐的气场下，
想生起妄念也不可能。
内心始终是空空明明，
还有一种柔软的感觉。
于是他对胜乐郎爱恨交加，
一方面钦慕他的证量，
一方面反感他的作为——
他总是与敌对势力纠缠不清，

总是不完全效忠自己。

这一次见到了胜乐郎，
他仍然在刻苦钻研奋笔疾书。
他始终如一地珍惜着时间，
甚至比成就前还要珍惜。
他说要赶在死亡之前，
为世界留下光明的火种。
为此他几乎从不休息，
他夜以继日废寝忘食，
总在自认为该做的事里忘了自己。
欢喜郎看到禁不住感叹：
这一点与自己何其相似。
只是他为江山社稷而呕心沥血，
胜乐郎为教化孜孜不倦。

然而他们虽然形式相同，
本质却有天壤之别。
他忙得身心交瘁烦躁不堪，
胜乐郎却在劳累中气定神闲。
更重要的是他们行为的价值，
一个是多为历史制造几个短暂的水泡，
一个是传承人类最宝贵的精神。

欢喜郎叹口气收回思绪，
打一声招呼进入书房。
胜乐郎抬头回应了国王，
然后低下头继续书写。

欢喜郎并没感到受了怠慢，
他找个地方静静地坐下。
燃起一炉香泡上一壶茶，
闭上眼睛享受这片刻宁静。

这是他们新的相处方式，
彼此之间已形成默契。
在这里没有虚伪的客套，
一切行为都如行云流水。

然而欢喜郎终究心神不安，
没多久他又生起了烦恼。
空行石如同那要命的咒子，
总能将他拉入无底深渊。

胜乐郎察觉到这种心念，
他停下笔来看着国王。
却并不主动开口发问，
只等欢喜郎自己做出决断。

欢喜郎不想明说烦心事，
他不愿撕破两人的关系。
空行石背后还有条线索，
隐约透出胜乐郎的影子。
于是他回避了这个话题，
只说些无关紧要的事情。
胜乐郎也是随缘应和，
并不点明欢喜郎的心事。

二人说话皆是言不由衷，
既像是禅机又像是哑谜。

两人在话头里绕了片刻，
欢喜郎突然问及幻化郎。
胜乐郎表情从容一脸淡定，
说他是自己的同门师兄。
欢喜郎也不再继续追问。
然而他捕捉到其中玄机，
明白他们之间有着联系。
但他是个成熟的政治家，
并不挑明这敏感之事。
随后两人又聊了几句，
欢喜郎便向胜乐郎告辞。
回宫的路上他心气平和，
负面的情绪已消解一空。

欢喜郎心中暗暗奇怪，
这胜乐郎屡屡背叛自己，
自己却对他生不起怨恨。
虽然有时也会起一时杀心，
见到他又烟消云散。

除了胜乐郎有祥和的气场，
似乎还有另一种因缘。
这让欢喜郎更加好奇，
胜乐郎究竟是怎样的存在。

回宫后他安排了厉害的巫师，
悄悄地调查胜乐郎。
他想知道胜乐郎所有的信息，
无论世间还是出世间。

那巫师早就觊觎国师之位，
视胜乐郎为眼中钉肉中刺。
然而无论知识还是智慧，
他都远不及胜乐郎半分。
他深知欲加之罪何患无辞，
他时时刻刻
都在寻找缝隙想予以铲除。
而现在，国王亲自安排，
巫师觉得真是天赐良机。
他回到家立刻开启密钥，
想查看胜乐郎的信息。

然而无论他如何努力，
那密钥里却始终一片光明。
胜乐郎早已心如虚空，
寻常的伎俩怎能奈何。

巫师又是焦虑又是嫉妒，
急中生智又转移了目标。
他想到胜乐郎的明妃华曼，
或许能从她身上打开缺口。
胜乐郎整日闭门不出无从下手，
但华曼因管理府中事务，

与外界仍有些许往来。
巫师的妻子与她较为熟悉，
还曾邀请她来家中做客。

想到此，巫师计上心来，
安排妻子再次邀请华曼前来。
华曼天性并不喜欢应酬热闹，
也不爱与人走得太近，
但也并不过分疏离隔绝，
以免引起更多的纷扰非议。

近来华曼莫名喜欢神通，
常来和巫师妻子闲聊。
她想学一点巫师的魔术，
以解自己内心的寂寞。

虽然胜乐郎待她始终如一，
但她还是感到不安全。
她辞退了所有女仆，
家中清一色都是男丁。
但内心的惶恐依旧存在，
尤其是胜乐郎外出讲学，
台下总坐着许多女众。
这让她十分嫉妒又无可奈何，
也会发一些莫名其妙的脾气。
她心里仿佛藏着一个黑洞，
源源不断涌出负面的情绪。
虽然她道理上明白怎样修行，

但遇到事情就不能自控。
因此她想学一些神通，
让自己能绑住胜乐郎的心。

趁着她又一次上门之时，
巫师找到机会上前搭话。
他先是看着华曼欲言又止，
神色犹豫并连连叹气。
华曼见状觉得很是奇怪，
便问巫师为何心神不宁。

巫师只是沉默。
他的眉头紧锁。
他的表情纠结，
似乎在犹豫要不要告诉女子。
沉默了好久他才说，
胜乐郎要有大祸，
国王正暗中派人调查。
传言他与敌国奸细私通，
若抓到证据就会被处死。

他说他也是修行者，
不忍心眼看同修遭难。
他还说自己已向国王再三求情，
终于争取到法外开恩。
只要胜乐郎交出罪证，
欢喜郎答应不计前嫌。
若是蓄意抵抗冥顽不灵，

必然会遭到灭门之祸。

华曼闻言心中一惊，
但她微微一笑淡淡说道：
"此事纯属捕风捉影，
胜乐郎一心只在著书修行，
眼中甚至都没有我华曼，
更别说与什么奸细私通。
多谢你热心相助，
为不使你受牵连，
我以后不便再来叨扰。"
说完她便起身告辞。

返家途中，华曼左思右想，
深深替胜乐郎忧心。
欲加之罪何患无辞，
想要证据，便能给你造出证据。
必须将家中仔细清查，
不可留下任何瓜田李下之物。

随即她又想起确实有一男子，
来过家里与胜乐郎密谈。
不管他究竟是何种身份，
总之要消除一切隐患。
华曼回到家中，却不见胜乐郎，
联系巫师所言，华曼大惊。
心中的慌乱像狂风暴雨，
胸口仿佛有一团荆棘，

沿着脖子滚上了大脑，
又在脑海里不断地缠绕。
她又是恐惧又是慌张，
情急之下，只想找出可疑的隐患。

这其实是巫师设计的陷阱，
眼看华曼往家中赶去，
他让国王配合着调虎离山。
果然华曼陷入慌乱，
情急之下便要有所动作。

她偷偷溜进了密室，
一遍遍盘查胜乐郎的物品。
并没发现什么可疑之物，
只有一封奇怪的信件。
信上也没有别的内容，
只有一串神秘数字：
"0086 1389 3570 670"。
她担心他们拿它大做文章，
于是她默念几遍记在心里，
随后打算烧掉信件。
苦于密室中找不到火源，
她只好把信带出，
在外室的暖炉中烧掉。
哪知巫师一直在监视她，
她刚把信件投入火中，
巫师就用移形换影之术，
让信件的时空倒流，

还原了信件内容片刻，
之后信件再次成为灰烬。

做完了这些她如释重负，
再也不怕被人抓到把柄。
她步履轻松地走出密室，
又陷入对胜乐郎的担忧。

她怕胜乐郎被抓去拷打，
就像上次在天牢那样。
又怕有人想谋害胜乐郎，
捏造出罪证诬陷好人。
一时间她各种胡思乱想，
恍恍惚惚坐立难安。
又想等这一次胜乐郎回来后，
劝他辞去国师职务，
去过自由自在的行者生活，
再也不涉足俗世的泥潭。
华曼所思所行皆是为胜乐郎着想，
却不知很多事便是坏在关心即乱。
她的定力和智慧还需完善，
她一慌乱反而落入圈套，
好心变成了坏事。

不仅如此，巫师还对华曼做了手脚，
偷偷在她身上植入标识。
那标识如同信号发射器，
华曼每动上一个念头，

标识就会将那念头转化为信息，
回传给巫师，
巫师就能读取她的记忆。

巫师不明那数字的含义，
但发现了一个有用的信息，
那便是华曼记忆中有个神秘男子，
巫师认定他便是敌国的奸细。

巫师安住于虚静之境，
搜寻那陌生人的讯息，
发现他正去往阴阳城，
背影模模糊糊飘忽不定。

只因那巫师智慧有限，
无法看清更多的细节。
饶是如此他也兴奋异常，
觉得自己终于抓到了罪证。
如同一只老鼠饿了几天，
终于找到了一块乳酪。

巫师飞快地入宫禀报，
一路上都在思考措辞。
既要把罪名落到实处，
也要让自己看起来不夹私心。
还要假装对胜乐郎十分惋惜，
不敢相信他竟做这种事情。
这样就能给国王留下好印象，

为今后的提拔打下根基。

巫师进入皇宫的时候，
胜乐郎刚从宫内离开。
欢喜郎还沉浸在安详中，
露出无比欣慰的表情。

巫师一见便妒火中烧，
心头像挨了一记闷锤。
他瞬间露出狰狞的神色，
又咬咬牙恢复了恭敬。

他向欢喜郎汇报了华曼的记忆，
说有一串数字十分可疑。
更可疑的是一个陌生人，
非常像敌国的奸细。
他目前正赶往阴阳城，
时间紧迫要尽快追捕。

巫师又说为得这情报，
自己施展了莫大的神通。
还乘机对胜乐郎进行诬陷，
说他的通敌已十分明显。
这样的败类不配再做国师，
希望大王不要被小人蒙骗。

巫师说完后又暗暗后悔，
觉得那意图过于直白。

都怪刚才生起了炉火，
忘记了准备好的伪装。

欢喜郎闻言只是微笑，
他肯定了巫师的功劳。
但他既没有说如何处置胜乐郎，
也没有提奖励的事情。
他对巫师的品格了如指掌，
知道他是一个卑琐小人，
他总是喜欢卖弄神通，
也一直想登上国师之位。

但欢喜郎更喜欢智慧，
他明白神通不敌业力。
无论巫师有多大的神通，
也无法带给他内心的清凉。
胜乐郎却有无形的气场，
那种内证功德十分殊胜。
只要靠近他就会心气平和，
如同进行灵魂的清洗。
因此胜乐郎无可替代，
他已成为灵动的国宝。

再说胜乐郎回到家中，
华曼一见他便扑上来，
看他完好无损不曾受伤，
这才松了口气，却没憋住眼泪。

胜乐郎觉得十分奇怪，
好言安慰平复她的情绪。
又细细询问其中缘由，
华曼告知了巫师的讯息。

闻听此事胜乐郎静观因缘，
便明白了所有的故事，
不由得笑那巫师竟如此失态，
为一点欲望不择手段，
知道对付不了自己，
竟向敏感脆弱的女人下手。
又觉得这也没什么好意外的，
有小人之心必有小人之行。
他今后要更加低调谨慎，
不给小人留下陷害的把柄。

他回想与幻化郎的交集，
也没留下什么实际证据。
他们只有一次真身相见，
后来都是脑波互相交流。

至于那封神秘的信件，
也是莫名其妙地出现。
他也猜不透那数字的玄机，
也许是法界的某个指引，
也许是一个寻常的游戏。
这算不上什么通敌罪证，
完全能坦坦荡荡心无恐惧。

只是华曼还未彻底放心，
她不想再过这种日子，
每天都为他担惊受怕，
还失去了诸多自由。

胜乐郎有心告诉她真相，
又怕她为此感到内疚。
自从成就了无为法智慧，
他的心就变得无比柔软。
他懂任何人的快乐，
也懂任何人的悲伤；
他懂任何人的幸福，
也懂任何人的痛苦。
就算明知有人伤害自己，
也不愿让别人感到难堪。

于是他温声软语地安慰，
说自己已有君子之德，
不会被人置于险地。
虽说被监视不够自由，
但行者心中自有天地无限。

华曼发现胜乐郎待自己温柔许多，
自己的内心也越来越踏实。
如此便听从胜乐郎的建议，
他如何做，她便如何跟随。

从前她总是不停地验证她要的爱情，
惹出诸多的烦恼和波折。
胜乐郎总是全部接纳和包容，
这何尝不是真爱的体现。
爱情是个奇怪的东西，
越想找却越是遍寻不着，
像是在喧嚣中寻找一块手表，
唯有让一切沉静下来，
才能轻而易举听到它的嘀嗒声。

在欢喜国的这段时间，
他俩已变成彼此生命的相依。
两人虽然不需要有相的修炼，
但自从有了那一种仪式，
也等于有了一种生命约定。
即使她再如何乖戾不安，
他也从未想过将她抛离。
他对她有深爱有慈悲，
这也是他做人的基本底线，
他宁愿天下人负自己一人，
也不愿自己负天下人。
他不愿舍弃所有的众生，
除非是众生将他舍弃。
对华曼也是一样，
若是她远离自己而去，
他不会有丝毫痛苦；
若是华曼生死不离，
他就一直将她好好珍惜，

并且毫不在意她的"麻烦"。
对诸多的"麻烦"他事来则应，
事去时心头就无影子。
他永远安住于当下做事，
不想让生命无谓地空过。

这一次风波虽然已平息，
胜乐郎却觉得隐患未除。
欢喜郎对自己态度微妙，
说不定还有误解的可能。
虽然他不惧怕命运的意外，
却想给欢喜郎一份安心。
于是他进宫面见欢喜郎，
再次说明自己的态度。
他并不想介入政治，
只希望众生别再受苦，
两个阵营别再行杀戮。
他所有的行为皆是为此，
绝不会被任何人利用。

欢喜郎提到空行石，
他说他并非不愿和平，
他是痛恨威德郎欺人太甚。
这次威德郎得到空行法宝，
已在边境上发起了战争。
他只能被迫出兵应战，
以免无辜的百姓遭殃。
他说："国师若真为众生着想，

就告诉我破解空行石的方法。"

胜乐郎闻言眉头微皱,
他知道改变不了欢喜郎的心。
如果不变二元对立之心,
就算明白了破解方法,
空有理论也生不起作用。

但他还是说出了方法,
希望能借机点化欢喜郎——
那空行石定然是个象征,
其力量也许只是暗示。
若是有人超越了二元对立,
就不会受到外物的干预。
他希望欢喜郎收回外驰之心,
安住于内心的光明之中。
那时节无论对方有何武器,
也如钢刀砍不断虚空。
又说仁者无敌不用暴力,
仅凭智慧便能天下归心。

又是这一番陈词滥调,
欢喜郎笑笑不置可否。
他早已听腻了这种理论,
自己年轻时也常常宣说。
超越二元对立说时容易,
真正做起来却毫不现实。
你说你心中没有敌我对立,

那你问问敌人肯不肯不跟你对立？
除非把头伸到屠刀下，
变成羔羊任敌人宰割。
否则你不对立也得对立。

欢喜郎问："如果你是我，
面对威德郎的大军压境，
会做出怎样的应对？"
胜乐郎闻言先是沉默，
随即智慧之心生起妙用——
"我可能会抵抗，
也可能会向对方投降。
一切随顺世间的因缘，
我只是演绎既定的剧情。
但无论是抵抗或者投降，
我的心中都没有对立。
即便是去战场上杀敌，
我依旧满怀着仁爱之心。"

欢喜郎发出一声冷笑：
"原来圣者也会杀人？"
胜乐郎说："我的杀与你不同，
我杀的时候心中有爱无恨，
你杀的时候心中有恨无爱。
我杀而无杀如梦中幻境，
你无杀而杀如风中浮萍。"

这番话让欢喜郎目瞪口呆，

他仔细参悟着其中玄机。
仿佛大雾中亮起一盏灯塔，
那光亮飘忽不定若隐若现。

胜乐郎摇摇头走出王宫，
他知道这一番话很难理解，
需要一定的证境才能领悟，
而欢喜郎的宝珠尚在灰里。

其实修行的本质不是外现，
而是调节内心的平衡状态。
只要内心消除了执着，
外现的行为会自然妙用。
这需要经过扎实的修炼，
需要出离闭关经年累月地实修。
根据欢喜郎目前的状况，
还需要等待进一步的因缘。
欢喜郎正在参悟禅机，
这时候前方有人来报，
说威德郎正进攻一座城池。
据说他仍借助空行之石，
仍会带动遍天的杀气。
只是那势头时间不长，
只有一个时辰的周期。
只要我方抵挡一个时辰，
对方就会收兵回营。
这时候我方会收复所失，
也可以乘机反攻一气。

欢喜郎听了很是震惊，
如今局面越来越紧迫。
必须尽快找到那空行人，
否则空行人和空行石合一，
对方的力量将不可抵挡。

他还根据战场的情况，
调整了战斗的策略。
只要遇到威德郎的队伍，
先避其锋芒坚固防守，
等那空行石的势能耗尽，
再一鼓作气反击敌人。

随后他命人备好兵马，
他要亲自捉拿转世空行。
此事已经十万火急，
不能再有任何差池。
他让巫师一同前往，
这次要用到他的法力。
很快一支队伍集合完毕，
浩浩荡荡向阴阳城奔去。

那巫师首次随国王出征，
心中的兴奋溢于言表。
他觉得自己受到了重用，
很快能登上国师的位置，
一路上更加拼命表现，

卖弄着各种神通异能。
他还偷偷念诵黑经,
以煽动欢喜郎心中的恶意。

欢喜郎被这种咒力影响,
只感到心中充满了愤怒。
总想踏平敌国的领土,
总想屠杀敌国的军民。
他也希望有一种大能,
来帮助自己实现愿望。
他想重用巫师的能力,
渐渐对智慧产生了抵触。
他觉得相比空泛的道理,
神通的利益更触手可及。
他还给自己找好了借口,
觉得治国与修行一样,
既要智慧也需要方便。

威德郎心中也充满恶意,
他的理智正逐渐丧失,
明知道空行石会增加魔性,
但仍是抵不住神力的诱惑。
他像一个好奇的孩子,
将空行石当成了一个玩具,
时时强制启动进行攻城。

尤其是狂暴地搏斗厮杀时,
那一种所向披靡的快感,

让他觉得自己就是宇宙之王，
只有他能主宰万事万物的生死。
那一声声怒吼仿佛雷霆，
那一道道寒光如同霹雳，
那一股股鲜血铸就英雄，
那一波波冲锋催动高潮。
他的灵魂产生酥麻感，
他的双眼充满暴戾之光，
他时时想跨上战马快意恩仇，
踩着敌人哀号的音符，
登上他不世伟业的巅峰。

即便在休兵罢战的时候，
他也总感到大力在体内激荡，
总想找个出口冲泄一快，
否则会把自己炸成碎片。

于是他频繁地发起战争，
仿佛被卷进了漩涡不可抑制。
每次冲锋都想毁灭一切，
结果如何他已无心顾及。

密集郎发现大事不妙，
他感觉到威德郎戾气狂增。
知道那空行石虽有大力，
但若是没有空慧的制约，
就会像脱缰的野马失去掌控。

于是他感到无比焦虑，
现在的威德郎如同火药桶，
他眼睁睁看它急剧升温，
却没有办法阻挡这魔力。
他后悔破译了启动之法，
让威德郎加速走向毁灭。
等到空行力量彻底失控，
威德郎必将会国破人亡。
密集郎还感到深深的恐惧，
他不想沦为魔王的陪葬。
于是不停地劝说其节制，
免得玩火自焚害人害己。

然而那魔性如火山岩浆，
理智的劝说像草头霜露。
威德郎已听不进丝毫规劝，
反而对密集郎渐渐疏离，
觉得他只是一介书生，
小白脸怎懂得英雄豪气。
体内的魔力更胀满了大脑，
他满心都是征战杀伐的念头。
终于在密集郎又一次劝说之后，
威德郎以升职的名义将他调离。

密集郎清楚这是明升暗降，
心头忽然产生一种失落。
自从投奔了威德国，

在仕途上一路扶摇直上，
他不知不觉也被欲望熏染，
总想掌握更大的权力。
他以为自己受到国王器重，
身份地位已经固若金汤。
没想到威德郎只需一句话，
他的权势和光环便瞬间消失。
他像是从高空疾速坠落，
一时间心中充满了怨念。
当初誓死效忠的诺言，
也随着贬职而烟消云散。
他想那威德郎已走火入魔，
索性自己就此罢官隐居。
于是密集郎更加心灰意冷，
在新职务上日日消极怠工。

这一日威德郎忽生感应——
空行石突然生起了一股大力。
涌向阴阳城方向，
光明无量又异常锋利。
威德郎猜测与空行人有关，
他马上带人前往阴阳城。

一路上心跳如战鼓擂动，
每次呼吸都煽起欲望之火。
他眼中的世界早已变了样子，
觉得万物都是自己的棋子。

他可以随心所欲地主宰，

叫它们诞生，让它们毁灭。

那是一种无与伦比的成就感，

威德郎感觉整个宇宙都在脑中。

第四十三乐章

好一个迷人的温柔乡，慈母般的老妇
人，明媚艳丽的女子，如春风般吹开了流浪
汉的心，喜庆的红烛已在摇曳了。这世间真
有如此美好的家园吗？那一派祥和中，似乎
透露出一种异样的气息……

第 113 曲　家园

幻化郎和流浪汉继续前行，
他们经历着风刀霜剑。
一路的跋涉漫长而艰辛，
仿佛经历了一个世纪。

虽然路途崎岖坎坷，
还要躲避尾随的追兵，
但他们同生共死福祸共用，
结下了坚不可摧的情谊。
他们早已视对方为手足
或是不可分离的兄弟。
如果那情谊是一顶王冠，
这一路的艰险，
就是王冠上镶嵌的钻石。

一路上，他们只是逃亡。
他们东躲西藏，走走停停，
他们没有方向也没有目标，
他们只是这红尘中的游魂。
流浪汉转世空行的特殊身份，
早已成了欢喜国与威德国
夺取胜利的砝码。
他们双方都在倾全国之力

寻找他抓捕他甚至重金赎买他。

这造化的剧情真是玄妙。
流浪汉奇葩的命运，
让幻化郎也忍不住感叹：
他看似呆傻，却有大福，
看似大福，却隐大祸。

他就像个三岁孩子，
身怀重宝而不自知。
觊觎的目光早已虎视眈眈，
而他依然天真烂漫无忧无虑，
丝毫不知自身处境的凶险，
更不知他将决定世界的格局。

幻化郎又是羡慕又是焦虑，
仿佛替孩子操不尽心的父母。
他不想把他送到威德国，
他知道威德郎的帝王野心。
他也不想把他送到欢喜国，
他知道欢喜郎也如出一辙。
他们的目的只有一个，
就是以转世空行之力开启空行石。
左思思右想想没个去处，
决定先到阴阳城暂时栖身。

那阴阳城本是中立之地，
位于欢喜威德两国的边境。

因此阴阳城又名阴阳国，
它有国之名却无国之实。
这里聚集了很多修行人，
它不受管理也没有军队，
它是乱世中的避风港，
是战争年代的桃花源，
它的地位亘古而存，
它自天而生也依天而存，
谁也不能强占它，
它不属于任何人任何国家。
谁若打它的主意谁就会失道，
将成为寡助者而
遭人唾弃被群起而攻。

幻化郎定好了目的地，
便带着流浪汉直奔那里。
命定的缘分不可思议，
他们的相识起于阴阳城，
现在又结伴归于阴阳城，
仿佛走了一个大大的圆，
相遇的起点便是终点。

又经过那片黑城堡的沙漠，
幻化郎想起了往事。
流浪汉也兴奋地嗷嗷大叫，
那一战让两人终生难忘。
他们出生入死同仇敌忾，
他们战胜黑行者清除恶能。

两人特意绕到那处所在，
却只看到茫茫的沙海。
一切都显得苍凉而平静，
淹没了所有的惊心动魄。

幻化郎觉得心有不甘，
他想纪念自己的光辉历史，
但这里只有风沙凛凛，
既无法立碑也无法建庙。
又想就算你能立碑建庙，
百年后还是会被风尘淹没。
这世上没有永恒的事物，
关键是活出自己的意义。

这一天两人经过一村落，
那里有灰塌塌的小屋，
有咩咩叫着的小羊
和咯咯叫的老母鸡，
它们让流浪汉发出了感慨，
那一种透骨的亲切与熟悉，
多么像他小时候的家。
可他的家园已被战火摧毁，
他的亲人也因战乱而离世。

想起小时候的无忧无虑，
他天真烂漫衣食丰足，
而这些年流离失所，
他孤身无依形影相吊。

流浪汉鼻子一阵发酸，
忍不住伤感阵阵来袭。

而此刻空气中弥漫的味道，
还有村民们朴拙的房屋，
以及他们脸上洋溢的幸福，
都是他记忆中的情景。
他的心快要被融化，
如倦鸟归巢鱼回大海，
那种温暖而熟悉的气息
把他裹进了轻柔的梦幻。

天色渐暗，
他们向一位老妇人借宿。
老妇人一见流浪汉，
立即扑上前来泪流满面。
她把他当成了去世多年的儿子——
她拉着他的手，
她盯着他的眼，
她伸出老树皮一样的手，
捧住他的脸也捧住了她的颤抖。

流浪汉见老妇人也是感动连连，
他觉得她就是死去的亲娘——
那凝视的眼眸，
那单薄的身体，
那亲切的话语，
那熟悉的气息，

真想扑到母亲怀里
来一场肆无忌惮的哭泣。
流浪汉被这种暖流荡漾了,
每个细胞都软软地快要融化。

老妇人把两人招呼进屋,
又颤巍巍地走向厨房。
伴随着锅碗的叮当之声,
母爱的气息再次回荡。

木柴在炉内噼啪爆裂,
炊烟在房顶袅袅升起,
油水在锅中滋啦作响,
饭菜在屋里四散飘香。
还有老人偶尔的咳嗽,
还有院子里黄狗的吠叫,
还有那棵皱巴巴的老树,
洒下斑斑点点的黄昏。

在这安详慈爱的氛围里,
连幻化郎也融化了灵魂。
他仿佛回到自己的家,
卸下满身的尘劳和负重。

老人打了几个荷包蛋,
流浪汉吃得满头大汗。
他仿佛回到了小的时候,
每次放完牛羊回到家中,

母亲也是给他煮荷包蛋。
那种感觉他此生难忘，
此刻与当年无二无别。
母亲的眼睛又在心底睁开，
母亲的慈爱又在身上流动。
他依稀感到母亲的双手，
在自己头上来回地摩挲。

度过了那么多流浪的日子，
忽然找回母爱的感觉。
他一边吃一边流泪，
泪水和汗水交织着滑落，
跌入了眼前的碗里，
又被流浪汉咽到肚里。

于是那饭菜多了另一种咸咸的味道，
他吞下去的是食物，
升上来的却是暖流，
那暖流自心间出发，
肆意漫延，无限扩散，
它有种温暖的诗意，
更有一种浓稠的质感。
它淤积在胸口久久不散，
酿出流浪汉满脸的幸福。

当天夜里流浪汉躺在床上，
有了这辈子第一次失眠。
他睁着眼睛看窗外的星星，

仿佛被带进另一个世界。
他似乎想起了很多事情，
又似乎什么都懒得去想。
只有那熟悉的氛围包裹着，
只有那心中的惆怅回荡着。
他那颗无忧无虑的脑袋里，
第一次产生人生如梦的感慨。

次日清晨两人正要出发，
却发现山体塌陷路已不通。
他们只好再度返回，
在村里休养生息。
村子有种闲散的气氛，
仿佛是一处世外桃源。
空气中弥漫的慵懒，
让幻化郎生起一阵阵惬意，
村民的脸上也写满安适。
他们的步履缓慢而悠闲，
他们的面孔舒展又和善。
他们没有乱世的焦灼，
到处都是一派和谐的景象。

那些村民质朴善良，
他们宴请两人做客。
流浪汉便融入村民家中，
像水乳那样交融一体。
他们有同样的思维方式，
更有许多共同的话题。

他给他们讲路上的见闻，
他们在他的声情并茂
和抑扬顿挫中赞叹不已。

这让幻化郎分外诧异，
他一直以为流浪汉拙于言辞，
没想到只是情境不对机而已。
看着他滔滔不绝的样子，
幻化郎也觉得饶有兴趣。

村民从来没有出过村子，
不知道外面的世界究竟怎样。
流浪汉遂成为这里的大人物，
村民们围住他如众星拱月。
每天晚上都会燃起篝火，
请流浪汉讲外面的故事。
那些或惊险或有趣的经历，
总能引发阵阵惊叹之声。
姑娘们的眼神也火辣辣的，
向流浪汉投去爱的秋波。

那些天村里如同过节，
流浪汉也感到巨大的幸福。
他被那崇拜的目光激荡，
他被那友善的氛围包裹，
他被那爽朗的笑声温暖，
他被那暗送的秋波融化。
他打开了身体的每个细胞，

尽情融入这美好的世界。
他像干渴的鱼儿回到大海，
在久别的家园里游啊游啊，
肆意地卷起嬉闹的浪花。

幻化郎初时也同样舒展，
他也感到了久违的温馨。
连续几天的放松之后，
却突然涌出奇怪的感觉。
他忽然觉得有些异样，
但深究起来却说不清原因。
他仔细看过每一处所在，
并没有任何可疑之处。
但就是因为太过于完美，
才让他隐隐感到不安。

他生性多疑并且谨慎，
更有一种超常的直觉。
再经过几次生死大战，
他早已不是青涩的少年。
他的心里像装了一只兔子，
常常会竖起警戒的耳朵。
他总是能听到静中之声，
莫名其妙感到危机四伏。
他留意于每一处每一人，
他找不到任何破绽，
但那种异样的感觉还是挥之不去。

这一夜他进入宇宙系统，
于明空之中观察这村子，
却仍然没有发现异常的讯息，
便终于放下心来，
自嘲自己思虑过多草木皆兵。
他不得不感慨这多年的逃亡，
把自己变成了惊弓之鸟。
应该给灵魂放个短假，
松弛一下绷紧的神经。

老太太常露出慈母的笑意，
偷偷塞零食给流浪汉吃。
她把他当儿子般对待，
让他穿儿子过去的衣服。
流浪汉也像遇到了母亲，
心头时时会涌过暖意。

他想报答老太太的关爱，
摸遍了口袋却身无分文。
于是他找到幻化郎支支吾吾，
鼓了很久的勇气终于开口，
问幻化郎手头是否方便，
想借一些银两孝敬老人。
这是他人生中第一次借钱，
表情十分窘迫又带着乞求。
幻化郎不忍拒绝他的心意。
拿出一些碎银递到他手中，
说随喜他的感恩之心，

这银两算两人共同的心意，
日后也不用流浪汉偿还。

流浪汉得了银子欢喜无比，
再三感谢幻化郎的帮助。
找到老太太喜滋滋地奉上，
却不料竟被老人婉言拒绝。
说这村庄一直是与世隔绝，
她留着银两也并无用处，
有这份心意她已十分感动，
还是让流浪汉留作己用。
说完她的眼眶再次湿润，
只因那儿子对娘亲的孝心。

幻化郎看到后隐隐不安，
却又说不出不安的缘由。
这本是温馨感人的画面，
可他偏觉得是舞台表演。
他反复琢磨每一个表情，
又似乎确实是真情流露。
幻化郎摇摇头独自走开，
觉得自己过于疑神疑鬼。

第114曲　迷魂

老太太还有一个闺女，
长得花容月貌美丽无比。
她的发丝柔顺很像绸缎，
她的身段婀娜犹如杨柳，
她的声音婉转如百灵歌唱，
她的温柔能融化百炼之钢。
她一见流浪汉就笑颜如花，
大眼睛汪出一波波涟漪。
那涟漪荡啊，荡啊，
荡出流浪汉满心的甜蜜。

她听他讲天上地下的故事，
他讲得滔滔不绝得意忘形，
她听得聚精会神痴迷不已，
当她向他投去崇拜的眼神，
他顿时就显得气吞山河。

这感觉在生命中前所未有，
他因此才发现了人生的美妙。
他从前活得像一块破布，
从身到心都软软塌塌，
被人肆意欺辱如同野狗，
四处流浪没有一点尊严。

那时并没觉得有多低贱，
他依旧是满心的快乐安详。
然而这里的生活让他有了对比，
感觉从前的活法如蛆虫在粪坑。

在这里他忽然得到了尊重，
还有美丽的姑娘对他的崇拜。
他浑身的骨头都开始轻飘，
更有一种气流在体内膨胀。

那股气胀直了他的腰杆，
那股气胀硬了他的表情，
那股气胀出了他的自信，
那股气胀酥了他的灵魂。

于是他昂首挺胸地走路，
还开始整理自己的仪容。
从前的破衣早就扔掉，
穿上了整洁衣衫容光焕发。

不记得故事是如何开始，
流浪汉与姑娘渐渐亲密。
再后来两人坠入了爱河，
整日里卿卿我我花前月下。

流浪汉尝到了爱情的滋味，
那是人间醇美的佳酿。

在那姑娘的柔情蜜意里，
天空也变得五彩缤纷。
每一口呼吸都带着迷醉，
每一个细胞都欢快跳动。
他把自己烧成了熊熊大火，
又在大火里融化了身心。
他想变成空气包裹了美人，
他想变成金刚永远地守护。
他从一条野狗变成了猛虎，
他像一根枯木长出了新枝。
那是生命最美的蜕变啊，
他那呆傻如石的心中，
甚至涌出阵阵的诗意。
他情不自禁地赋诗一首，
以宣泄内心浓浓的甜蜜——

"啊，姑娘，姑娘，
你是我心中的太阳。
你放出万丈光芒，
把我从寒冷里拉起。

啊，姑娘，姑娘，
你是我心中的月亮。
你静静地挂在夜空，
是那样地美丽和神秘。

啊，姑娘，姑娘，
你是我心中的星星。

到处都是眨动的眼睛，
在我心里不停地晃动。

啊，姑娘，姑娘，
我为你变得疯狂。
我只想紧紧抱着你，
化成两个相拥的石头。"

流浪汉心旌荡漾幸福无比，
他觉得这村落就像天堂，
给了他梦寐以求的生活，
他只想永远待在这里。

在一个月朗星稀的夜晚，
流浪汉情不自禁说出想法。
他说想跟姑娘永不分离，
问她是否愿意和自己同行。

姑娘却眨着美丽的眼睛，
说："你个呆子，那路上风刀霜剑，
何不索性留在这个村落，
我们度过幸福平凡的一生。"

流浪汉一听产生动摇——
那逃亡的路途有狼有虎，
那逃亡的岁月没有尽头，
即使有情深如幻化郎者，
也抵不过此刻阿妹的蜜意。

那美人的怀抱软玉温香，
那美人的香吻热辣似火。
那美人的眼眸盈满秋水，
那美人的柔情销魂蚀骨。

他想谁要革命叫他们革去，
他的梦想是爱情的甜蜜。
谁要想普度众生叫他度去，
他的正果是眼前的女子。
他经历了那么多的流浪之苦，
早渴望享受这温柔之乡。

于是他常常找到幻化郎，
支支吾吾欲言又止。
眼神也开始有了躲闪，
再也不是那单纯的孩子。

当爱情的洪流席卷而来，
他甚至学会了旁敲侧击。
他对幻化郎说这村子无比安适，
想在这里多待些时日。
又说阴阳城也没啥好处，
到处是白眼和冷漠的人儿。

幻化郎知道他心中所想，
若真是好地方倒也无妨。
让流浪汉平安地度过一生，

总好过跟随自己四处逃亡。

然而他总是感到一丝诡异,
心中的直觉让他毛骨悚然。
村民影影绰绰没有质感,
虽然热情和善却没有温度。

他感觉那些热情别有用心,
都像是为了迷惑流浪的人儿。
但幻化郎找不到任何证据,
他只能在猜测中提起警觉。

幻化郎心中发急但无济于事,
只好一次次询问那修路的进展。
已过了七天仍不见开通,
都说不急不急有的是时间。

他们的表情从容又淳朴,
一如那村子的缓慢悠闲,
幻化郎也不好过于催促,
只能时刻防范意外发生。

这一夜流浪汉正品味甜美,
他沉浸在美人的温柔之乡。
他的眼睛里盛着满满的笑意,
那略显丑陋的脸上,
也像盛开了一朵春花。

老太太送来了一盘雪梨，
看着流浪汉无比慈祥。
她已把流浪汉当成了女婿，
每一条皱纹都盈满欢喜，
拉着他的手嘘寒问暖，
然后颤巍巍地走出房间。
梨子们静静躺在盘子里，
一个个晶莹又芳香。
流浪汉欢喜地拿一个送往嘴边，
不料被人突然打落在地，
却见原来是幻化郎。
他一脸惊骇从屋外闯了进来。
他说见流浪汉送向嘴边的梨，
竟然成了淌着血的心，
他心中连叫不妙，
这才有了方才失礼的行为。

流浪汉心头火起连连质问，
幻化郎如实相告苦口婆心。
流浪汉却坚持自己绝不相信，
他说明明是雪梨哪有啥人心。
幻化郎再看那地上的物什，
确实是雪梨晶莹如水晶。
他捡起它，嗅一嗅，
那质感香味都不似伪装。
他怀疑自己过于紧张，
出现了幻觉而不自知。
但心跳的速度越来越快，

身上的汗毛也根根竖起。
这种直觉绝非空穴来风，
它比眼见耳闻更加真实。

于是他提起警觉之心，
半夜里起身偷偷观察老人。
只见她吃得饱睡得香并无异常，
村子也是一片静谧似无异象。
一切都完美得像是画皮，
平静中却似有暗流翻滚。
周遭一切都像龙潭深不可测，
让人感觉迟早会有意外发生。

幻化郎想此地不宜久留，
随即决定不等山路开通，
要和流浪汉翻山越岭离去。
流浪汉的神色十分慌张，
仿佛听到催命的咒子。
他先是坚定地拒绝，
又推三阻四地寻找借口。
说这儿都是悬崖绝壁，
虽然看起来倒像平坦，
一旦失足就会粉身碎骨。

幻化郎没有确凿的证据，
无法说服流浪汉相信此地的凶险，
又不能将他独自扔下，
只好留下来继续观察。

幻化郎暗中跟踪流浪汉，
以求能保护他的安全。
老太太每次塞给流浪汉零食，
幻化郎都会巧妙地婉拒。
那流浪汉眼中寻常的食物，
在幻化郎眼中都是内脏。
老太太只是尴尬地讪笑，
并没有流露任何敌意。
倒是流浪汉很是不满，
他责怪幻化郎没有礼貌。
他甚至开始躲避幻化郎，
想独自接受村人的善意。

幻化郎见流浪汉疏远了自己，
他忧心如焚而又无计可施，
他只好继续观察继续留意，
想要揪出村子隐藏的秘密。

他仔细地走遍每个角落，
反复观察村子的细节。
他感到村里人虽当面和善，
但背后总会阴阴地盯自己。
那感觉像是有冷风刮过，
让他的肌肉阵阵发紧。
他甚至会突然转身，
看那村民的表情变化。
但依旧没有任何异常，
人们还是满脸和善的笑容。

幻化郎再次提出要离开时，
姑娘也直说不可不可，
还说这个村庄与世隔绝，
连通外界的只有那一线山路。
此外大多是悬崖峭壁，
更有无数猛兽在环伺。
她的表情无比真诚，
眼中的善良也自然流露，
似乎真的担心他们安危，
丝毫没有做作的样子。

流浪汉感到又是怜爱又是心疼，
更被温柔体贴融化了骨髓。
那姑娘的眼睛单纯美丽，
还散发着柔情的波光笼罩自己。
她美丽而又聪慧，
她真诚而又善良。
她的爱是他生命的养分，
他相信因了她的爱，
他的生命会焕发出异样的光彩。
流浪汉感到浑身阵阵酥麻，
恨不得立刻拥她入怀。
有这样的美人关心自己，
他便是死去也心甘情愿。

幻化郎见状却更加焦虑，
他知道流浪汉已经迷失。

于是他故意显现出怒容，
对着那姑娘恶声恶气。
他想激怒这花容月貌，
让流浪汉看清真实面目，
不要再沉迷于虚假美色，
从这险恶之地及时抽身。

然而那姑娘依然平静，
她的脸是沉睡的湖是镜面，
她不嗔也不怒。
她只是静静地望着流浪汉——
她不过是一片真心，
她不过是想挽留心上的爱人。
她用眼睛向流浪汉说话——
诉说着她的关心和不舍，
诉说着她的哀怨和无助，
更有知道要分离时的慌乱。
这些情感都交融在她的眼神里，
只一眼，就给了流浪汉致命的一击。

流浪汉只感觉浑身炸裂，
一股气流从胸口冲上脑门。
他的大脑中嗡嗡作响，
每个毛孔都有电流在激荡。

他冲上前去质问幻化郎：
"你的慈心在哪儿，悲心又在哪儿？"
他斥责他善恶不分好坏不辨。

他还质问他，众生如母为何恶语相加？

愤怒之下他面孔扭曲，
指着幻化郎鼻子责骂。
他手脚挥舞着，
脸也红了脖子也粗了，
竟似要跟幻化郎动手打架。

姑娘笑盈盈反而劝和，
说兄弟间不要伤了和气，
有事情可以好好商量，
总会有一种解决的办法。
幻化郎也不多做解释，
他索性把恶人做到底。
他想强行带走流浪汉，
不让他在这险恶之地滞留。
于是他冷着脸不搭不理，
只催促流浪汉收拾行囊。

那流浪汉也犯起了犟劲，
索性向幻化郎表明心事：
他将在黄道吉日迎娶美人。
他半生漂泊半生流浪，
他倦了他的漂泊也怕了他的流浪，
如今他已找到自己的幸福，
他将义无反顾勇往直前。

幻化郎连说不可不可，

婚姻大事非同儿戏，
萍水相逢莫要当真。
流浪汉却心意已决，
他牵起身边的那只纤手，
割袍断义般果断离去。

此生有她，三世造化。
流浪汉觉得天地已融化，
牵起她的手，就牵住了
他身为男人一生的幸福。
那双纤手柔若无骨，
那是一种销魂蚀骨的绵软，
它能激起他男子汉的刚毅，
他愿为了它被整个世界唾弃。
他愿保护它，生死相依不离不弃。
更希望永远沉浸在温柔乡，
让这种美妙能地久天长。

村子变得像过节一样喜庆，
流浪汉幸福得如在梦里。
他整天吟唱着未名的歌谣，
他穿上姑娘为他缝制的新衣，
他束着姑娘为他织就的腰带。
他的周围到处是姑娘的印记，
他幸福得恨不得飞上天空。

他的脚步无比轻盈，
他眼中的世界充满芬芳。

他觉得鸟儿在歌唱，
他觉得风儿在起舞，
他觉得虫儿在伴奏，
他觉得花儿在鼓掌。
那姑娘的笑容仿佛太阳，
温暖了流浪汉整个身心。

幻化郎见流浪汉如此幸福，
明白他已陷入魔桶。
他焦急无奈，却也羡慕——
爱情的美酒谁不想饮？
爱情的甜蜜谁不想尝？
甚至他也想找个女子陪伴，
人生就应该及时尽欢。
如果不是那些人居心叵测，
哪怕流浪汉一直活在谎言中，
只要他快乐也没什么不好。

好在幻化郎马上提起警觉，
用正念之力窥破虚幻，
否则就连他自己，
也会沉醉在这个舒适的幻境。
如今眼看着好兄弟日渐沦陷，
他没有任何办法，
他只好祈请奶格玛加持。

却不料初时并无感应，
那祈请的心光如泥牛入海。

一晕晕信息波动虽射向虚空，
却没有任何连通的回应。

这一下幻化郎大为惊骇，
他脸色骤然变得煞白。
只觉得心跳如战鼓擂动，
隐隐约约发现了问题。

于是他安住于明空之心，
梳理脑中的乱麻寻找线索。
又打开造化系统观察此地，
依旧是寻常得仿佛静止。

他先是陷入了迷茫之中，
总觉得答案呼之欲出。
却又隔着迷雾朦朦胧胧，
让他抓不到飘忽的灵感。

这时地上爬来一只小虫，
突然它掉进了一个窟窿。
左爬右爬都在洞里打转，
幻化郎大叫一声原来如此。

他找到了问题的关键——
自己进入了某人精心设计的结界。
那结界能遮罩所有信号，
无论是造化系统还是祈请，
都无法与法界的网络连通。

如同监控的画面被定格，
虽然看起来毫无异常，
其实早已断开了网络。

于是他再看那村庄布局，
发现果然有玄妙的构造。
看似散乱随意的花草木石，
其实都按特定的方位摆设。
整个村庄就是个迷魂大阵，
难怪进入其中会感觉阴冷。

幻化郎迅速找到了阵眼，
那是一处废弃的房屋。
他进到屋里再行祈请，
果然收到了奶格玛的回应。

在内心的一片空寂明朗中，
奶格玛现身盈盈而笑。
她说："我的孩子切莫惊慌，
这一切只是幻术在作怪，
一切都是巫师的游戏。
他只想迷了行者的心智，
让他沉睡在温柔乡里，
好为他们的追踪争取时间。
那后面的杀手们正在赶来，
一阵阵脚步像催命的战鼓。

"我儿当窥破这虚幻的假象，

用强力使伙伴一起觉醒。
必要时可动用暴力行为，
菩萨也会广行杀度。

"只因他的心中已盛满温柔，
一般的规劝已不起作用。
菩萨心肠也可用霹雳手段，
让迷途的行人走上正途。

"只要心中窥破了虚幻，
就不用怕路上有无穷歧路。
所有的终点都是故乡，
所有的旅途都是归途。

"儿呀，往前行，莫踟蹰。
当拔出慧剑斩断情丝，
当动用金刚力撕破罗网。
必要时可以有雷霆之怒，
无须怕伙伴埋怨于你。
只要他日后明白了真相，
他就会对你感恩戴德。
去吧去吧，莫犹豫，
去拔出深陷泥中的迷人。"

说罢奶格玛化作一缕光明，
消失在幻化郎的明空之境。
幻化郎泪如泉涌感恩师尊，
这番开示让他拨云见日。

他之前一直想劝说流浪汉，
从没想到可以用强制手段。

幻化郎终于有了底气，
急匆匆走出了阵眼之屋。
他捡起一根木棍催动了脚步，
在村子里四处寻找流浪汉。

正当幻化郎找寻流浪汉时，
突然两个村民挡住了去路。
他们的脸上依旧堆着笑，
但幻化郎早已窥破了幻象。
什么和善的村民？
不过都是些巫师的傀儡。
他们只是木偶，
他们没有思维。
他们的热情
不过是表演的产物。

看啊，他们终于撕去了面具，
他们终于不再伪装。
他们手拿绳索和武器，
他们瞪着幻化郎。
窥破虚幻的幻化郎不再惧怕，
他冲上前去与他们搏斗。
但奇怪的事发生了，
他挥着手臂却没有力量，
他踹着腿脚却力不从心。

他莫名感到双腿一阵阵发软，
手臂也仿佛有千斤之重。
眼前的世界疯狂转动，
他感到强烈的头晕目眩。

他在心中暗暗吃惊：
他经历丰富战斗多次，
虽然算不上骁勇却也坚韧，
今晚怎会如此这般孬种？
他一边抵抗一边思索，
原来他起初放松了警惕，
吃了村民诸多的食物，
这食物也被人施了咒力。
那傀儡一念咒咒力启动，
幻化郎便立刻陷入迷乱，
挣扎了几下就倒在地上。
然而他尚存微弱的意识，
迷糊中他感觉上下颠簸。
随后被冰凉的气息覆盖，
一阵阵黑风淹没了自己。
他想控制心风摄取能量，
却感到那黑风忽然增强，
很快吹灭了明空之烛，
幻化郎陷入彻底的昏迷。

待到他醒来时已在山洞，
有几条铁链锁住了四肢。
天也昏地也暗不见日月，

不明白这时候是何时辰，
也不知流浪汉是否已成婚，
更不知诸杀手是否靠近。

幻化郎感到阵阵头痛，
冰冷的气息深入骨髓。
慌乱和恐惧也纷纷涌动，
像气泡不断冒出水面。
幻化郎顿时生起了警觉，
安住于明空稳定情绪。
经过了之前的生死大战，
他已能保任真心处变不惊。
他想分出幻身解除这困境。
却发现铁链上贴满了符咒，
这符咒发出了一阵阵黑气，
吹得他莫名其妙陷入焦躁。
心也浮气也躁能量难聚，
心不明气不聚便难生幻身。

幻化郎试了几次都没效果，
便只能干瞪眼无计可施。
忽然他发泄般甩动铁链，
瞬间他再一次精疲力竭。

幻化郎顿时感到万念俱灰，
他下意识地祈请奶格玛师尊。
祈请了半天却不见显现，
只听到山洞里水珠在滴滴答答。

于是他陷入深深的绝望，
昏惨惨好似大厦将倾。

但他并没有沉溺太久，
不一会儿他便提起心神。
这种心理素质来自实修，
也来自之前的生活历练。
他用力思考脱身的办法，
却发现没有任何可能。
人为刀俎我为鱼肉，
徒劳挣扎只会白费力气。
索性听之任之见机行事，
于是他开始闭目养神。
放下了诸般强求与挣扎，
他的心中反而无比坦然。

忽然间眼前一片大亮，
寂天仙翁竟然现身。
幻化郎怀疑出现了幻觉，
晃了晃脑袋又眨眨眼睛。

寂天仙翁知道他心中所想，
说情况紧急只能边走边说。
随后持密咒撕去了黑符咒，
再用三昧真火把它们烧光。
又解开了铁链救出幻化郎，
给他注入了法界能量。
幻化郎顿时感到一阵轻松，

尝试调用法力已畅通无阻。

幻化郎跨出了幽暗的山洞，
绝处逢生的喜悦涌上心头。
寂天的出现更令他惊讶，
但他知道情况紧急不容多谈，
于是抱拳向寂天仙翁致谢，
随后二人便赶回村落解救迷人。

路上寂天简单地解释了一番，
说上次他们攻打黑城堡，
自己也被吸入了时空裂缝。
当时只觉得身心欲裂，
有凌厉的大风撕扯自己，
生命能量也迅速流逝，
很快陷入昏迷人事不省。

等到醒来时发现身处异地，
幻化郎和流浪汉都不见踪影。
自身的能量也所剩无几，
勉强支撑了身躯艰难前行。
随后找到一处隐秘的所在，
闭关修炼恢复元神之力。
他说最近一直都在闭关，
已经成就了诛咒之术。
此行也是遵奶格玛密令，
前来救援幻化郎一行。

幻化郎既感恩师尊的顾念，
又惊喜与寂天仙翁的重逢。
有了这强力伙伴的加入，
他找回了当初的激情，
仿佛时光倒回黑城堡之战，
他心中又涌出了万丈豪情。

两人一边说话一边疾行，
忽然听到阵阵热闹的声音。
原来那婚礼已开始进行，
诸村民猜拳行令连天喜庆。
流浪汉和新娘被众人簇拥，
鞭炮和锣鼓的声音震耳欲聋。

可是新郎却并不高兴，
他赤红了脸沉默不语。
他虽然已经喝出了醺醺醉意，
却没有兴高采烈的表情，
反而是满脸的失落和寂寞，
与周围的喜庆气氛格格不入。
新娘善解人意知他所想，
告诉他幻化郎已离他而去，
只留下他跟自己成亲。
幻化郎临走前还留下祝愿，
说他尊重流浪汉的选择，
希望好兄弟能终生幸福。
还说他将专心闭关修行，
前往僻静之处不问世事。

流浪汉听完新娘的转告，
并没有展开紧锁的眉头。
虽然这也是一种幸福，
但他总觉得失信于人。
他想到前几次被幻化郎相救，
供衣服供食物胜似亲人，
这次自己却被丢在陌生村子，
一阵阵失落涌上心头。
看着那些村人喜庆的面孔，
流浪汉更生起怅然之情。
心中闪过从前的种种画面，
不由得举起酒杯借酒浇愁。
多希望幻化郎能一起留下，
至少能喝一杯自己的喜酒。

正在流浪汉惆怅之际，
突然间闯进来一个老头。
他长须长发怒目圆睁，
举了宝剑追杀村人。
四周顿时响起阵阵怪叫，
阴风四起犹如鬼怪聚集。
村人们与老头打成一团，
竟然一个个都武功高强。

那老头的功力更加深厚，
挥动宝剑泛起点点寒光。
那宝剑杀人时不见血光，

原来中剑者非人非鬼全是傀儡。
他们呆若木鸡停止了行动，
都成了一页页符纸摇曳风中。

流浪汉见此变故却还不清醒，
下意识地护在新娘身前。
他只想保护自己的女人不受伤害，
竟没认出那面熟的老头便是寂天。
他一脸凛然地站在原地，
握紧了双拳准备迎战。
身后的新娘让他力拔河山，
心中也涌动着男儿之气。
却不料那新娘突然现出原形，
她原来是一个食肉夜叉。
她头大如斗张着血盆之口，
牙缝里还塞着缕缕肉丝，
口中喷着恶臭之气，
如腐肉似臭粪十分冲人。

她一把揪过了新婚夫君，
吓得那流浪汉没了三魂。
本以为这女子是销魂佳人，
没想到她竟是食肉夜叉。
更被这突然的变故吓傻，
只觉得大脑一片空白，
体内仿佛炸开一团烟雾，
五脏六腑翻江般搅动，
双腿也像面条没了气力。

他魂飞魄散毫无反抗意识，
任由那夜叉将他抓起。

这夜叉挟持流浪汉夺路外逃，
寂天和幻化郎全力追踪。
两人持咒语堵住她逃路，
观出火团向她猛烈砸去。
那夜叉被砸得嗷嗷惨叫，
巨兽般的身躯疯狂扭动。
她知道抵不住两人的攻击，
绝望下想先杀掉转世空行。
于是她张开了獠牙大口，
那指甲长可盈尺犹如利刃，
也对准了流浪汉咽喉正中。

幻化郎见此时情况紧急，
脑中如电光石火般闪出对策。
他使出移神换将之术，
将那山石替代了人身。
夜叉并未发觉变故，
将指甲插入流浪汉喉中。
其力大势猛如同闪电，
那眼球血红好个狰狞。
却不料流浪汉已被顽石替代，
长指甲被折断魔血淋淋。
这时寂天跨一步上前，
揪住其琵琶骨施以诛法。
于是将那夜叉化为污血，

再持咒超度至文殊秘境。

这一战终于风云止息，
四周的阴风也一扫而空。
幻化郎满身都是冷汗，
在原地坐下来不停喘息。
刚才的情势无比惊险，
饶是他已身经百战，
也依旧感到阵阵发虚。

再看那流浪汉也在发抖，
脸色惨白还没有回神。
只感到大脑被霹雳炸开，
一片空白里还有万般恐惧。

幻化郎上前拍拍他肩膀，
过了片刻他才渐渐平静。
看着地上的污血他表情复杂，
似乎想伸手却又不敢靠近。
随后又呆呆看着幻化郎，
眼中充满了痛苦和怀疑。
那喜庆的婚礼尚在眼前，
那欢声笑语犹在耳边，
那新娘的温存还在萦绕，
转眼却化作一地的污血。

流浪汉对这变故难以释怀，
目瞪口呆中叹息声声。

既后怕自己前番遭遇，
又可惜这一个美貌佳人。
一会儿说便是夜叉也风流，
一会儿又怀疑寂天用幻术害人。

寂天闻言冷笑着不语，
他不屑对流浪汉解释。
幻化郎在旁好言相劝，
流浪汉仍是满脸狐疑。

这时候难辨真也假也，
倒是那村子露了原形。
那诸多的房屋都是剪纸，
那诸多的村人也是纸人，
那诸多的美食原是腐尸，
那诸多的珍宝都是石头。
只有阵阵冷风卷过荒漠，
裹着细沙飘向远方。

流浪汉终于无话可说，
三人继续前往阴阳之城。
一路上他依旧失魂落魄，
所有的温暖都变成凄凉，
所有的美好都化为梦境。
他仍然怀念那温香软玉，
仍然沉溺在爱情的梦中。
他多想永远都不要醒来，
不要回到这冰冷的世界。

他的眼神时而空洞木然，
时而充满愤怒和狂乱。
有时也会闪过一丝温情，
旋即又被痛苦覆盖。
流浪汉心性如同白纸，
他陡然遭遇这种变故，
巨大的幸福消散一空，
不啻于一场灵魂的地震。
幻化郎总担忧他会发疯，
时时在他身边予以开导。

第四十四乐章

各路英雄齐聚阴阳城，是敌是友？杀机涌动。心碎的流浪汉终于开启了空行石，那不可描述的神力，震惊了众人，鹿死谁手，岂能轻易预知？

第115曲　齐聚阴阳城

幻化郎二人之所以遭遇凶险，
原是那巫师在阴阳城外设了傀儡。
他用黑咒布下迷魂大阵，
想把幻化郎等人迷死在其中。
一切原本进展顺利，
他以为不费一兵一卒，
就可立下不世之功，
于是一直在观察法界静候佳音。
却不料感应到傀儡相继被灭，
他自诩完美的计划骤然流产。
但也因此掌握了幻化郎的行踪，
可以提前酝酿一个新的阴谋。
他想幻化郎身为名门弟子，
修为极高决不能掉以轻心。
同时他还感应到威德郎之意，
知道对方近日也会进入阴阳城。

巫师心头一阵狂喜，
暗自感叹真是天赐良机。届时，
重要对手将一齐汇集于此，
只要设置好陷阱便可一网打尽。
若是他协助国王平定天下，
何愁一生不能富贵荣华。

他那双小眼睛笑成了缝，
山羊胡须也跟着上下抖动。

于是他立即禀告国王，
欢喜郎闻讯又喜又忧。
喜的是能进行斩首行动，
忧的是对方会人石合一。

为此欢喜郎派出了黑衣行者，
他们武功高强智慧超群，
他将亲自带领他们，
完成这艰巨又光荣的任务。

巫师又在身边偷诵黑咒，
以增盛欢喜郎的欲望。
欢喜郎没有察觉内心的波动，
他一路上都在谋划此次行动。
他的欲望之火正在爆燃，
他的眼中已没有了其他生命。
他觉得万事万物皆是工具，
生死衰荣任由他操纵摆布。
这就是帝王的成就感。
帝王的心中没有百姓，
他眼中的百姓就是他的地盘。
地盘越大成就感越大，
他才不管百姓要付出怎样的代价。
他只想用一战平定天下，
从此登上世间的顶峰。

他根本不知道，
自己也只是巫师的棋子——
看，那巫师正催动着黑咒，
黑咒牵动的木偶，
便是那不可一世的国君。

幻化郎继续前往阴阳城，
一路上仔细照顾着流浪汉。
流浪汉受到了强烈的刺激，
始终没从那噩梦中走出。
只见他的眼神时而呆滞，
时而又搅动着狂风暴雨。
对幻化郎的开导毫无回应，
兀自在自己的世界里沉浮。

幻化郎见状便一路絮叨，
他百折不挠地劝流浪汉看破放下。
寂天却摇摇头表示否定。
他说爱的创伤除了爱可以复元，
最好的灵药就是时间——
时间可以让种子发芽，让落叶成泥，
也会让光洁的额头变成纵横的沟壑，
更能让沧海变桑田，
让所有的一切都成为过去。
那些自以为天大的事情，
几年之后就会成为虚幻。
到了那时，你啥都不说，
他也自然会放下。

幻化郎闻言也开始沉默，
他相信时间是最好的良药。
地面重复着单调的脚步声，
头顶回旋着凄清的雁鸣声。
日子就这样一天天过去，
几日之后便到了阴阳城。
刚入城门幻化郎顿时汗毛直竖——
眼前的城池虽然平静，
一派安居乐业之景象，
可他却觉得这里比迷魂村
更加诡异更加危险。
仿佛到处有潜藏的杀手，
仿佛到处是窥视的眼睛，
城中充溢着阴森气息，
于复杂之中潜藏着危机，
有多种势力在暗中涌动，
仿佛无数暗箭瞄准自己。

幻化郎不由皱起了眉头，
一次次凶险一次次大战，
心弦已经绷紧到极致，
他全身心地感到厌倦。
他甚至有些怀念迷魂村，
在那里尚且有过片刻的放松，
疲劳的身心还可以得到休息，
而眼前这阴阳城，
处处是漩涡，处处是陷阱。

若是留在这里，
他连眨一下眼都会感到危险，
谈何放松，又如何休憩？

于是三人退出了阴阳城，
到城外的尸林里暂时躲避。
那尸林平时人迹罕至，
一阵阵阴风好个恐怖。
尤其是到了夜晚，
四周弥散着点点鬼火，
还有野狼野狗的低吼，
还有老人苍老的咳嗽，
还有飘忽不定的黑影，
更有令人发呕的腐臭。
流浪汉仿佛受到了刺激，
情绪变得更加不稳。

幻化郎也开始心生不安，
他在心中持续地祈请师尊。
想请师尊指条脱险的路，
奶格玛却始终没有现身。

寂天仙翁正在闭目打坐，
感应到幻化郎的祈请心念，
便睁开眼睛告知了原因，
原来是奶格玛正修虹身。
修虹身不比其他的修行，
需要耐心需要光阴，

需要点点滴滴地积累。
这时来不得半点投机，
需要将色身完全化光，
需要消净粗重的肉身，
需要完全地没了我执，
需要心气自在于终身。
要中之要是隔绝外缘，
不能有丝毫的能量干扰。

幻化郎听罢忽然好生奇怪，
师尊不是早已成就了虹身吗，
为何又在闭关专修虹身？
他想向寂天仙翁询问详情，
又觉得像在怀疑师尊的证境。
于是硬生生收回了嘴边的话，
低头犹豫到底问是不问。

寂天仙翁有无碍神通，
当然知道幻化郎的念头。
于是他主动解释了其中的奥秘，
还叫他分清幻身和虹身。
奶格玛以前证得的是幻身，
它是心气自在的产物，
幻身可离开肉体行动，
但行者仍有粗重的肉身。
奶格玛虽然有轻盈的天身，
但天身仍然是人天之福。
她需要进一步转化色身，

将色身转成大迁移身。
这大迁移身也是不生不灭,
望之有形触之无物,
它是永恒不变的本体,
色不异空空不异色。
其形态有一点像那彩虹,
但远比天人的虹身精密。
红尘的行者若想修虹身,
需要经年累月地闭关,
奶格玛则相对容易,
因为她没有粗重的肉身。
那本有的天身依托于天福,
天福享尽天身便堕落,
若是修成了大迁移身,
就超越了福罪的二元对立,
纵使那宇宙爆炸六道消散,
这大迁移身也永远不灭。

幻化郎一听心生向往,
师尊并没有说过这类秘密。
原以为自己的幻身已经殊胜,
谁知还只是途中的风景。
修行中很多事都要保密,
在因缘未到时既不能泄露,
也不能主动向对方打探,
这同样也是一种禁忌。

于是他精进地闭目打坐,

心中继续祈请师尊的加被。
阴阳城里已经危机四伏，
威德欢喜两国更不能去。
流浪汉像身怀重宝的孩童，
早已引起各方势力的觊觎。
幻化郎正处于无奈焦急时，
忽然收到胜乐郎的信息。
他又用脑波传来了声音，
那声音在幻化郎身内响起。

那所在是行者的娑萨朗净境，
位于心口稍下的部位，
那是修持的玄关一窍，
它能总摄五轮又相对独立。
它是容纳百川的大海，
也是不坏明点的营地。

那净境响起胜乐郎的声音，
像静水荡起了阵阵涟漪——
欢喜郎已带人前往阴阳城，
威德郎也气势汹汹有备而来，
阴阳城已成了凶险的漩涡，
幻化郎呀幻化郎，
速速去卢伊巴的寺院避难。

他还告诉幻化郎，
他已和卢伊巴飞鸽传书，
告知了大家的处境。

卢伊巴愿意提供暂住的地方，
作为他们的避风港。

幻化郎感恩胜乐郎的相助，
又带上流浪汉返回阴阳城。
一路上他心中暗叫倒霉，
不停在各种漩涡里折腾。
他想等这场风波过去，
定然要放下万缘避世清修。
否则白白耗费了宝贵生命，
更被那些麻烦惹出无穷烦恼。

再看流浪汉依旧迷迷瞪瞪，
神色间显得更加失常。
幻化郎不由得焦虑烦躁，
真想一脚向他踹去，
用霹雳手段震醒他的美梦，
让他回到这现实的世界。
寂天仙翁却说不可不可，
一个人精神不稳定时不可再刺激，
只能用调柔的方法慢慢疏导。

幻化郎只好放弃了这想法，
又觉得心中有一股怒气。
也不知是因流浪汉发怒，
还是因连番的遭遇发怒。
总之那怒气来得莫名其妙，
在他的身体里左冲右突，

总想找个发泄的出口，
于是他踢碎了一块石头。

走了一阵他又生烦恼——
他不愿与陌生人攀缘，
从小就有自闭的性格，
又长期独处躲避追杀，
他总是喜欢独自行动，
不愿张口向他人求助。
他觉得拉不下来脸面，
也会给别人增添麻烦。

他与卢伊巴并不相识，
此时却要投靠他的道场。
身边还带着一个流浪汉，
这可是一颗重磅的炸弹。

他担心卢伊巴会不同意，
就算同意也会十分勉强。
他还有一种莫名的愧疚，
觉得把别人拖进了泥潭。
更有一种求人的忐忑，
觉得要看别人脸色很是难受。
然而事到如今已走投无路，
只能硬着头皮向卢伊巴开口。

幻化郎仿佛被负能量包裹，
觉得最近违缘重重。

于是他没走出几步，
又踢飞了路边的一块石头。
脚趾的疼痛传入大脑，
让他暂时从烦躁中抽离。

进入阴阳城后他们暂时躲藏，
夜间才潜入卢伊巴的道场。
幻化郎第一次见这位大德，
却觉得有种清净柔和的气场非常熟悉。
胜乐郎身上也有这种能量，
那是内证功德的临在磁场。

幻化郎又仔细观察卢伊巴的样貌，
见他身材高大却十分调柔。
他出身皇家气度自然高贵，
言行举止都十分庄严。
尤其是双眼饱含着慈悲，
与他对视便会被融化。
这让幻化郎不再拘束，
就像沐浴在和煦阳光中般的放松，
没有一丝隔阂，也不需要防备。
他心想卢伊巴不愧是一代大德。
于是他礼貌地说明了来意，
请求卢伊巴提供避难之所。

卢伊巴自从收到消息，
就一直在左右为难。
他本不想介入政治，

尤其不想蹚这浑水。
他知道政治是危险的游戏，
真正的修行人应当远离。
一旦卷入便会万劫不复，
白白耗费宝贵的人生。

更何况那流浪汉身怀异能，
好几方势力都虎视眈眈。
他牵扯到天下大势的走向，
必然会招惹无穷的麻烦。

然而卢伊巴更清楚，
这三人已没有别的去处。
更让人担忧的是，
若是流浪汉落入他人之手，
不管那他人是欢喜郎还是威德郎，
人间都会卷起腥风血雨。

修行人虽然提倡避世，
但也必须有慈悲的担当。
事到如今也只能接纳，
让他们暂住以躲避难星。

卢伊巴脸色平和地请他们入内，
并没有显出左右为难。
他同意给三人安排住所，
并特意嘱咐他们一定要低调。
卢伊巴的雪中送炭，

让幻化郎心生感恩。
幻化郎本来心提到嗓子眼,
他平生最怕遭到别人的拒绝。
谁都知道流浪汉是烫手山芋,
收留他就会给自己招来麻烦,
他想若是卢伊巴不情不愿,
自己定然不会强人所难。
就算带着流浪汉东躲西藏,
也好过寄人篱下看人冷脸。
好在卢伊巴并没有显出一点为难,
淡然同意了他的请求。
同样没显出太大热情,
仿佛一切都是过眼云烟。

这让幻化郎十分敬佩,
在他看来,
卢伊巴像一座巍峨的雪山,
有种举重若轻的大无畏,
更有种天地大道的默然。

幻化郎谢过了卢伊巴,
三人住于寺院一偏房。
平时深居简出避人耳目,
期望能躲过这一场风雨。

转眼已过了好些时日,
流浪汉却仍处于呆滞状态。
对这个流浪已久的新郎来说,

这一场变故实在太大。
云端上的他被一棒打晕，
已经完全迷失了方向。
其实他只要认真想想，
便会明白这事有点儿荒唐。
哪有那样美貌的女子，
会钟情于一个憨傻的流浪汉。
但他已完全失去了理智，
根本不愿意接受现实。
他仍然沉浸在梦幻里，
回味着少女美丽的容颜，
还有那销魂蚀骨的柔情，
还有那软玉温香的怀抱，
还有那贴心贴肺的温馨，
还有那你侬我侬的浪漫……

那是他人生最美妙的经历，
转眼却化作一摊污浊的血水。
他多想挡住时间的车轮，
将一切永远定格于那个月光下的夜晚。

那个夜晚风儿拂过她的发丝，
星星为她披上轻柔的外衣。
她全身笼罩了圣洁之光，
看起来仿佛天上的仙子。

两人躲到一个隐蔽的所在，
紧紧拥抱着耳鬓厮磨。

还低声呢喃着许多话儿，
情到深处泪水落成珍珠。
那珍珠在两人的口中滚动，
唇齿间都溢满香甜的气息。
他们将彼此揉进了心里，
发誓海枯石烂永不分离。
他坚信那姑娘深爱着他，
哪怕她是个夜叉也是真情。
那心与心的碰撞没有虚假，
他能感受到对方的滚烫。

哪怕是最后她想杀他，
也无非是要和情郎同归于尽。
若能死在挚爱之人的手下，
又何尝不是人生一大乐事。
就让那大火熊熊烧起吧，
他要抱着自己心爱的女人，
在火海中化为缕缕灰烬。

想到这，
流浪汉不由自主地溢出眼泪，
涓涓的泪水汇成了河流，
河流又迅速变成汪洋大海，
海里有个美丽的夜叉姑娘。
因此流浪汉心神恍惚，
还总是做些怪异的动作。
这心魔于是引来外魔，
更招致了诸多不祥。

一种是法界的负面能量，
一种是人间的鹰爪密探。
卢伊巴的寺庙里便怪事频出，
幻化郎等人的处境也日渐艰难。

尤其是三人入住寺院之后，
总有不祥之事接连发生。
有些弟子在夜晚受伤，
但其原因却查无所获；
另有一弟子在练功时入魔，
疯魔中堕入寺院后的深渊。
于是卢伊巴的弟子开始不满，
大家都在背后议论纷纷。
更有恐怖的流言随之而起，
说寺里住进了魔的使者。
众弟子的眼神遂充满敌意，
还有些外道也随之起哄。

幻化郎比过去更加小心谨慎，
平时走路总是低着头。
但即便如此，
他还是感到背后有目光，
像利剑一样刺向自己。

卢伊巴也发觉事态严重，
生起火帐想逼退恶缘。
幻化郎和寂天也一起相助，
或生起火帐或召唤神龙。

熊熊的大火笼罩了寺院，
烧光了法界袭来的恶能。

但火帐只对阴魔有用，
对人间恶行无济于事。
凡是弟子外出的时候，
仍然会受到暴力的袭击。
那袭击的理由多种多样，
有的是外道借机发难，
有的是莫名其妙引发争端，
更有欢喜威德两国的密探暗中生事。

诸弟子终于忍无可忍，
将怒火喷向了幻化郎等人。
他们聚集在三人的住处，
大声斥责三人是魔鬼的使者。
他们勒令幻化郎带着流浪汉离开，
否则就让他们不得好死。
还扔出臭鸡蛋和烂菜叶，
把寺院弄得一塌糊涂。

卢伊巴见状皱起眉头，
这帮弟子一直让他头疼。
无论怎样用心地教化，
总有几个挑事者搬弄是非。
他们虽然也貌似修行，
但眼睛只盯着财色名利。
他们有各种野心和手段，

会联合起来打压优秀的行者。
他们还总能聚起一帮信众，
到处煽风点火制造事端。
这些人才是真正的祸星，
犹如那汤锅里几粒鼠屎。

卢伊巴也知道这些人是什么货色，
但圣者总是不抛弃任何一个。
更何况这也是他的因缘，
他在人间的剧情便是如此。
所以他只能循循善诱，
并不用霹雳手段清理门户。

卢伊巴来到骚乱现场，
制止了弟子们的闹剧。
说诸种现象自有其因缘，
那诸多的不祥虽然可怕，
但本质源于不清净的心。
只要心清净便无不祥，
与外在之物毫无关系。

于是弟子们讪讪地退去，
神色中显然并不甘心，
依旧是阵阵交头接耳，
时时对着三人指指点点。

卢伊巴向幻化郎道声失礼，
说管教无方让客人受惊。

幻化郎见矛盾已经挑明，
便想收拾行囊离开此地。
他觉得宁可流落荒野，
也胜过此时的寄人篱下。

从第一天来他就有这个心结，
觉得自己给对方带来了麻烦。
现在又被众弟子围门辱骂，
他们已没有脸面赖在这里。

卢伊巴连说："不可不可，
外面已经是波诡云谲，
还是先在这里暂避风头，
大丈夫应当忍所不能。
我再对弟子们多行教化，
你也可以借此机会调心。
所谓修行并非神通觉受，
而是应对事物的智慧。
只有经历了事上的历练，
才算真正的证悟究竟。"

幻化郎闻言思谋片刻，
他忽然打通了心结。
前些日子莫名地恼怒，
只想出离红尘避世清修，
现在他终于发现了自己的问题，
原来他已不知不觉落入了偏执。
既然清修的因缘还不成熟，

便要坦然接受当下借事调心。
若看不清这现实而盲目地争取，
反而才是真正的攀缘。

他再次感到卢伊巴证量，
尊一声："大德您智慧圆满。
这番开示让我豁然醒悟，
修正了心态感激不尽。"

卢伊巴闻言呵呵而笑，
说："你可知我从前的经历？
我专吃那鱼肠对治习气，
这些辱骂仅仅是小儿科。"

于是幻化郎继续留驻，
卢伊巴也多加规劝弟子。
无奈众弟子怨气太甚，
总趁着卢伊巴外出之时，
围困羞辱唾星纷飞。
幻化郎与寂天却一直示弱，
借以修忍辱不想引起纷争。

第 116 曲　恶斗

这一日又被众弟子围堵，
搅天的辱骂泼向三人。
流浪汉却突然浑身颤抖，
眼中的狂乱如海啸飓风。
他的表情已极度扭曲，
仿佛内心压抑着火山。
幻化郎叫一声大事不妙，
急忙拉住流浪汉就跑。
却不料刚碰到他的胳膊，
他便崩溃般地吼叫：
"我要让恶魔杀掉所有人，
还要摧毁这污浊恶世！"
那模样十足疯了一般。

这一下如同捅了马蜂窝，
那些人早就等着机会报复。
流浪汉一个火星扔进炸药桶，
立刻惹来众人的拳打脚踢。
幻化郎和寂天也被围攻，
但他们并不能反击暴行。
这些人都是普通的凡夫，
更何况又是这里的主人。

于是众弟子将三人扑倒在地，
一番暴打后又五花大绑，
更把他们关进了禁闭室肆意折磨，
逼迫他们尽快滚离寺庙。

"啊！"只听见一声惨叫，
流浪汉开始疯子般叫嚣。
杀声从他的喉咙里喷涌而出，
他的表情狰狞如恶魔附体，
他的身上涌动着无穷大力。
眼看那绳索就要被挣断，
众人赶紧给他绑上铁链，
又在他嘴里塞上了破布。
他们将他推倒在地上，
一盆盆冷水当头浇下，
而他只是扭动着身躯，
又像是一只待宰的小鸡，
也仿佛嗷嗷挣扎的野猪。
幻化郎见此状失望至极，
他不相信他会是转世的空行。
看这道行分明是凡夫，
哪有一点儿空行的吉祥。
他当然理解他之前的遭遇，
那痛苦超过了他的承受能力。
遭遇打击才心理崩溃，
恶言恶语只是一种宣泄。

他更对卢伊巴的门徒深感失望，

那样一个具德的成就者，
门下弟子竟如此不堪，
难道这也是法界的因缘，
还是卢伊巴功德不够圆满？

寂天仙翁也摇头不语，
他和幻化郎被绑在一起。
众人的目光都聚焦在流浪汉身上，
无暇顾及他们二人，
任由他们观看这一出戏。

卢伊巴回来后得知消息，
马上命弟子放出了三人。
并示现怒容责骂弟子，
怨他们不该如此失礼。
不料那流浪汉已经发疯，
刚被松绑就攻击他人。
他挥舞着手脚力大无比，
他逢人便骂见人就打。
有人被打哭了，有人流血了，
一见鲜血，他就更加疯狂，
体内有一股魔力在涌动。
仿佛是火山喷出了岩浆，
乌黑的灰烬直冲云天。

幻化郎知道，他在释放他的压抑，
巨大的打击使他神经错乱。
眼前忽而闪过美人的笑靥，

忽而又是青面獠牙的夜叉，
她被诛灭之后化成的那摊污血，
更是汪洋成一片红色的海洋，
它带着毁灭之波，叫嚣着
扑进流浪汉的眼眸。
流浪汉真的疯了，
他大声狂吼，在寺庙里东冲西撞。

当拳脚打到别人身上的时候，
流浪汉产生了一种快感。
那碰撞里有种奇妙的震动，
沿着拳头一直传到心间。
于是他在寺院里哇哇大叫，
四处疯跑还追打信众。
见此状弟子们更有了理由，
他们纷纷向卢伊巴告状。
这次是理直气壮地要求驱赶，
说流浪汉会惹出人命之灾。

卢伊巴见状爱莫能助，
他知道流浪汉已不能再留，
只好让他们三人离开，
才算平息了众人之怒。
临别时卢伊巴提醒幻化郎，
城中不仅有恶魔在找他们，
诸多的傀儡也在寻找，
凡事一定要多加小心。

幻化郎谢过卢伊巴的收留，
他躬身作揖后离开了寺院。
宣泄后的流浪汉也不再打闹，
静静地跟在幻化郎身后。

三人离开了卢伊巴道场，
但那闹事的弟子仍愤愤不平，
甚至背后煽风点火，
说要惩罚恶魔捍卫道场。
在这冠冕堂皇的理由下，
他们偷偷对流浪汉行了诛法。
在他们眼中妙法只是工具，
随便一个理由都能启用，
他们没有敬畏之心，
只想得到报复他人的快感。

流浪汉有稍许好转，
又中了邪恶的诅咒之力。
他觉得天也昏地也暗，
无数的杂波在脑中齐鸣，
还在梦中流失了能量，
不断梦见婚礼和杀戮。
于是他重新陷入迷乱，
夜里昼里都狂吼连连。

幻化郎不知流浪汉受了诅咒，
只当他受刺激太深。
自己又忙于找寻藏身之地，

已无暇顾及流浪汉的心情。

寂天仙翁却明察秋毫，
他见流浪汉的症状异常，
已经不是普通的失心疯。
他身上还环绕着一种负能量，
像来自法界黑暗的诅咒。

于是他入定在明空里观察，
看到了卢伊巴弟子的所为。
虽然他能理解他们的心绪，
但依然对他们心怀鄙夷。

在他们眼中流浪汉只是恶魔，
给寺院招来了诸多不祥。
他们认为自己是真理的勇士，
使用诛法不过是在扬善惩恶。

所以这世间并没有真相，
角度不同真相就不同。
各人随着各自的角度解读，
善恶的标准也多种多样。
寂天眼中的流浪汉是个病人，
需要多加包容悉心照料。
别人眼中的流浪汉却是魔鬼，
会给他们带来诸多灾难。
很难说到底谁对谁错。
寂天并没有施法反击，

他只是把情况告诉了幻化郎，
说要找个地方隔离恶缘。

幻化郎闻言恼怒顿生，
想分出幻身去惩戒恶徒。
寂天仙翁连连规劝道：
"毕竟是我们先给他们带来麻烦，
对他们造成了伤害，
他们心怀怨恨恶意报复，
也终归是情有可原。
卢伊巴虽然是成就的大德，
但弟子们还是修行的凡夫，
我们不能用圣人的标准要求他们。
况且如果你报复那些恶徒，
与他们也就没什么两样，
都是以自我的立场应对外物，
陷入我执而不自知。
若是被卢伊巴发现，
更是会尴尬难堪，
也辜负了他当初的一片好意。
我们只守好自己的原则，
不要被恶人染成了恶人。"

幻化郎想想颇有道理，
最近他的情绪很不稳定，
虽然卢伊巴开示了他，
但没过多久坏情绪又会反扑过来。
在那连续的重压之下，

他只想找个地方静修，
好缓解缓解压力。
然而那些麻烦接二连三，
他的神经越绷越紧快要断裂。
心中时时涌出无名之火，
他也想变成流浪汉随意发泄。

而流浪汉此刻更加疯狂，
他已完全丧失了理智，
幻化郎只能先找个废弃民宅，
为流浪汉隔离诅咒的恶能。

只见他念动咒语结起手印，
先遣魔结界净化道场，
叫诸多的非人远离此地。
又于明空中生起了金刚火帐，
将那些负能量隔离在外围，
瞬息间生起了娑萨朗净境。

流浪汉顿时有了好转，
他的情绪开始平复，
他的神志渐渐清明，
很快，他感到强烈的困倦，
他在火帐里开始大睡。
只因那能量流失太多，
这一觉睡了三天三夜。

三天后醒来，他精神大好，

眼神中的迷乱少了很多。
虽然还是有些迷迷糊糊，
但已经没有疯狂的迹象。

幻化郎见状略略心安，
又要去打探外界情况。
骂一声自己真是烂命一条，
像个停不下来的陀螺，
总被无形的鞭子追着抽打。

他嘱咐流浪汉不可外出，
再请寂天仙翁仔细照看，
随后离开两人四处打探。
见那阴阳城已是乌云压顶。
各种势力都朝这里汇聚，
其中有一些已经入城。

幻化郎还看到许多傀儡，
正如卢伊巴所说，
这些傀儡也在寻找他们的行踪。
于是他赶紧藏在隐秘处，
分出幻身四处打探。
经过一段时间的仔细观察，
他终于发现了一个秘密，
那傀儡虽是巫师所遣，
但也和阿修罗是合作伙伴。

他们也会被称为百姓，

但本质是阿修罗的载体。
他们具有群盲的特点，
会在人类中复制和传染。
于是那傀儡数量不断增加，
竟然充斥了大半个城市。

傀儡看起来也像人类，
但他们没有人类的思维。
他们只是庸碌的载体，
靠人数的众多来赢得势力。
他们会发出无量的鼓噪，
总能淹没真理的声音。
他们还会制造无穷的恶能，
让这个世界充满暴力。
他们总是会一呼百应，
让愚蠢的激情四处流溢。

幻化郎看到这些人形傀儡，
对他们既同情又深恶痛绝。
那诸多的恶行正是傀儡所为，
他们陷入平庸之恶盲听盲从，
他们并不清楚自己在做什么。
他们也不知道自己应该怎么做，
如同蒙上了双眼的羊群。
天底下的诸多恶行，
正是这些傀儡所为。

幻化郎尝试给他们植入智慧程序，

却发现那防火墙坚不可摧，
原有的代码会排斥智慧程序，
就算能植入一点也会很快陨没。
他摇摇头放弃了这种徒劳，
只好继续寻找避难之所。

忽然他收到了胜乐郎脑波，
原来欢喜郎已抵达阴阳城。
随行的只有一位巫师和几个侍从，
此外并没有军队兵马。
因为阴阳城是中立之地，
任何军队都不能进入。
否则便会陷入道义危机，
天下人将群起围攻那违约者。
因此欢喜郎的黑衣勇士，
都被安置在阴阳城之外。
只有巫师和几个侍从，
随着欢喜郎一起进城。

到了城里欢喜郎好个吃惊，
到处都是造型各异的修行人。
有人在街头耍把式卖艺，
把一个个火球吞来吐去。
也有人衣衫褴褛托钵行乞，
眼中满含了平静和慈悲。
还有人身上涂着厚厚的骨灰，
带着一群信众打坐诵经。

欢喜郎第一次来阴阳城，
见了这景象顿时大开眼界。
像是小孩子进了动物园，
东瞅瞅西望望两只眼睛也不够用。

渐渐他发现了一个特点，
即便是在修行人的群体里，
真正的智慧也十分稀缺。
大部分是扮相庄严的混混，
带着一群追求名相的信徒。
他们或是借修行标榜自己，
或是借修行实现神通大能，
或是借修行逃避生活失败，
或是借修行博取利养名闻。

鲜有那真心追求破执者，
鲜有那真心向往利众者。
在假货横行的市场里，
真货反倒是门可罗雀。

他不由得想起一首诗，
诗中的几句话，
在他的心里久久回响：
"一担黄铜一担金，
挑到街上识人心。
黄铜卖完金还在，
世人认假不认真。"

欢喜郎不由得摇头苦笑，
觉得阴阳城也不过如此。
虽然顶着修行之都的光环，
也只是另一个俗世的缩影。

那巫师倒是如鱼得水，
很快找到了一处宅院。
宅院的主人是巫师弟子，
腾出地方请他们安歇。

巫师又联络了几个黑行者，
他们也都是他的弟子。
师徒相见格外兴奋，
互相聊着江湖上的逸事。

弟子们得知欢喜郎是国王，
便对巫师愈加敬仰。
一阵阵阿谀声如潮水涌来，
听得巫师容光焕发志得意满，
脸上一颗颗麻子也胀出红润。

他刻意摆出慈爱的神色，
喷着满嘴的酒肉之气，
得意洋洋地鼓励徒子徒孙认真修行。
说只要修得了无边神通，
就能权势加身富贵无比。

弟子们纷纷信心大涨，

有人甚至动起了心计。
他们对师父更加殷勤侍奉，
以求能把自己带入豪门。
还有人开始暗暗嫉妒，
想排挤表现优秀的师兄。
更有人想取代师父地位，
偷偷向欢喜郎抛出橄榄枝。
一时间众人百态活灵活现，
犹如一场欲望纷杂的大戏。
有怎样的师父就有怎样的弟子，
功利的信仰里皆是功利之人。

欢喜郎被乌烟瘴气搅得头昏，
他无比怀念胜乐郎的清凉。
于是他抽个空隙走出了门外，
独自在院子里浅斟低酌。

忽然他发现上衣的口袋里，
不知何时被人塞了字条。
上面写着巫师的种种罪状，
还有自己投诚效力的意愿。

欢喜郎轻蔑地冷笑一声，
回头望向屋内。
屋里此时正觥筹交错，
众人高谈阔论亲热无比，
俨然一派师徒相会的盛景。
但那满脸春风的面皮下，

各人各心却都如同蛇蝎。
他们明争暗斗撕来咬去，
就连师徒之间都是如此。
这怪异的反差让欢喜郎厌恶，
但也知道这就是人性，甚至
他一直是在利用着这种卑劣，
实现自己的控制意图。
于是他把那字条悄悄收好，
以备将来有用到之时。

再说幻化郎得知了消息，
回到废屋与寂天合计。
欢喜郎的傀儡遍布四处，
阴阳城已经不能久留。
于是他们扶起了流浪汉，
决定先避锋芒离开此地。
三人进行了简单化装，
变成一个老人和两个儿子。
沿着偏僻街道低调行进，
想先出阴阳城再作打算。
那流浪汉还未完全恢复，
心中依旧惦记夜叉新娘。
他呆呆看着街上的女子，
觉得个个有新娘的影子。

这个姑娘的眼睛像她，
那个姑娘的鼻子像她，
另一个姑娘的身材婀娜像她，

还有一个姑娘笑容纯净也像她。
他情不自禁流下热泪——
多想在那梦中一直沉睡。
便是和那夜叉同归于尽，
也好过现在的生不如死。

幻化郎看到流浪汉的状态，
摇摇头发出一声叹息。
他发现爱情对行者的杀伤力，
远远胜过于其他的魔障。

在三人逃离出城的途中，
忽然看到街上有人打斗。
幻化郎听声音有些耳熟，
原来是威德郎正与傀儡交锋。

傀儡虽有着普通百姓的外形，
却内功极高。他们被巫师操纵，
利用法界网络互通信息。
一旦发现异常的情况，
他们就从四面八方迅速汇集，
越来越多像觅食的蚂蚁。

幻化郎三人立即藏匿起来，
绕开那打斗的混乱场面。
他让寂天带流浪汉先走，
自己留下来观察战局。

他怕威德郎出现闪失，
毕竟他们是同门师兄弟。
虽然威德郎一再地制造麻烦，
虽然自己对他十分反感，
但万一他陷入危难，
自己还是要出手相救。

情况果然如幻化郎猜测，
威德郎像猛虎被野狗包围。
纵然他能一掌拍翻一个，
但架不住傀儡越来越多。

威德郎见傀儡蜂拥而来，
渐渐地感到体力不支。
那些傀儡没有人类情感，
不知道害怕也不觉疼痛。
他们死缠烂打极难对付，
撕抓啃咬无所不用其极。
一群群涌上来如同僵尸，
威德郎顿时陷入了危机。
他通身的大汗气喘吁吁，
迅猛的拳脚也开始绵软。

情急之中他取出了锦囊，
想开启空行石借其大力，
却不料时空缝隙刚刚拉开，
就有新一波傀儡疯狂涌来。
傀儡们看到了空行石，

仿佛机器人收到指令，
眼睛里同时闪出红光，
表情也瞬间变得更加疯狂。
他们挥舞着僵硬的手臂，
一拥而上进行抢夺，
挨了重拳重脚也不闪躲，
那神情举动已不似活人，
真是看得人心里发怵。

威德郎想启用空行石，
却没有足够的时间空隙。
想放手一搏奋勇杀敌，
又怕空行石被傀儡趁乱夺走。
一时间他手忙脚乱好个狼狈，
混乱中空行石忽然掉落在地。

顿时一道闪电划过天空，
流浪汉与空行石互相吸引。
在那电光石火的刹那，
整个宇宙猛然一震。
流浪汉发出了天然引力，
空行石飞到他的手中。

这节外生枝的变故，
让傀儡们先是一呆，
继而疯狂扑向流浪汉。

却见那空行石电光闪烁，

显然已经自动开启。
开启的空行石瞬间启动了空行人，
无形的气流笼罩着流浪汉。

只见天地昏暗日月无光，
无数乌云聚拢到一起，
它们化为巨大的漩涡，
在流浪汉头顶盘旋，
一道道闪电灌入他的身体。

流浪汉的双目射出烈日之光，
身上的骨节啪啪作响。
肌肉也鼓胀起来并且不断颤动，
似乎有巨大的气流在他体内游走。
他被大力激荡发出长啸，
那啸声仿佛来自宇宙深处。
其声波的强大能量，
撞飞了扑来的傀儡，
也将幻化郎和寂天震到了远处。
回过神时，
幻化郎只觉得浑身发麻，
五脏六腑里翻江倒海，
再看寂天也脸色惨白喘着粗气。

威德郎也被那冲击波震伤，
而且情况看起来更加严重。
大口大口的鲜血不断吐出，
他显然是受了严重的内伤。

一时间众人纷纷骇然，
无人敢再接近流浪汉。
再看流浪汉虽觉醒了能力，
但其心性也失去了控制。
在街上疯狂地拳打脚踢，
所到之处尽是一片狼藉。
房屋倒塌大树被连根拔起，
地面上裂开一个个大洞。
无数的惨叫从四面袭来，
无数的生灵死于非命。

幻化郎见状脑袋发胀，
巨大的焦急从心中涌出。
他负伤体弱毫无办法，
只能猛力地祈请师尊。
然而奶格玛并未现身，
却看到了巫师和欢喜郎。

巫师收到傀儡信息，
知道威德郎已到达阴阳城。
他一方面安排傀儡拖延时间，
一方面禀报国王两人一同前往。
谁想到达现场一看，
竟有种大战未息的景象。
他知道此时傀儡已派不上用场，
于是便将它们收入袋中。
流浪汉的神威让他惶恐，

他想不到人石一旦合一，
这寻常的疯汉竟如战神降临。
他也知道自己绝非流浪汉的对手，
但国王就在自己身边，
自己绝不能显出孬种的样子，
只好硬着头皮上阵。
他的脑筋飞速转动，
盘算着此战的最佳策略，
最后决定不能强攻只能智取，
便施展三寸不烂之舌，
想用富贵荣华来诱惑流浪汉，
让他投奔欢喜郎麾下。

流浪汉哪管什么富贵，
他魔挡杀魔佛挡杀佛。
那疯狂的力量已失去控制，
只想将整个世界全部毁灭。
任何人只要出现在眼前，
都会成为他的攻击对象。
何况这尖瘦之人不断地絮叨，
像极了一只烦人的苍蝇。

巫师当然不知道这些，
他以为劝说无效是诱惑不够，
于是加重砝码继续利诱。
流浪汉心中的怒火到达顶点，
索性一拳向巫师的所在挥去。

巫师被击飞到十丈开外，
脑袋撞向一块巨石。
鲜血和脑浆四处溅射，
抽搐了几下便一命归阴。

欢喜郎一见脸色发白，
连退几步远远地观察。
他对流浪汉十分畏惧，
平时的英雄气不知所终。
他到了那安全地带才冷静下来，
帝王的程序又自动运转。
他想无论如何都要收服此人，
让他为自家的阵营效力。
更看到威德郎就在眼前，
口吐鲜血显然受了重伤。
有心想上前一剑定乾坤，
但威德郎离那疯汉太近，
弄不好会搭上自家性命。
欢喜郎生性谨慎稳重，
手按宝剑犹豫了几下，
最后还是决定静观其变。

这时卢伊巴也率弟子赶到，
阴阳城里已是一片大乱。
到处都是惨叫和哭号，
到处都是废墟和瓦砾。
若是再由着流浪汉发疯，
整座城市就将毁于一旦。

危机之中他担起了大任，
要制服流浪汉力挽狂澜。

那流浪汉看到卢伊巴，
还有他身后跟随的弟子，
想起在寺院里受的折磨，
体内更是炸开无数霹雳。
整个人变成滚动的闷雷，
呼啦啦朝他们奔袭而来。
弟子们顿时作鸟兽散，
只剩下卢伊巴单身一人。
平日那些身口意的供养，
都化作逃命的一阵疾风。

幻化郎大叫卢伊巴小心，
流浪汉的疯力十分可怕。
却因为这一声牵动内脏，
气血翻涌憋得胸闷窒息。
忽然喉咙里一阵发甜，
一口鲜血喷在了地上。

卢伊巴神色沉着冷静，
向幻化郎点点头致意。
展开了双臂如岳临渊，
显出一代宗师的风范。
泰山崩塌也巍然不动，
海阔天空能包容万物。

流浪汉如猛虎下山，
挟万钧之力势不可挡。
卢伊巴像空中之网，
避其锋芒以柔克刚。

流浪汉只感到老虎啃天，
卢伊巴的身影如梦如幻。
力大无穷奈何触不到对方，
这让他更加暴跳如雷。
抡圆了手臂一通猛砸，
无数的房屋应声倒塌。

卢伊巴并不和他对抗，
只想消解他的愤怒。
催动身形如陀螺般旋转，
卸掉了流浪汉的蛮力。
众人看得是心惊胆战，
都为卢伊巴捏一把汗。
若是这位大德落败，
自己也将难逃一死。
又觉得这场大战精彩无比，
两人的招式如龙争虎斗，
人们不由在恐惧中还生起神往，
每到险妙之处都大声叫好。

二人你来我往交锋数回合，
初时竟然打成了平手。
只是那流浪汉越战越勇，

一阵阵冲击波震人肺腑。
那空行石也出现了裂缝，
像是涌出无穷的力量。
于是他横冲直撞如同犀牛，
疯狂撕扯着卢伊巴的身影。

卢伊巴虽然彻证了空性，
但其肉身毕竟已衰老，
他渐渐抵不住洪水般的势能，
招式上频频露出破绽。
忽然流浪汉迎头一掌拍来，
力大如雷霆势疾如闪电。
卢伊巴身形一晃躲避不及，
眼看就要被流浪汉拍裂。

众人也随之一声大叫，
都想卢伊巴的性命休矣。
更有的已闭上了眼睛，
不愿看大德肝脑涂地。
忽听得又是一声大吼，
危急时刻胜乐郎现身。
流浪汉被吼声吸引了注意，
那掌势便随之短暂停顿。
卢伊巴乘机跳出了圈外，
已是满身的大汗淋漓。

原来胜乐郎观到了危机，
几日前昼夜兼程赶来此地。

刚入城就看到这场大战，
急忙施展神能帮助恩师。

卢伊巴和胜乐郎对望一眼，
两人并没有多余的言语。
过往的摩擦无须解释，
师徒的情义在心中流转。
更有那成就者的灵犀，
互相配合仿佛行云流水。

顿时流浪汉力量受到制约，
在胜乐郎和卢伊巴的合力下，
他像狮虎掉入了大海之中。
满身的力量无处可使，
反而处处都被损耗消磨。
他想调动更大的能量，
空行石发出刺眼的红光。
啸卷了宇宙的洪荒之力，
摧枯拉朽般冲入他体内。

流浪汉只感到一阵激荡，
如同落叶卷入了狂风。
因为他心智尚不成熟，
无法掌控那汹涌的势能，
于是被那反作用力击垮，
他口吐鲜血昏死过去。

世界霎时恢复了宁静，

遍地都是瓦砾和废墟。
还有诸多的残肢断臂,
在一片狼藉里格外醒目。
一场激战戛然而止,
气氛忽然变得诡谲。
几方势力在沉默中对峙,
各自动着各自的心思。
有欢喜郎的跃跃欲试,
有威德郎的咬牙坚忍,
有胜乐郎的沉稳冷静,
有幻化郎的焦虑不安,
有卢伊巴的气喘吁吁,
有寂天仙翁的暗自运功,
还有流浪汉的昏迷不醒。

这是一种怪异的情境,
还显出一种因缘的奇妙。
除了密集郎不在现场,
所有人都在此地相遇。
空气中弥漫着多种味道,
有君王平天下的野心,
有行者救百姓的担当,
有对师尊的鼎力相助,
有对同伴的不离不弃。
各方都在静默中蓄势待发,
却又都不愿打破那静默。

时间也在这一刻静止,

双双眼睛透露种种讯息。
还是胜乐郎先打破僵局，
他用眼神示意幻化郎带走流浪汉。
幻化郎深知他意，刚走几步，
却看到威德郎伤势严重，
于是回过身搀扶起他一起上路。

欢喜郎眼看他们要逃走，
往前冲几步又停了下来。
他在瞬间权衡了局面，
没有胜算绝不冒险。
虽然威德郎身负重伤，
但身边还有两个高手。
若是三人合力必然难以制服，
于是他把目光转向胜乐郎，
下令胜乐郎阻止其外逃。

平定天下的机会就在眼前，
欢喜郎也不再冷静镇定。
他声嘶力竭地下命令，
他的心脏如战鼓擂动，
他的血液如骏马奔腾，
他指指威德郎，
再向胜乐郎大臂一挥，
命令胜乐郎冲向敌人。

却不料胜乐郎站在原地不动，
他对命令听而不闻。

欢喜郎再次对他大吼大叫，
如同呵斥猎犬去追捕兔子。
那野心的火焰熊熊燃烧，
烧光了他对圣者的尊重，
也撕掉了平日里所有的伪装，
露出了本来的真实面目。
瞧！他们对圣者的所有尊重，
其实也仅仅是一种工具。

胜乐郎回过身看了一眼，
反而把欢喜郎带向了远方。
欢喜郎没料到他如此大胆，
竟然敢临阵挟持国王。
有心想反抗胜乐郎的裹挟，
却浑身软绵绵使不出力。
于是他气急败坏暴跳如雷，大叫道：
"你必须为自己的行为负责！"